ALAN LAZAR

Nelson sucht das Glück

GOLDMANN
Lesen erleben

Buch

Nelson ist das Ergebnis einer Affäre zwischen einem Beagle und einem Pudel - eine sehr auffällige Promenadenmischung, für die die Züchterin kein Zuhause findet. Bis Katey, eine frisch verheiratete junge Konzertpianistin, ihn zufällig entdeckt und sofort ins Herz schließt. Katey wird Nelsons große Liebe. Unter dem Piano sitzend lauscht er ihrer Musik und weiß genau, welches Stück einen Spaziergang ankündigt. Die ersten Jahre sind wunderbar und glücklich, doch Nelson entgehen nicht die negativen Schwingungen, die nach und nach das Glück zerstören. Katey ist viel unterwegs, ihr Mann Don beginnt sie zu betrügen, und die beiden streiten immer häufiger. Als Don eines Tages das Gartentor offen lässt, läuft Nelson auf die Straße, verirrt sich und landet auf einem Lastwagen. Damit beginnt für ihn eine acht Jahre währende Odyssee, während der er nicht nur einmal knapp dem Tode entkommt.

Kurz bevor es zu spät ist, wird er von Oliver gerettet. Der achtjährige Junge hat vor kurzem seine Mutter verloren und bittet seinen Vater, den Hund bei sich aufzunehmen. Und so findet Nelson ein neues, liebevolles Zuhause. Eines Tages hört er »sein« Stück im Radio und gebärdet sich wie toll. Ob ihn das Lied am Ende wieder zu Katey führt?

Informationen zu Alan Lazar
finden Sie am Ende des Buches.

Alan Lazar

Nelson sucht das Glück

Roman

Aus dem Amerikanischen
von Judith Schwaab

GOLDMANN

Die Originalausgabe erschien 2011
unter dem Titel »Roam« bei Atria Books,
a division of Simon & Schuster Inc., New York.

Dieses Buch ist auch als E-Book erhältlich.

MIX
Papier aus verantwortungsvollen Quellen
FSC® C014496

Verlagsgruppe Random House FSC® N001967
Das FSC®-zertifizierte Papier *Pamo House* für dieses Buch
liefert Arctic Paper Mochenwangen GmbH.

2. Auflage
Taschenbuchausgabe November 2014

Gestaltung des Umschlags: UNO Werbeagentur München
Umschlagfoto: FinePic®, München
Redaktion: Ilse Wagner
BH · Herstellung: Str.
Druck und Bindung: GGP Media GmbH, Pößneck
Printed in Germany
ISBN: 978-3-442-47692-3
www.goldmann-verlag.de

Besuchen Sie den Goldmann Verlag im Netz

Für Gustavo und Mia Bella

Erster Teil

Die große Liebe

1

Das Erste, was Nelson roch, war Gras. Herrliches, saftiges, geheimnisvolles Gras. Der Geruch wehte von den Weiden rund um Mrs Andersons Bauernhof herüber, wo Nelson und seine Geschwister als wuselndes Knäuel bei ihrer Mutter lagen. Seine kleine Schnauze kräuselte sich, angeregt durch diesen starken Reiz. Im Bauch seiner Mutter, als sein Geruchssinn noch nicht so ausgeprägt gewesen war, hatte er den Geruch aus der Ferne wahrgenommen, doch als ihn jetzt, draußen in der Welt, der intensive Duft des Grases traf, war er unheimlich und berauschend. Ein Mysterium.

Der Geruch hatte viele Schichten. Später, als er älter wurde, würde Nelson lernen, die Bedeutung dieser vielen Duftschichten zu erkennen und zu unterscheiden. In ihnen steckte das Wissen über den Tag – welche anderen Tiere vorbeigekommen waren und ihre Duftmarke hinterlassen hatten, wie viel Tau es an diesem Morgen gegeben hatte, und was es mit den fernen Wiesen auf sich hatte, von denen dieser Duft des Taus gekommen war. In dem Grasduft lag das Wissen über den Regen, der zwei Tage zuvor gefallen war, und über die Ameisen und anderen Insekten, die im Gras lebten. Doch manchmal entströmte diesem Duft auch noch eine Erinnerung an die Erde, in der das Gras gewachsen war, an vergangene Sommer und längst vergessene Winter, an all die Lebewesen, die in New Hampshire, wo Nelson geboren war, gelebt hatten und gestorben waren. Darin steckte die Geschichte all der Wurzeln und der Gebeine, die seit Jahrhunderten in dieser saftigen Erde lagen.

Nelson gehörte zu einem Wurf von sechs Mischlingen. Genauer gesagt, waren die Mischlinge nicht geplant gewesen. Mrs Anderson züchtete schon seit vielen Jahren Beagles und Pudel. Ihre Welpen brachten jeweils tausend Dollar ein und wurden in ganz Amerika verkauft. Nelsons Mutter Lola, ein sanfter, aprikosenfarbener Zwergpudel, hatte bereits mehrfach geworfen. Sein Vater King, ein bei der alljährlichen Landwirtschaftsmesse vielfach preisgekrönter und oftmals fotografierter Beagle, hätte gar nicht zu Lola ins Gehege gedurft, als sie zwei Monate vorher läufig gewesen war. Mehrfach hatte er Nougat, eine Beaglehündin, gedeckt, und Mrs Anderson liebte ihn über alles. Lola hingegen hatte eigentlich mit ihrem üblichen Deckrüden Kennedy, einem dunkelbraunen Pudel von guter Wesensart, gepaart werden sollen. Mrs Anderson konnte nicht ahnen, dass King von Lolas duftendem Hinterteil angelockt worden war, dessen Bouquet schon im vergangenen Frühjahr aus ihrem Zwinger zu ihm herübergeweht war. Als er ein winziges Loch unter dem Holzzaun bemerkte, der Lolas Zwinger umgab, hatte King wie wild mit dem Buddeln begonnen, wenn Mrs Anderson gerade nicht in der Nähe war, und sich schließlich mit Lola gepaart. Mrs Anderson hatte keinen Verdacht geschöpft, bis eines Tages Lola ihre Welpen zur Welt gebracht hatte, eine Handvoll kleiner Hunde, die anders aussahen als alle Hunde, die Mrs Anderson bis dahin gezüchtet hatte. Einen Moment lang war sie wütend gewesen, als ihr klar wurde, was King getan hatte. Und sie bedauerte es auch, als sie begriff, dass es diesmal nichts mit den Tausenden von Dollar werden würde, die sie normalerweise für einen reinrassigen Wurf von Pudeln einstrich. Doch als sie dann Nelsons ältere Schwester in die Hand nahm und den Herzschlag des kleinen Hundes spürte, schmolz sie dahin wie Butter in der Sonne, und sie wusste, dass sie diese Welpen in den ersten beiden Monaten ihres Lebens mit ebenso viel Liebe aufziehen würde, wie sie es bei reinrassigen Hunden tat.

Bei einem Wurf junger Pudel war Mrs Anderson bestenfalls auf zwei oder drei Junge gefasst, doch dieses Mal schenkte Lola sechs Welpen das Leben. Vielleicht hatte ja Kings beharrliches Liebesspiel mit Lola zu dieser Abweichung von der Regel geführt, denn der Duft der läufigen Lola war so betörend gewesen, dass King jedes Mal, wenn er dachte, mit seinen Kräften am Ende zu sein, neue Energien in seinen Lenden verspürte.

Auch Lola selbst war über die sechs Welpen überrascht, die sie trotz ihres schmalen Körperbaus zur Welt gebracht hatte. Es machte sie traurig, als sie Nummer vier reglos daliegen sah, nachdem er aus dem Geburtskanal geschlüpft war. Kaum hatte sie die kleine Hülle der Nachgeburt verspeist, die dem kleinen Rüden im Mutterleib als Schutz gedient hatte, leckte sie ihn wieder und wieder ab und versuchte, ihn ins Leben zurückzuholen. Mrs Anderson, die der Geburt zuschaute, betete darum, dass der Kleine sich regen würde, doch als es nach einer halben Stunde immer noch kein Lebenszeichen gab, hatte sie den kleinen Hund sanft von Lola weggezogen und in ein weißes Handtuch gewickelt. Später in dieser Nacht würde sie seine sterblichen Überreste verbrennen und die Asche auf dem Weideland rings um ihr Farmhaus verstreuen. Sie würde zur Mondsichel emporblicken und für den kleinen Hund beten, der die Welt außerhalb dem Leib seiner Mutter niemals kennenlernen konnte.

Lola spürte, wie eine unfassbare Traurigkeit sie überkam, als ihr kleiner Sohn ihr weggenommen wurde. Doch für Trauer blieb nicht viel Zeit, denn die Krämpfe in ihrem Leib setzten wieder ein, und kurz darauf erblickte ein weiterer Welpe das Licht der Welt. Nelson war hellbraun oder auch aprikosenfarben, mit kleinen weißen Farbtupfern, vor allem auf seinem Gesicht. Ein dunkelbrauner Ring zierte sein eines Auge, ein weißer das andere, was schon bei dem Welpen so aussah, als würde er staunend und voller Interesse in die Welt blicken. Doch zur Zeit seiner Geburt waren seine Augen fest geschlossen, und sie würden es noch die gesamte erste Woche seines Lebens bleiben.

Nelsons Nase zuckte begeistert, als der Geruch nach Gras zum allerersten Mal seine Welt erfüllte. Er spürte, wie seine Mutter ihn leckte, und dann durchdrang auch ihr Duft zum ersten Mal seine Sinne, ein reicher, tröstlicher Geruch. Mrs Anderson kam wieder ins Zimmer und tätschelte den kleinen Kerl ganz sanft am Köpfchen. So erschnupperte er zum ersten Mal ein menschliches Wesen, und auch dieser Geruch war zwar vielschichtig und verwirrend, doch auch warm und angenehm.

In den ersten Minuten seines Lebens stürmen viele Dinge auf einen kleinen Hund ein, und auf einmal packte Nelson ein geradezu überwältigender Hunger. Seine Mutter sah das Beben und Zucken, das durch die kleinen Leiber ihrer Jungen ging. Sie presste und presste, und dann kam auch ihr letzter Welpe, Nelsons kleine Schwester, zur Welt. Ganz behutsam legte Mrs Anderson die kleinen Hunde an Lolas sechs Zitzen, und sie machten es sich für ihre allererste Mahlzeit bequem.

Die erste Woche in Nelsons Leben verging wie in einem Nebel. Während die Tage vorüberzogen, erkundete seine Nase mit immer größerem Können die Gerüche der Umgebung. Dann kam wieder der Hunger. Manchmal schlief Lola gerade, wenn er auf sie zukroch und verzweifelt nach Nahrung suchte. Natürlich konnte er nicht wissen, wie erschöpft sie vom Säugen ihrer fünf am Leben gebliebenen Welpen war. Insgeheim war Mrs Anderson sehr besorgt, denn Lola war ein zartes Hundewesen. Einmal, vor vielen Jahren, hatte ein anderer Pudel in Mrs Andersons Besitz, Lolas Großmutter, vom Säugen eines großen Wurfes einen ernsten Kalziummangel erlitten und war auf dem Weg zur Tiernotfallklinik in der kleinen Stadt Nelson, New Hampshire, die ganz in der Nähe lag, gestorben. Mrs Anderson hatte die verwaisten Welpen, zu denen auch Lolas Mutter, eine wunderschöne perlweiße Pudeldame gehörte, mit der Flasche aufgezogen und ihnen alle vier Stunden zu trinken gegeben.

Oft wachte Nelson davon auf, dass ihm Lola das Bäuchlein leckte. Das liebte er, und er mochte auch den Geruch der warmen Flüssigkeit, die danach aus seinem

Körper sickerte. Doch lange hielt der Duft nie an. Dann erschnupperte er Mrs Anderson ganz nah, er spürte ihre Hände an seinem Körper, und der größte Teil des Geruchs seiner Ausscheidung war wieder verschwunden. Bald bemerkte Nelson, dass bei all seinen Geschwistern eine solche Flüssigkeit aus dem Körper kam. Obwohl das ähnlich roch wie bei ihm, konnte seine kleine Nase schon bald ganz feine Unterschiede erkennen, die es ihm erlaubten, seine Geschwister auseinanderzuhalten. Wenn er an den Zitzen seiner Mutter lag, bemerkte er einen sehr ähnlichen, aber viel intensiveren Geruch, den sie verströmte. Manchmal nahm Mrs Anderson Lola für ein oder zwei Stunden mit nach draußen, und Nelson weinte still vor sich hin, bis dieser tröstliche Geruch endlich wieder bei ihm war.

Der Geruch würde immer das größte und alles andere überdeckende Element sein, das Nelsons Wahrnehmung der Welt prägte. Doch nur eine Woche nach seiner Geburt begannen sich seine Augen ganz allmählich zu öffnen, und der tröstliche graue Schemen von Mrs Andersons Gesicht schaute auf ihn herab. Nelson war der Erste aus dem Wurf, der in die Welt hinausblickte, und angesichts seiner besonderen Färbung um die Augen musste Mrs Anderson unwillkürlich lächeln, als sie den Welpen wie staunend zu sich aufblicken sah. Ihre eigenen Augen verloren zunehmend an Sehkraft, und wahrscheinlich würde sie schon bald wieder stärkere Gläser für ihre Brille brauchen, obwohl ihr Augenarzt ihr doch erst vergangenen Sommer neue verschrieben hatte. Viele Welpen waren bereits in dem kleinen Zimmer zur Welt gekommen, wo Mrs Anderson sich um Lolas und Nougats

Junge kümmerte, so viele Jahre schon, seit ihr eigener Sohn nach Oregon umgezogen war. Die meisten Welpen waren süß und knuddelig, und sie liebte sie alle abgöttisch. Doch an der Art und Weise, wie Nelson an diesem Morgen zu ihr hochblickte, war etwas ganz Besonderes. Mrs Anderson wusste, dass das Sehvermögen von Hunden im Vergleich zu dem der Menschen eher begrenzt ist. Sie sahen kaum mehr als Schwarz und Weiß, waren jedoch farbenblind, wenn es um Rot oder Grün ging. Sie wusste, dass Hunden auch das dreidimensionale Sehen des Menschen fehlte, obwohl jegliche Bewegung sie in Aufregung versetzte. Doch an jenem Morgen sah Mrs Anderson in Nelsons großen Augen eine ganz besondere Neugier und Offenheit. Viele Jahre später dachte sie immer noch an ihn.

Schon bald hatten auch die übrigen Welpen aus Lolas Wurf die Augen geöffnet, und die Hundemutter wappnete sich für das, von dem sie spürte, dass es kommen würde. Die kleinen Beine der Hundekinder würden kräftiger werden, und sie würden sich rasant entwickeln und dabei immer größeren Hunger auf ihre Milch verspüren. Während der weiche Körper der Welpen bei der Geburt nur mit einem zarten Flaum bedeckt war, würde es nur noch wenige Wochen dauern, bis ihnen ein helles und leicht gelocktes Fell wuchs. Lola erinnerte sich an die lange Schlafphase, die sie bei ihrem letzten Wurf genossen hatte, nachdem alle ihre Welpen von ihr weggegangen waren, doch sie wusste auch noch, wie traurig sie damals gewesen war.

Nach einem Monat war aus Nelson und seinen Geschwistern ein wilder Haufen geworden. Nelson fand seine Familie spannend. Sie alle waren schrecklich verspielt und geradezu besessen davon, übereinanderzupurzeln und die anderen am mittlerweile dicht gewachsenen Fell zu zerren. Doch einige seiner Geschwister waren ruhiger als die anderen; manchmal waren sie vollkommen damit zufrieden, einfach nur mit ihrer Mutter oder anderen Geschwistern herumzuliegen und sich ruhig aneinanderzukuscheln und ihre Körperdüfte zu vermischen. Andere hingegen waren kaum zu bremsen; jeder von ihnen wollte der Beweglichste oder Schnellste sein und die Kontrolle über das rote Wollknäuel behalten, das Mrs Anderson manchmal in die kleine Wurfkiste rollen ließ, die sie mit ihrer Mutter teilten.

Nelsons Neugier sollte sich schon bald als der Charakterzug erweisen, der ihn von allen anderen unterschied. Mrs Anderson bemerkte, wie er ständig nach einer Möglichkeit suchte, aus der Kiste auszubüchsen, und bald fand er diese auch. Als sie eines Tages den Raum betrat, wäre sie fast auf den kleinen Welpen getreten, der hinter der Tür hockte und aufgeregt all die neuen Gerüche erschnupperte, die durch den schmalen Spalt zwischen Tür und Boden hereindrangen. Sanft schalt sie ihn aus, hob ihn hoch und setzte ihn zu seiner Familie zurück. Und doch dauerte es nur ein paar Augenblicke, bis sich der Welpe mit den großen Augen wieder an der kleinen Öffnung zu schaffen machte, die er im hinteren Teil der Wurfkiste gefunden hatte, und es ihm gelang, hinauszuschlüpfen. Mrs Anderson verstopfte den Ausgang mit einem Paar alter Socken, doch die Neugier des kleinen Nelson wurde mehr und mehr von all den herrlichen

Gerüchen geweckt, die ins Zimmer kamen. Von irgendeinem Ort im Haus, in dem es oft klapperte und klirrte, kamen besonders süße und fleischige Düfte, die ihn so hungrig machten, dass selbst die Milch seiner Mutter ihn nicht mehr richtig sättigen konnte.

Mrs Anderson machte es sich zur Gewohnheit, Nelson jeden Abend aus der Kiste zu holen und ihn eine Weile in ihren großen, schwieligen Händen zu halten und zu streicheln, während sie Musik hörte. Nelson liebte das und schlief oft dabei ein, erfüllt von grenzenlosem Genuss. Wenn er dann irgendwann wieder aufwachte, leckte er ihr die Finger auf die gleiche liebevolle Art, wie seine Mutter ihm das Bäuchlein leckte, was Mrs Anderson zu gefallen schien. Dass er der einzige Welpe war, dem sie diese besondere Ehre zuteilwerden ließ, war ihm nicht bewusst. Manchmal hielt Mrs Anderson Nelson ganz nah an ihr Gesicht. Zu dieser Zeit vermochte er bereits allerlei Einzelheiten zu erkennen, und so blickte er ihr aufmerksam in die blauen Augen, die ihn direkt ansahen. Wenn er ihr dann das Gesicht leckte, schmeckte er ab und zu das salzige Aroma von Tränen heraus. Später in seinem Leben würde er begreifen, was es mit der salzigen Flüssigkeit auf sich hatte, die die Menschen manchmal von sich gaben, doch in diesem Moment genoss er einfach nur den pikanten Geschmack.

Eines Morgens, als Nelson fünf Wochen alt war, setzte Mrs Anderson ihn und seine Geschwister in einen kleinen Karton. Lola sah ihr ernst dabei zu, doch sie ließ Mrs Anderson, zu der sie tiefstes Vertrauen hatte, gewähren.

Mrs Anderson öffnete das Türchen der Wurfkiste und ging aus dem Zimmer, wobei sie den Karton mit den Welpen trug. Lola blieb ihr auf den Fersen.

In Mrs Andersons Haus war es ein wenig dunkel, doch der Sinfonie von Gerüchen, die auf Nelson einstürmten, als sie durch die Zimmer gingen, tat dies natürlich keinen Abbruch. Da waren die Überreste der Küchendüfte, die er schon zuvor manchmal in der Kiste erschnuppert hatte. Da war der Geruch nach Fleisch und Spiegelei und nach geschmolzener Butter. Da war das runde, glatte Aroma der Pfannkuchen, die Mrs Anderson vor ein paar Tagen gebacken hatte und der noch immer in den Ecken ihres Wohnzimmers hing. Während sie an der Küche vorbeikamen, stieg Nelson auch zum ersten Mal der Geruch von grünen Äpfeln in die Nase, der auf eine ganz andere Art spannend war.

Als sie in Mrs Andersons Garten hinaustraten, lösten all die Gerüche, die Nelson in die Nase stiegen, eine wahre Duftexplosion in seinem Kopf aus. Zuerst war da der Geruch von Gras, von endlosen Mengen Gras, und es aus der Nähe zu riechen war wesentlich intensiver als jene ferne Duftnote, die er von früher kannte. Mrs Anderson setzte jeden Einzelnen der Welpen auf ihren Rasen und ließ sie laufen. Nelsons kleine, feuchte Nase berührte zum ersten Mal Gras, und es traf ihn wie ein elektrischer Schlag, der durch seinen ganzen Körper lief. Die Welpen verteilten sich auf dem Rasen, weil jeder von einer anderen Duftspur und ihren Verzweigungen angezogen wurde. Wenn dann ab und zu ein Welpe dem Zaun zu nahe kam, der den Garten von der Weide trennte, auf der sich die Pferde und Kühe tummelten, hob Mrs Anderson ihn hoch und brachte ihn zu einer Stelle, die näher am Haus lag. Auch Lola wachte aufmerksam über ihre Kinder und bellte laut, wenn sie sich zu weit entfernten. Doch die fünf flauschigen Welpen achteten kaum auf ihre beiden Mütter. Sie gruben ihre Schnauzen in die Erde, so tief sie nur konnten, versunken in einem Zustand, der der Verzückung sehr nahe kam.

Als Nelson wieder aufschaute, fiel sein Blick auf die Blumenbeete, die auf beiden Seiten den Garten begrenzten. Vorsichtig tapste er darauf zu, weil er nicht wusste, was das war. Doch als der Duft der Blumen ihm in die Nase stieg, wusste er sogleich, dass keines von diesen seltsamen Dingern ihm etwas tun konnte. Da waren rote Rosen und gelbe Rosen, Amaryllis und Narzissen, Lilien und Usambaraveilchen. Als er sie roch, verlangsamte er seine Schritte wie verzaubert, schloss die Augen und ließ sich einen Moment lang die Sonne auf das Fell scheinen. Viele Jahre später, als Nelson irgendwo in einem heruntergekommenen Viertel in einer Großstadt lebte, in dem es nur Dreck und Beton gab, würde er sich immer noch, wie aus der Ferne, an diesen Garten und an seine erste Begegnung mit Blumen erinnern, und diese Erinnerung schenkte ihm, wenigstens vorübergehend und wie durch Zauber, neue Kraft.

Mrs Anderson verschwand ein paar Minuten, und als sie zurückkehrte, war ein anderer Hund bei ihr, der etwa so groß war wie Lola. Nelson wusste nicht, dass er gleich seinen Vater kennenlernen würde, King, den Beagle, einen Hund mit entschlossenem Schritt. Nelson spürte die Kraft und den Edelmut des Rüden. King selbst schien an jenem Morgen kein allzu großes Interesse an seiner

Nachkommenschaft zu haben, beschnüffelte die Welpen kurz und lief dann davon, um ein Eichhörnchen anzubellen, das sich in die Nähe gewagt hatte. Als King in den Garten kam, hielt sich Lola nahe bei ihren Babys, ließ ihn nicht aus den Augen und knurrte. Keiner von beiden schien sich an ihr leidenschaftliches Liebesspiel von vor ein paar Monaten zu erinnern. Mrs Anderson seufzte, als King seine Jungen nicht weiter beachtete, wusste insgeheim jedoch auch, wie töricht ihre Hoffnung gewesen war, er könne sie lieb gewinnen.

Das war auch der Tag, an dem Mrs Anderson den Kleinen zum ersten Mal etwas anderes zu fressen gab als die Muttermilch. Mrs Anderson hütete Lola immer noch wie ihren Augapfel, und die Erschöpfung vom wochenlangen Säugen ihrer Jungen war deutlich zu sehen. Früher hatte die Züchterin sechs Wochen gewartet, bis sie einem Wurf festes Futter verabreichte, doch diesmal beschloss sie, ihnen bereits jetzt zum ersten Mal etwas Kuhmilch mit Brot zu geben, damit sich Lola ein wenig ausruhen und wieder zu Kräften kommen konnte.

Nelson und seine Geschwister wussten nicht, was sie mit den kleinen Schüsseln voll warmer Milch und altbackenem Brot anfangen sollten, die Mrs Anderson vor sie hinstellte.

Nelson sprang als Erstes mit großem Platschen mitten in eine der Schalen. Es war ein herrliches Gefühl. Mrs Anderson fischte ihn heraus, machte ihn sauber und setzte ihn dann behutsam vor die Schüssel, um ihm zu zeigen, wie man Milch aus dem Napf schlabbern konnte. In den folgenden Tagen würde Mrs Anderson auch Äpfel und Karotten in kleine Stückchen schneiden, und eines

Tages zerhackte sie ein gekochtes Ei und gab es zur großen Freude der Welpen in die kleinen Näpfe.

Irgendwann spät in der Nacht wurde Nelson von einem Geräusch geweckt, das er noch nicht kannte. Es war Mrs Andersons Stimme. Doch während diese Stimme bisher immer nur ruhig und freundlich geklungen hatte, hörte sie sich dieses Mal schrill und laut an, obwohl sie aus einem weit entlegenen Teil des Hauses kam, was dem kleinen Hund Angst machte. Er begriff nicht, was die Ursache dieses Verhaltens war, doch als Mrs Anderson eine halbe Stunde später den Raum betrat, roch er etwas Neues an ihr: die Spuren heftiger Wut, die gerade erst verflogen war. Es war das erste Mal in seinem noch kurzen Leben, dass er den Geruch von Wut kennenlernte, und er mochte ihn gar nicht. Er würde ihn nie mögen. An Hunden würde er ihn nie wahrnehmen, und irgendwann begriff er, dass diese Regung etwas war, das den Hund vom Menschen unterschied. Auch Nelson selbst würde sein Leben lang die verschiedensten Gefühle und Emotionen empfinden, doch Wut gehört nie dazu.

Mrs Anderson blickte auf Nelson hinab, merkte, dass er sie beobachtete, und hob ihn hoch. Sie strich ihm über den kleinen Kopf. Als sie ihn nah an ihr Gesicht hielt, leckte er blitzschnell ihre Tränen ab, und sie schenkte ihm ein mattes Lächeln. Nelson mochte den salzigen Geschmack der Tränen sehr, aber dieses Mal war er auch froh, weil der Glücksgeruch an ihr zurückkehrte. Sie setzte ihn ab und ging aus dem Zimmer, kam jedoch einen Moment später mit einem kleinen Teller zurück. Als sie Nelson hochhob und ihn sich auf den Schoß setzte, erkannte er sofort, dass das Futter auf dem Teller den gleichen fleischigen Duft von sich gab, den er in den vergangenen Wochen mehrfach gerochen hatte. Es war wahrscheinlich der herrlichste Geruch, den er kannte. Blitzschnell schlang der kleine Hund die Wurststückchen hinunter, die Mrs Anderson ihm hingestellt hatte, und brachte sie zum Kichern, als er aufgeregt den Teller abschleckte und nach mehr verlangte.

Lola wachte von dem Wurstgeruch auf und öffnete träge die Augen. Es war eine ihrer Leibspeisen, und normalerweise hätte sie höflich gebellt, um Mrs Anderson daran zu erinnern, ihr auch etwas abzugeben. Diesmal jedoch schlief sie einfach wieder ein. Sie wusste, dass ihre Jungen schon bald nicht mehr bei ihr sein würden, und dann würden sie, Mrs Anderson, King, Kennedy und Nougat wieder zusammen durch die Wälder streifen. Dann würde sie auch wieder nachts am Fußende von Mrs Andersons Bett schlafen, und die Erinnerung an ihre Welpen würde bald verblassen. Und so ließ sie in jener Nacht den kleinen Nelson den ganzen Teller voll leckerer Wurst allein verspeisen.

In der Tat überlegte sich Mrs Anderson, ob sie den kleinen Nelson behalten sollte. Es war ihr schon immer schwergefallen, ihre Welpen abzugeben, doch sie musste sich stets ins Gedächtnis rufen, dass sie das zusätzliche Einkommen aus den Verkäufen brauchte, zumal es diesmal wesentlich geringer sein würde als sonst. Glücklicherweise hatten sich einige Zoogeschäfte aus der Gegend, die normalerweise ihre Welpen verkauften, wenn auch zögernd dazu bereit erklärt, ihre Beagle-Pudel-Mischlinge zu nehmen. In den Läden wusste man, dass die Welpen, die sie normalerweise lieferte, nicht nur schöne Exemplare ihrer Rasse waren, sondern auch Charakterzüge aufwiesen, die Hundebesitzer liebten. Sie waren verspielt, aber gehorsam, frech, aber zutraulich. Einer der Händler machte sich sogar einen Spaß daraus, für die Mischlinge einen eigenen Rassenamen zu kreieren und Lolas und Kings Junge entweder »Beadle« oder »Pugel« zu nennen. Natürlich würde sie für die Welpen nur einen Bruchteil des Preises erzielen, den sie sonst für ihre reinrassigen Hunde bekam, doch es kam ihr geradezu lächerlich vor, Nelson für hundertfünfzig Dollar zu verkaufen; insgesamt betrachtet war es viel zu wenig für den Hund. Doch da gab es ein Gatter, das dringend repariert werden musste, und sie musste noch ein paar Legehennen kaufen. Allein mit ihrer Rente kam sie kaum über die Runden.

Mrs Anderson rieb die Welpen regelmäßig mit einem feuchten Handtuch sauber, was mittlerweile zwei Mal am Tag nötig wurde, da ihr Kot mit jeder festen Mahlzeit, die sie zu sich nahmen, dicker wurde. Eines Morgens jedoch spürte Nelson, dass ihnen eine neue Erfahrung bevorstand, denn sie trug die Kleinen bis in die Waschküche, die im hinteren Teil des Hauses lag. Der Geruch dort war trocken und tröstlich und erinnerte Nelson an die einzige Nacht, die er in Mrs Andersons Bett hatte schlafen dürfen.

Sie ließ die Welpen in der Kiste zusammenliegen und bereitete eine kleine Wanne mit lauwarmem Seifenwasser vor. Dann badete sie sie, einen nach dem anderen. Nelson mochte das Baden auf Anhieb, denn als Mrs

Anderson ihn mit einem Lappen sanft am ganzen Körper abseifte, war das genauso, wie wenn er von seiner Mutter abgeschleckt wurde. Schon bald fühlte er sich sauber und erfrischt, und der leichte Lavendelduft der Seife lullte ihn wohlig ein. Wenn sie einen Welpen gründlich eingeseift hatte, spülte sie ihn in einer anderen Wanne ab und rubbelte ihn mit einem dicken Handtuch trocken. Anschließend nahm sie seinen Kopf behutsam in beide Hände und trimmte ihm mit einer kleinen, aber scharfen Schere das flauschige Fell. Dabei wand sich Nelson ein wenig, weshalb Mrs Anderson ihn einmal fast mit der Schere ins Auge gestochen hätte, als sie versuchte, die Härchen rund um seine Augen zu kürzen. Schließlich hob sie ihn hoch und gab ihm ein paar Küsschen auf den Kopf. Nelson leckte ihr das Gesicht ab und schmeckte wieder das salzige Wasser rund um ihre Augen.

An diesem Abend servierte Mrs Anderson den Welpen all ihre Leibspeisen. Es gab Milch und Brot, aber auch kleine Käsestückchen, Eier, Äpfel und Wurst. Einen nach dem anderen fütterte sie Lolas Wurf. Erschöpft nahm auch Lola ein paar Bissen zu sich.

Als sich Nelson zum Schlafen neben seine Mutter kuschelte, roch er all seine Brüder und Schwestern um sich herum, die an diesem Abend sauber waren. Er hörte, wie sich ihre kleinen Bäuche beim Atmen hoben und senkten, aber auch ein gelegentliches Grummeln aus ihren vollen Mägen. Die Lichter waren ausgeschaltet, doch er roch dennoch Mrs Anderson, die auf einem Stuhl neben ihnen saß. Das war bisher der schönste Tag in Nelsons Leben gewesen. Das Glück, das er verspürte, als er in jener Nacht langsam in den Schlaf hinüberglitt, war wie eine weiche, kuschelige Decke. Er träumte von saftigen Wiesen voller Würste, in denen er endlos mit seinen Geschwistern herumtollen und fressen konnte.

Doch als Nelson am nächsten Morgen aufwachte, stand ihm ein Tag bevor, der sein Leben von Grund auf verändern würde.

2

Als der kleine Hund aufwachte, erlebte er etwas Seltsames und Neues. Er und seine vier Geschwister hockten in einer Obstkiste auf dem Rücksitz von Mrs Andersons Pick-up. Während der Wagen über die holprigen Landstraßen der Gegend rumpelte, rutschten die Welpen hin und her, purzelten manchmal sogar übereinander. Obwohl Mrs Anderson versuchte, vorsichtig zu fahren, kam es Nelson so vor, als würden seine Eingeweide durchgeschüttelt, und ihm war flau im Magen. Er und seine Geschwister winselten leise vor sich hin, doch niemand kam, um sie zu trösten. Am Fell der anderen konnten sie immer noch den Geruch ihrer Mutter riechen, aber Lola war nirgendwo zu sehen.

Irgendwann hielt der Wagen, und Mrs Andersons Gesicht tauchte über ihnen auf. Sie streichelte den Welpen über ihre kleinen Köpfe, und sie leckten begierig an ihren Händen und fühlten sich sogleich getröstet. Einen nach dem anderen hob sie heraus und gab ihnen aus einer kleinen Flasche Milch zu trinken. Der Behälter hatte einen unangenehmen Beigeschmack nach Plastik, doch die Milch roch und schmeckte gut. Nachdem sie die Hunde zurück in ihre Kiste gesetzt hatte, schlief Nelson wieder ein, und der Pick-up fuhr weiter. Als er irgendwann aufwachte, wehte eine ganze Wolke sonderbarer, neuer Gerüche durch das Fenster herein. Manche davon waren nur stärkere Versionen von Gerüchen, die er schon von der Farm kannte, die dort jedoch aus der Ferne kamen. Doch auch hier war alles von Gras umgeben, und das tröstete ihn.

Nach weiteren zwei Stunden wachte Nelson von einem neuen und stechenden Geruch auf. Während seine Geschwister noch schliefen, waren seine Augen weit aufgerissen, und er saß wachsam und etwas verängstigt in der Kiste. Der Geruch von Mrs Anderson war immer noch ganz nah, und er wusste, dass er es unbedingt schaffen musste, in ihrer Nähe zu bleiben.

Von dem Feuer, das Mrs Anderson manchmal abends machte, kannte Nelson den Geruch von Rauch, und damit waren die neuen Gerüche, die durch den Pick-up wehten, für den jungen Hund noch am ehesten zu vergleichen. Doch es mischten sich auch Gerüche darunter, die ihm irgendwie unnatürlich vorkamen. Da waren auch Geräusche, laut und schrill, und die Stimmen von Leuten, die draußen auf der Straße mit einer Schärfe redeten, an die er nicht gewöhnt war. Das Motorengeräusch von Mrs Andersons Pick-up hatte ihn nicht besonders gestört, doch jetzt bemerkte er das Brummen und Heulen vieler anderer Fahrzeuge um ihn herum, das langsam zu laut wurde. Nelson winselte. Im selben Moment spürte er Mrs Andersons Hand, die ihm über das Köpfchen strich, und er beruhigte sich wieder. Doch wo war bloß seine Mutter Lola? Warum war sie nicht bei ihnen?

Plötzlich wurde der Motor des Wagens ausgeschaltet, und das heftige Wackeln der letzten Stunden hörte auf.

Nelson blieb einen Moment lang ruhig liegen. Seine Geschwister reckten die Köpfe und versuchten, über die Seiten des Obstkiste zu schauen.

Nelson schnüffelte, als Mrs Anderson Lippenstift auflegte. Dann kam ein Spritzer Parfum, eine plötzliche Duftexplosion. Sie beugte sich zu ihnen herab und sprach mit den Welpen. Nelson hörte an ihrer Stimme, wie traurig sie war. Auf einmal hatte er das Gefühl, gleich würde etwas Wichtiges passieren, denn sie hob jeden der Welpen hoch, streichelte ihn und küsste ihn auf den Kopf. Bei Nelson ließ sie sich dazu mehr Zeit als bei den anderen.

Einen nach dem anderen setzte Mrs Anderson die Welpen jetzt in eine der kleinen Reiseboxen, die auf der Ladefläche des Pick-ups standen. Als Nelson aus der Obstkiste, die er mit seinen Geschwistern teilte, in seine Box verfrachtet wurde, warf er einen ersten Blick auf die neue Welt, die sie umgab. Ein riesiges Gebäude aus Beton ragte vor ihm auf, und überall waren Hunderte von Autos und Menschen. Ein paar Leute schauten zu ihnen ins Auto, lächelten und nickten Mrs Anderson zu.

Nelson kam zusammen mit seiner jüngeren Schwester in eine Box. Als sie herausspähten, sah er, wie Mrs Anderson auch seine anderen winselnden Geschwister in die Reisekäfige nebenan setzte. Dann gab sie jedem von ihnen Wasser zu trinken und ein paar Stückchen Wurst zu essen. Schließlich nahm sie die drei Boxen in die Hand und betrat den großen Bahnhof von Concord, New Hampshire.

Nelson fürchtete sich. Der Bahnhof war laut und voller Menschen, die in hohem Tempo unterwegs waren.

Eine wahre Flut unterschiedlichster Gerüche brach über ihn herein, und er versuchte, aus ihnen schlau zu werden. Als Nelsons Reisebox auf eine große Waage gestellt und gewogen wurde, warf er einen Blick auf Mrs Anderson und spürte ihre tiefe Traurigkeit. Sie ging noch einmal vor der Box in die Hocke, und Nelson leckte ihr ein letztes Mal das Gesicht. Dann war sie weg.

Nelson und seine Schwester lagen nebeneinander und steckten die Schnauzen tief ins Fell des anderen, an dem noch immer der Geruch ihrer Mutter und der anderen Geschwister haftete. Nelsons kleine Schwester jaulte herzzerreißend, und Nelson knabberte sanft an ihrem Ohr, um sie aufzumuntern.

So vergingen ein paar Stunden. Nach einer Weile legte sich Nelsons Angst ein wenig, und am liebsten hätte er die Welt außerhalb seiner kleinen Box erkundet und sich auf die Spur einiger interessanter neuer Gerüche begeben. Er kratzte an der Tür seines Käfigs, merkte aber schnell, dass er darin festsaß. Das war ein Gefühl, das er hasste, und jetzt begann auch er laut zu winseln. Ein paar Augenblicke vergingen, dann kam ein Mann herbei, der den Finger durch die Gittertür der Box streckte. Die beiden kleinen Hunde schnupperten und leckten daran. Ein freundliches Gesicht unter einer blauen Mütze schaute herein und lächelte sie an. Nelson roch ein paar von den warmen und tröstlichen Gerüchen, die auch Mrs Anderson verströmt hatte, und fühlte sich gleich besser.

Kurze Zeit später hob der freundliche Mann die Boxen mit den Welpen hoch und trug sie durch den Bahnhof. Nelson war ein wenig besorgt, als er zum ersten Mal eine

Eisenbahn sah. War das ein Tier? Oder ein Haus? Die Gerüche, die dieses Ding abgab, waren jedenfalls ziemlich vielfältig.

Der nette Mann stellte Nelson und seine Schwester in einem der Zugwaggons ab und streichelte ihnen noch einmal das Gesicht. Dann war er verschwunden. Die Tür des Waggons wurde zugezogen, und sie blieben in der fast kompletten Dunkelheit allein. Doch Nelson roch, dass noch andere Tiere in dem Waggon waren. Vielleicht andere Hunde, und möglicherweise auch Kaninchen und Hühner. Seine Geschwister konnte er nicht mehr entdecken. Ganz still und ängstlich kuschelten er und seine Schwester sich aneinander. Allmählich bekamen sie auch Hunger.

Mit einem plötzlichen Ruck fuhr der Zug an, und Nelson und seine Schwester rutschten in eine Ecke der Box. Sie jaulten auf, und Nelson roch die Angst der anderen Tiere im Waggon. Die Hühner fingen ein Mordsgezeter an. Während der Zug weiterratterte, kamen die Tiere durch die gleichmäßige Bewegung allmählich wieder zur Ruhe. Als Nelsons Angst verflogen war und er spürte, dass auch seine Schwester wieder ruhiger war, erlaubte er sich, all die Gerüche zu genießen, die von draußen in den Waggon eindrangen. Jetzt wurden die Stadtgerüche wieder durch Landdüfte überlagert, und Nelson atmete tief und genüsslich den Geruch nach gemähtem Gras und nach Wald ein. Es war eine sonderbare Erfahrung, von einem Zug aus Gerüche zu erschnuppern. Während manche Gerüche immer da waren, wurde man von anderen regelrecht bombardiert, die dann rasch wieder verschwunden waren. Nelson versuchte, ihnen lange nachzuspüren, vor allem den interessanten, doch sie waren blitzschnell wieder weg. Das Interesse des kleinen Hundes war geweckt.

Die Zugfahrt von Nelson und seiner kleinen Schwester dauerte nicht lange. Nach etwa einer Stunde wurde der Zug langsamer. Die Geräusche und Gerüche der Stadt waren wieder da, und Nelson roch Wasser, viel Wasser.

Als der Zug endlich anhielt und die Waggontür geöffnet wurde, nahm Nelson einen ersten tiefen Atemzug von der Luft im Bahnhof von Boston.

3

In über zwanzig Jahren hatte der kleine Tierladen von Emil Holmes im Süden von Boston einen guten Ruf für Zuchtwelpen erlangt. Für die Züchter bedeutete dies, dass sie Papiere vom amerikanischen Züchterverband liefern mussten, um die Reinrassigkeit ihrer Hunde zu belegen. Kopien dieser Papiere wurden dann auch den Käufern zur Verfügung gestellt und rechtfertigten die manchmal etwas erhöhten Preise, die Emil für seine Welpen verlangte.

Besitzer eines Zoogeschäfts war Emil nicht aufgrund einer bewussten Entscheidung geworden, sondern weil sein Vater gestorben war, als er gerade mal dreiundzwanzig Jahre alt war, und ihm den Laden hinterlassen hatte. Emil hatte seinen Vater nicht mehr gesehen, seit er fünf gewesen war, und so kam die Erbschaft vollkommen unerwartet. Was seinen Vater betraf, erinnerte er sich nur noch daran, dass er oft betrunken herumgeschrien und in der Küche Geschirr zertrümmert hatte, während der kleine Emil schlotternd vor Angst in seinem Bett lag. Dem Jungen hatte sein Vater nie etwas getan, doch der Mutter waren gelegentliche Handgreiflichkeiten nicht erspart geblieben. Irgendwann hatte sie ihren ganzen Mut zusammengenommen und dem gewalttätigen Ehemann den Laufpass gegeben, doch auch noch viele Jahre später hatte Emil ihn nicht vergessen.

Emil hatte eine besondere Begabung fürs Rechnen und gründete gleich nach der Highschool ein Geschäft für gebrauchte Musikinstrumente. Eine Weile lief es recht gut, und er heiratete noch vor seinem einundzwanzigsten Geburtstag seine Jugendliebe Evelina aus der Highschool. Doch wie so viele Geschäfte, die jemand aus jugendlicher Begeisterung aufzieht, scheiterte auch dieses irgendwann. Kurz danach verließ Evelina ihren jungen Ehemann und brach ihm das Herz. Emil wechselte eine Weile von einem Job zum nächsten und leckte sich seine Wunden. Als er dann das Geschäft seines Vaters erbte, kam ihm das zunächst wie ein schlechtes Omen vor. Doch schon bald wurde ihm klar, dass sich mit dem Kauf und Verkauf von Welpen gutes Geld machen ließ. Er liebte den geschäftlichen Aspekt seines neuen Tiergeschäfts und war entschlossen, beim zweiten Anlauf endlich erfolgreich zu sein. Dabei hegte er die Hoffnung, dass sich mit dem geschäftlichen Erfolg irgendwann auch eine neue Frau einstellen würde, mit der er eine Familie gründen könnte. Und so konzentrierte sich Emil mit seinem neuen Geschäft von Anfang an auf den Gewinn, den es abwarf. Innerhalb weniger Jahre konnte er aufgrund seines Wissens über die Rassen und die jeweiligen Züchter den Wert eines Welpen mit großer Genauigkeit einschätzen. Manche Züchter lieferten ausgezeichnete Jungtiere, mit denen die Käufer so glücklich waren, dass sie ihren Freunden von Emils Tiergeschäft erzählten. So konnte Emil irgendwann seine Preise anheben und machte schon bald große Gewinne mit den Hunden, die er verkaufte.

Für die andere Arbeit, die sein Geschäft mit sich brachte, hatte Emil allerdings nicht viel übrig. Hunde mochte er eigentlich nicht, und besonders ihr Geruch, der nun sein ganzes Leben zu durchdringen schien, ging ihm auf die Nerven. Manchmal, abends in seiner Wohnung, stellte er sich vor, irgendwo Welpenkot zu riechen, obwohl er genau wusste, dass das unmöglich war. Doch der Geruch von Welpenausscheidungen war derjenige, mit dem er tagsüber lebte und von dem er wusste, dass das auch für den Rest seines Lebens so sein würde, oder zumindest so lange, wie er das Geschäft haben würde. Während die Jahre ins Land gingen und ihm auch keine nennenswerte Liebe mehr widerfuhr, begann er den Geruch von Welpenkot für seinen Misserfolg bei den Frauen verantwortlich zu machen. Mit dem Geld, das er verdiente, schaffte er es, über die negativen Gefühle, die er seiner Arbeit gegenüber hegte, hinwegzukommen, aber wäre dieses Geld nicht gewesen, hätte er bestimmt nichts mit Welpen zu tun haben wollen. Tagein, tagaus sah er, wie Menschen angesichts der kleinen Hunde in Verzückung gerieten, und das konnte er nicht verstehen. Ein Hund war ein Tier, nicht mehr. Meine Güte, die Chinesen aßen Hunde sogar wie andere Menschen Hühnchen, dachte er manchmal.

Auf Mrs Andersons Bitte, zwei Mischlingswelpen für sie zu verkaufen, reagierte er zunächst mit großer Irritation, und auch ihre Idee, die Tiere als eine neue Kreuzung namens »Beadle« oder »Pugel« zu verkaufen, konnte ihn nicht recht überzeugen. Ein Mischling war ein Mischling und im Grunde ein Tier, das im Vergleich zu einem seiner reinrassigen Tiere wesentlich weniger wert und damit nutzlos war. Die Kosten für das Futter und das Sauberhalten sowohl des Tieres als auch des Käfigs überstiegen vermutlich sogar den Betrag, den er für das Tier verlangen konnte. Außerdem befürchtete er, der Verkauf von Promenadenmischungen könne dem sorgfältig gepflegten Ruf seines Geschäfts schaden.

Doch Mrs Anderson war eine seiner besten Züchterinnen. Er wusste, dass King immer für erstklassige Nachkommen sorgte und auch Lola stets gelehrige und liebenswerte Pudel produzierte, wie sie vor allem von Frauen geliebt wurden, die er etwas despektierlich als »reiche Schlampen aus Cambridge« titulierte. Er wusste, dass Mrs Anderson einfach nur eine alte Verrückte war, die ganz allein auf einer Farm lebte, doch er wollte sie nicht verärgern und damit eine gute Züchterin verlieren, die stets mit dem Preis einverstanden war, den er ihr anbot. Und so hatte er dem Verkauf von zwei Mischlingshunden zugestimmt und war froh, dass sie die restlichen drei Hunde aus dem Wurf bereits bei einem Tierladen in Connecticut untergebracht hatte.

Als er dann jedoch die beiden Welpen sah, bereute er seine Entscheidung. Wie so oft bei Promenadenmischungen, sahen die beiden Geschwister sehr unterschiedlich aus. Der kleinere Hund, das Mädchen, war recht süß, doch der kleine Rüde hatte eine sonderbare Färbung, besonders rund um die Augen. Er sah aus wie ein Hund aus einem Zeichentrickfilm. Auch das Fell der beiden war seltsam; weder glatt wie das eines Beagles noch kraus und flauschig wie das eines Pudels. Außerdem stand es in alle Richtungen ab. Vielleicht war es ja zu glätten, wenn er sie vor dem Verkauf schor, dachte er.

Das Schlimmste an den kleinen Mischlingen, fand Emil, waren die Ruten. Leute, die einen Welpen kauften, mochten es im Allgemeinen, wenn sie kupiert waren. Das war einfach so üblich. Alle seine Züchter lieferten ihre Welpen in diesem sehr verkaufsfördernden Zustand, und normalerweise machte auch Mrs Anderson hier keine Ausnahme. Offenbar hatte sie sich nicht die Mühe gemacht, bei den Mischlingswelpen die Schwänze abzutrennen, vermutlich, weil auch sie für Hunde, die nicht reinrassig waren, nicht allzu viel Interesse aufbrachte.

Normalerweise kupierte Mrs Anderson ihre Welpen, wenn sie zwei oder drei Tage alt waren, doch besonders begeistert war sie nicht davon. Manche Leute behaupteten, die kleinen Hunde würden nichts spüren, doch sie wusste, dass das nicht stimmte, denn sie jaulten immer schrecklich, wenn sie sie mit beiden Händen festhielt und ihnen mit einem scharfen Messer den Schwanz abtrennte. Es brach ihr jedes Mal das Herz, wenn sie hinterher ein antiseptisches Mittel auftrug und den verbliebenen Rest des Schwänzchens bandagierte. Doch sie wusste, dass die Welpen meist nach einem Tag wieder ganz normal waren und dass die Prozedur unverzichtbar war, wenn sie für ihren Wurf einen anständigen Preis erzielen wollte.

Doch bei Nelson und seinen Geschwistern hatte es ihr aus irgendeinem Grund widerstrebt, die Ruten der Hunde zu kupieren. Wenn die Welpen Mischlinge waren, dachte sie sich, dann gab es eigentlich auch keine

Veranlassung dazu. Sie versuchte, sich vorzustellen, wie diese Welpen in ihrem späteren Leben einmal aussehen würden, und fand, dass sie ja vielleicht von dem profitieren könnten, was ihre Großmutter das »fünfte Bein« eines Hundes genannt hatte. Sie hatte immer behauptet, ein Schwanz diene einem Hund beim Gehen dazu, das Gleichgewicht zu halten.

Emil jedoch war davon überzeugt, wenn er die Welpen verkaufen wollte, dann musste er sie kupieren. Selber hatte er das nie getan, und so würde er wohl so bald wie möglich einen Termin beim Tierarzt machen müssen, was seinen Profit bei diesen vermaledeiten Hunden noch weiter schmälern würde. Dabei fiel ihm ein, dass er noch einen kleinen Schaukäfig ganz unten an seiner Welpenpräsentationswand frei hatte. Dort hinein würden die beiden Promenadenhunde vorerst kommen, doch wenn sie sich nicht verkauft hatten, sobald die neue Lieferung Zwergspitze kam, mussten sie weg.

Der Tierladen war sauber, hell und gut gepflegt. Emils Kundschaft war im Allgemeinen gut betucht, und er hatte schon frühzeitig begriffen, dass sie gerne einen Laden besuchten, der eine gewisse Klasse zeigte. Es gab viele Regale mit allerlei Zubehör für Katzen und Hunde, und die Welpen saßen alle in kleinen Schaukäfigen oder Vitrinen, welche die hohe Wand an der einen Seite des Ladens säumten. Die Welpenwand war aus hellem Blech gefertigt, und jede Box darin war gut erleuchtet. Aus einem zentralen System kam Wasser, das die Welpen aus einem Rohr schlecken konnten, wenn sie Durst hatten. An jeder Seite der Boxen standen kleine Näpfe mit

Welpentrockenfutter. Aus Emils Hinterzimmer führten mehrere Türchen in jeweils eines der Abteile.

Die Vorderseite des Welpenabteils war mit Glas abgedeckt. Damit hinderte man potentielle Käufer daran, ihren Finger hineinzustecken und die Welpen daran lecken oder knabbern zu lassen, denn Emil hatte Sorge, irgendeine der »reichen Schlampen« könnte ihn gerichtlich belangen, wenn einer der Welpen einmal zu fest zukniff. Deshalb musste ein Kunde darum bitten, dass man den Welpen für ihn in eine Art Laufstall setzte, damit er oder sie dort eine Weile mit ihm spielen konnte.

Der kleine Käfig aus hellem Metall, in dem Nelson und seine Schwester untergebracht worden waren, war auf seltsame Weise geruchsarm. Da war nur der Geruch des Wassers, der sich jedoch von dem des Wassers auf der Farm unterschied. Das Tierladenwasser roch nach allerlei Chemikalien, und Nelson versuchte, so lange wie möglich zu vermeiden, davon zu trinken. Außerdem war da der ferne Geruch anderer Welpen, doch schien das Metall der Box die meisten Gerüche abzuschirmen. Nelson und seine kleine Schwester trösteten sich damit, dass sie sich eng aneinanderkuschelten. Der Körperduft seiner Schwester war stark, und in ihrem Fell roch es noch immer schwach nach ihrer Mutter Lola und Mrs Anderson. Er holte tief Luft und sog ihn genüsslich ein, obwohl er nicht wissen konnte, dass diese herrlichen Gerüche in wenigen Tagen für immer verschwunden sein würden.

Es gab auch noch einen anderen, fremden Geruch in dem Abteil, und das waren die trockenen Futterbrocken, die in einem kleinen Napf in einer Ecke standen. Nelson wusste, dass das Hundefutter war. Mrs Anderson hatte es ihnen in begrenztem Maße gegeben, zusammen mit der Milch, dem Brot und anderen leckeren Dingen, die sie ihnen aus ihrer Küche mitbrachte. Doch eigentlich schmeckte und roch dieses trockene Zeug ziemlich grässlich. Eine ganze Weile brachte es Nelson nicht über sich, davon zu fressen, doch irgendwann überwältigte ihn der Hunger, und er zwang sich, es hinunterzuschlucken.

Auch Geräusche gab es in dem kleinen Abteil nicht viele. Nelsons kleine Schwester weinte oft, und da war das stete Tropfen des Wassers in der Röhre, doch ansonsten konnte er nicht viel hören. Von draußen vernahm er das Rascheln der Menschen, die langsam im Laden herumschlenderten. Oft sah er ihre Füße, wenn sie vor der Welpenwand standen und sich die kleinen Hunde über ihm anschauten. Nur wenige bückten sich jedoch zu ihm und seiner Schwester hinab. Manchmal sah er sie grinsen und lächeln, wenn sie die beiden ansahen, doch die meisten wandten rasch den Blick ab und verschwanden.

Mit der Zeit freute sich Nelson auf die Abende im Tierladen. Etwa um fünf Uhr jeden Tag schloss Emil den Laden, und ein älterer Mann mit schwarzer Haut kam an seiner Stelle ins Geschäft. Ohne großes Aufhebens darum zu machen, verließ Emil den Laden, und der Mann begann den Boden zu wischen und die Fenster zu putzen.

Hinterher öffnete er bei jedem der Welpen das Türchen. Wenn Nelson ihn das schon von Weitem tun hörte, wurde er ganz aufgeregt, weil er wusste, dass auch er und seine Schwester bald an der Reihe sein würden. Dann ging das Türchen auf, und Vernon McKinneys große, warme Hände hoben ihn und sein Schwesterchen aus der Box. Dann streichelte er sie einen Moment, so wie das Mrs Anderson getan hatte. Schon bald machte er es sich zur Gewohnheit, Nelson einen Kuss auf den Kopf zu geben, und der Hund leckte ihm das Gesicht ab. Vernon schmeckte anders als Mrs Anderson, aber Nelson mochte den Geschmack. Und auch dem Mann schien es zu gefallen, wenn Nelson ihn ableckte.

Danach setzte Vernon die beiden Welpen immer eine Weile in die Spielecke neben der Schauwand. In dem Laufställchen war jede Menge Spielzeug – kleine Stofftiere, Bälle und Quietschtiere. Nelson mochte all diese Sachen und spielte schon bald ganz aufgeregt mit ihnen und seiner Schwester. Doch noch viel interessanter waren all die Gerüche der anderen Hunde, die sich auch manchmal in dem Ställchen aufhielten. Oft schnüffelte er jeden Zentimeter der Fläche ab, auf der Suche nach neuen Düften, und katalogisierte sie in seinem immer noch wachsenden Gehirn.

Alle paar Tage badete Vernon die Welpen. Nelson liebte das Baden – im Wasser zu sein machte ihn einfach unendlich viel glücklicher. Bloß den letzten Teil mochte er nicht besonders: wenn Vernon ihn in seine großen Hände nahm und ihn trocken föhnte. Schließlich brachte er die kleinen Hunde viel zu früh in ihren geruchslosen und klinisch sauberen Lebensraum zurück. In der Zwischenzeit hatte er die Exkremente der Welpen weggewischt und ihre Futternäpfe gefüllt, und er hatte das Stroh, auf dem sie tagsüber lagen, ausgetauscht, wenn es schmutzig geworden war. Manchmal wurde Nelson von dem Geruch der Chemikalien so schlecht, dass er am liebsten gewürgt hätte. Doch der Geruch von Vernon haftete noch eine Weile an seinem Fell, und das roch gut. Wenn er sich auf diesen Duft und den seiner Schwester konzentrierte, dann glitt er irgendwann in den Schlaf hinüber. Und er träumte von Gras und Wurst.

Als sie drei Tage in dem Tierladen verbracht hatten, verschwand eine der jungen Frauen, die in die Höhle von Nelson und seiner Schwester geblickt hatte, und kam ein paar Momente später mit Emil zurück. Kurz darauf hob Emil Nelson aus seinem Abteil. Er zitterte vor Angst, hörte, wie seine Schwester weinte, als sich die Tür ihres Abteils schloss. Emil trug den kleinen Hund zum Spielställchen und setzte ihn auf den Boden. Die Frau, die in das Abteil geschaut hatte, kam auch in den Laufstall und ging in die Hocke. Er schaute zu ihr auf, unsicher, was er tun sollte. Emil stand daneben und beobachtete ihn. Auch das machte Nelson Angst. Dann kam die junge Frau näher und hob Nelson hoch. Sie streichelte ihm über den kleinen Kopf, untersuchte ihn spielerisch von allen Seiten. Ein paar Mal leckte Nelson ihr die Finger ab. Sie lächelte und streichelte ihm noch einmal über den Kopf.

Kurz darauf setzte sie den kleinen Hund wieder ab und stieg aus dem Ställchen, ohne ihn eines weiteren Blickes zu würdigen. Nelson stand etwa zehn Minuten ganz allein da. Dann kam Emil zurück, hob ihn etwas grob aus dem Stall, wobei er ihn schmerzhaft an den kleinen Rippen drückte. Nelson hörte, wie Emil wütend auf ihn einredete, und schnupperte. Dass Emil nicht zu trauen war, wusste er, und angesichts seiner Wut fühlte er sich sehr unbehaglich. Er würde alles tun, um ihm aus dem Weg zu gehen. Schon bald war Nelson wieder unsanft in sein Abteil verfrachtet worden, wo er lange zitternd vor Angst neben seiner kleinen Schwester lag.

Im Laufe der folgenden Woche wurden Nelson und seine Schwester noch mehrmals aus ihrem Abteil geholt und in das Ställchen gesetzt, wo potentielle Käufer mit ihnen spielten. Mittlerweile fürchtete Nelson diese Momente. Es waren nicht die Kunden, vor denen er sich fürchtete. Oft rochen sie tröstlich, und er hätte am liebsten stundenlang mit ihnen gespielt, zumal er begriffen hatte, dass Emil weniger böse auf ihn war, wenn er im Ställchen so viel wie möglich mit den Menschen spielte. Je mehr er spielte, desto mehr lächelten sie und desto mehr roch er auch, dass sie guter Laune waren.

Doch mit jedem Mal, wenn ein potentieller Käufer sich nicht dazu entschließen konnte, Nelson mit nach Hause zu nehmen, behandelte Emil den Welpen mit größerer Verachtung. Nelson war gerade mal zwei Monate alt und immer noch kaum größer als eine menschliche Faust. Für sein Alter war er kräftig, doch selbst der geringste Druck, mit dem Emil ihn anfasste, wenn er ihn in sein Abteil zurücksetzte, konnte schmerzhaft sein. Einmal, als Emil ihn dabei unsanft gegen die Wand schubste, jaulte Nelson vor Schmerz sogar auf. Es tat zwei oder drei Tage weh. Einmal versuchte Nelson Emil die Hand zu lecken, um Freundschaft mit ihm zu schließen, doch davon wollte Emil nichts wissen und schrie den kleinen Hund an. Noch eine Stunde später zitterte Nelson vor Angst.

Eines frühen Morgens jedoch öffnete sich unerwartet die Tür, obwohl Nelson noch keine Kunden im Laden bemerkt hatte. Emil holte sowohl Nelson als auch seine kleine Schwester aus dem Abteil, wobei er sie unangenehm fest drückte. Dann setzte er sie beide in eine Reisebox wie die, in der sie im Zug transportiert worden waren, und schloss die Gittertür. Fluchend schaute er zu ihnen in den Käfig. Dann stellte Emil die Box auf den Rücksitz seines alten Pick-up. Nelson und seine Schwester fürchteten sich, als der Motor mit lautem Getöse zum Leben erwachte und ruckelnd anfuhr. Hinten auf dem Sitz rutschte die Hundebox hin und her, und Nelson und seine kleine Schwester jaulten vor Angst. An den vielen Geräuschen und den giftigen Gerüchen merkte Nelson, dass sie wieder draußen in der Stadt waren.

Kurz darauf hielt der Pick-up, und Emil zerrte die Box vom Sitz. Im Wartezimmer des Tierarztes hing der gleiche chemische Geruch wie in ihrem Abteil im Tierladen. Nelson roch Emils Ungeduld, während er den Käfig mit den beiden Welpen auf dem Schoß hielt und wartete. Ein junger Mann nebenan, der einen großen Labrador an der Leine hatte, schaute zu den Welpen in die Box und grinste. Er fing mit Emil zu plaudern an, doch Nelson hörte, wie Emil nur mürrisch antwortete, dann war das Gespräch beendet. Auch weitere Hunde konnte Nelson in dem Raum erschnuppern, und Menschen waren offenbar auch da. Wenn Emil in der Nähe war, konnte man leicht vergessen, dass die meisten Menschen einen warmen und tröstlichen Duft abgaben, doch Nelson erschnupperte ihn dennoch bei einigen der Leute, die im Wartezimmer saßen.

Nach einiger Zeit kam ein großer Mann mit lockigem Haar, der einen weißen Anzug trug, in den Raum und rief Emil herein. Im Sprechzimmer holte der Tierarzt Nelson und sein Schwesterchen aus der Reisebox und nahm sie in seine warmen Hände, tätschelte ihnen den Kopf. Nelson mochte den Tierarzt auf Anhieb. Da war etwas an seinem Geruch und am Gefühl seiner Hände an Nelsons Körper, die ihn sanft, aber fest hielten, das den kleinen Hund entspannte. Emil und der Tierarzt redeten, und schon bald wurde das Gespräch etwas hitzig. Dann zog Emil Nelson sanft an seinem kleinen Schwanz, doch schließlich fluchte er und verließ kopfschüttelnd den Raum.

Der freundliche Bostoner Tierarzt hatte sich geweigert, Emils Bitte zu erfüllen und Nelson und seiner Schwester den Schwanz zu kupieren, denn der Veterinär wusste, dass sie dafür bereits viel zu alt waren. Einen solchen Schmerz würde er einem Tier nicht zumuten. Als wollten sie dem Arzt danken, blickten Nelson und seine Schwester zu ihm auf und wedelten mit dem Schwanz, den sie beide beinahe verloren hätten. Der Tierarzt konnte nicht anders als lächeln.

Der Arzt hielt Nelson in den Händen und holte eine glänzende Spritze aus der Schublade. Den Geruch der Flüssigkeit darin mochte Nelson nicht, doch er hatte Vertrauen zu dem Tierarzt. Ein kurzer stechender Schmerz fuhr ihm durchs Hinterteil, als er seine drei Impfstöße bekam. Die Stelle, an der er die Injektionen erhalten hatte, tat noch mehrere Tage weh, doch Nelson spürte, dass sie gut für ihn waren. Auch seine kleine Schwester wurde geimpft, und Nelson kaute zärtlich ihr Ohr, während sie winselte.

Am nächsten Abend nahm Vernon Nelson und seine Schwester vor allen anderen Welpen aus ihrem Abteil. Er hatte von Emils Vorhaben, sie kupieren zu lassen, gewusst und war erleichtert, als er sah, dass Nelson immer noch seine Rute hatte und fröhlich mit ihr wedelte. An diesem Abend hatte Vernon von einem Grillabend mit seiner Familie am Wochenende ein paar Steakreste mitgebracht, die Nelson und seine Schwester gierig hinunterschlangen. Wenn Emil das herausfand, würde er wütend sein, doch Vernon konnte der Versuchung einfach nicht widerstehen, die kleinen Hunde mit ein paar extra Leckerbissen zu verwöhnen.

Normalerweise verkauften sich die Welpen in Emils Laden innerhalb einer Woche, doch mittlerweile waren Nelson und seine Schwester schon fast drei Wochen da, und niemand hatte sie gekauft. Vernon verstand das nicht, denn er fand, dass die beiden Welpen von Tag zu Tag süßer wurden. Langsam wuchs ihr Fell ein wenig nach, und wenn sie ihn am Abend schwanzwedelnd begrüßten, schmolz er förmlich dahin. Seiner Vermutung nach war die Kundschaft, die in Emils Laden kam, einfach ziemlich eingebildet und wollte nur Welpen mit richtigen Zuchtpapieren.

Vernon war ein aufgeweckter und neugieriger Mensch, der trotz seiner mangelnden Bildung oft das ganze Wochenende mit Lesen verbrachte, wobei er sich für alle möglichen und unmöglichen Themen interessierte. Er verschlang Bücher und Zeitungsartikel über die Schildkröten auf den Galapagosinseln, die heißen Geysire Islands oder chinesische Geschichte. Und so fand er auch, dass die Neugier, die aus jedem Blick von Nelson sprach, ihn zu einem ziemlich faszinierenden jungen Hund machte. Natürlich waren es nicht wirklich die Augen, mit denen Nelson seine Neugier stillte. Sein Hauptantrieb im Leben waren die Gerüche. Dennoch lag Vernon nicht ganz falsch, wenn er in dem Hund ein wenig von sich selbst wiedererkannte.

Vernon wusste, dass Emil vor allem von seinem Profitdenken gelenkt wurde, und so bereitete es ihm durchaus Sorge, was Emil wohl mit den beiden Welpen tun würde, wenn sie nicht bald jemand kaufte. Pünktlich jeden Monat zahlte ihm sein Boss sein Gehalt, und in den acht Jahren, die er in dem Tierladen arbeitete, hatte er ihn nur ein einziges Mal angeschrien, denn Vernon war bei der Arbeit sehr gewissenhaft, und so hatte es für Emil nie einen Grund gegeben, böse auf ihn zu sein. Vernon wusste, dass Emil Hunde nicht mochte, weshalb ihm der Blick, den Vernon in Emils Augen sah, wenn er Nelson und seine Schwester finster anschaute, manchmal Angst machte.

Und so war Vernon auch mehr als beunruhigt, als er eines Abends in den Laden kam und sofort bemerkte, dass Nelsons kleine Schwester nicht mehr bei ihm im Abteil saß. Er schaute Nelson an, der ganz allein im Käfig lag und voller Kummer vor sich hinschaute. Vernon hob ihn heraus und spürte die Traurigkeit, die den kleinen Hund erfüllte. Normalerweise war er nämlich ein ausgelassenes Bündel Freude, wenn er ihn aus seinem Gefängnis befreite. Dann wedelte er mit dem Schwanz, leckte Vernons Hände und Gesicht und knabberte sanft an ihm. Heute jedoch lag er teilnahmslos da und bewegte sich kaum. Selbst den Streifen Trockenfleisch, den Vernon ihm mitgebracht hatte, beachtete er nicht.

Einen schrecklichen Moment lang dachte Vernon, Emil habe dem kleinen Hundemädchen etwas Unaussprechliches angetan. Doch als er sich die Kundenliste des Abteils anschaute, hing da ein Zettel mit der Aufschrift »VERKAUFT« unter dem Schild »Beadle, weiblich«.

Er brachte fast eine halbe Stunde damit zu, Nelson in den Händen zu halten und ihn zu streicheln. Ein paar Mal leckte der Hund ganz sanft Vernons Hände, doch er blieb traurig. Der kleine Hund hatte nicht die Gelegenheit gehabt, sich von seiner Schwester zu verabschieden. Die Tür des Abteils war aufgegangen, und wie sonst auch ahnte er nichts Gutes, als er Emils Hand roch. Dann wurde seine Schwester aus dem Abteil geholt und die Tür laut zugeworfen. Ängstlich hatte er auf ihre Rückkehr gewartet, doch es war weit und breit nichts mehr von ihr zu sehen. Als Vernon an diesem Abend gekommen war, war Nelson von einer großen Traurigkeit ergriffen worden.

Seine Schwester konnte er immer noch an seinem Fell riechen, doch so sehr er sich auch bemühte: die Gerüche von Lola, seiner Mutter, und von Mrs Anderson waren nicht mehr da. Zwar konnte er sich noch lebhaft an ihren Duft erinnern, doch seine Nase konnte ihn nirgendwo in seiner Nähe mehr lokalisieren. Irgendwo tief in ihm drinnen wusste er, dass auch der Duft seiner Schwester ganz langsam aus seiner Welt verschwinden würde.

In jener Nacht tröstete Vernon Nelson so lange, bis er schließlich einschlief. Ganz allmählich glitt der kleine Hund in den Schlaf hinüber, doch dieser Schlaf war von bösen Träumen und von Emils Geruch erfüllt. Vielleicht spürte Nelson ja, dass Emil wach in seinem Bett lag, im Geiste seinen Welpenbestand durchging und feststellte, dass für Nelson kein Platz mehr war, wenn am kommenden Tag die vier neuen Chihuahuas geliefert wurden. Bis dahin musste der Hund aus dem Bestand gelöscht sein.

4

Katey Entwhistle hatte ihre zweiwöchigen Flitterwochen in Italien sehr genossen, obwohl zum Entspannen nicht allzu viel Zeit gewesen war. Don konnte vom Besichtigen nicht genug kriegen, und auch sein Appetit auf Sex war schier unstillbar, weshalb sie recht müde waren, als sie nach Amerika zurückkehrten. Doch Müdigkeit hin oder her: Kate war so glücklich wie nie zuvor in ihrem Leben.

Abends waren sie durch Rom gestreift und hatten unzählige köstliche Mahlzeiten verzehrt. Sie waren in einem völlig überforderten kleinen Fiat durch die Toskana und Umbrien getuckert und hatten sich an der berückend grünen Landschaft und der herrlichen Kunst der Renaissance nicht sattsehen können. Schließlich hatten sie auch noch ein paar Tage in Positano verbracht, wo sie die bizarre Steilküste erkundet und im kristallklaren Wasser gebadet hatten. Beide waren tiefgebräunt und glücklich. Katey hatte ein schlechtes Gewissen, weil sie ganze zwei Wochen nicht auf ihrem geliebten Piano gespielt hatte, was nicht mehr vorgekommen war, seit sie ein kleines Mädchen war. Doch sie wusste auch, dass das noch warten konnte. Sobald sie zurückkehrten, würde das normale Leben sie wieder einholen, nur dass sie jetzt einen Ehemann hatte, den sie von ganzem Herzen liebte.

Der Alitalia-Flug nach Boston dauerte lange, verlief jedoch ohne besondere Vorkommnisse. Auf Dons Vorschlag hin hatten sie beschlossen, dort noch ein paar Tage einen kurzen Zwischenstopp einzulegen und dann mit einem Mietwagen nach Albany zurückzufahren. Seine Mutter war zu krank gewesen, um an ihrer Hochzeit in New York teilzunehmen, und obwohl sie kaum begriff, was geschehen war, hatte er das Gefühl, sie würde einen Besuch der beiden zu schätzen wissen.

Jeden Tag, den sie in Boston verbrachten, hielten sie sich ein paar Stunden bei ihr im Pflegeheim auf. In ihrem Zimmer, ebenso wie im ganzen Heim, hing der Geruch, der solche Einrichtungen immer und überall kennzeichnet – eine Mischung aus billigem Deo, gestärkter Wäsche, zu lange gekochtem Essen und dem schwachen Geruch von Urin. Eine Duftnote, die nicht gerade unangenehm war, dem Besucher jedoch unmissverständlich zeigte, wo er sich befand.

Katey fand, man sah es Dons Mutter Estelle durchaus noch an, dass sie einmal eine schöne und lebensfrohe Frau gewesen war. Ihre Erzählungen von früher waren bruchstückhaft, und oft wünschte sich Katey, sie könne sich den Rest von Estelles Geschichten zusammenreimen, wenn sie mitten im Erzählen urplötzlich verstummte und mit leerem Blick vor sich hinstarrte. Nach nur wenigen Augenblicken redete sie dann meistens weiter, doch über ein vollkommen anderes Thema. Don machte das rasch ungeduldig, und oft schlug er vor zu gehen, obwohl Katey das Gefühl hatte, es sei zu früh. Sie wollte einfach versuchen, Dons Mutter so gut wie möglich kennenzulernen, der sie nicht begegnet war, bevor sie krank wurde. Manchmal hielt Estelle sie für ihre Schwester, für die Tochter, die sie nie bekommen hatte, für eine Freundin aus alten Zeiten und einmal sogar für die Putzfrau. Doch sooft Don ihr auch erklärte, Katey sei Dons frisch angetraute, schöne Frau, Estelle konnte sich niemals erinnern. Ihr schmeckte der leckere Trüffelkäse, den Katey für sie aus Italien eingeschmuggelt hatte. Und so machte Katey es sich zur Gewohnheit, ihr jeden Tag etwas zu essen mitzubringen, womit sie ihr immer eine Freude bereitete.

Seit ihrer Rückkehr aus Italien verspürte Katey ein seltsames Gefühl der Enttäuschung, und sie wusste, dass Don es ähnlich empfand. Das Leben sollte einfach so weitergehen wie in ihren Flitterwochen – man schaute sich schöne Dinge und Plätze an, verspeiste köstliche Mahlzeiten und liebte sich bis in die frühen Morgenstunden. Von Dons warmem Lächeln, von seiner Leidenschaft für Geschichte und von seinem Humor konnte Katey nicht genug bekommen. Sie wünschte, das Leben könne immer so bleiben wie in Italien. Sie versuchten, ihre Flitterwochen noch ein wenig zu verlängern, indem sie in Bostoner Restaurants bei Kerzenlicht aßen und im Stadtpark spazieren gingen. Doch die berühmten Schwanenboote auf dem kleinen See wirkten doch etwas billig im Vergleich zu den Booten, mit denen sie die Grotten an der italienischen Küste erkundet hatten.

Eines Nachmittags, nachdem sie Dons Mutter besucht hatten, schlenderten sie Arm in Arm durch die Straßen von Boston, kichernd und lachend, wie es bei Frischvermählten oft der Fall ist. Sie aßen eine Brezel und schauten sich Antiquitätenläden an. Eigentlich hatten sie für ihr kleines Haus in Albany bereits alles an Einrichtung, was sie brauchten, und was wirklich noch gefehlt hatte, war durch Hochzeitsgeschenke ergänzt worden. Doch irgendwie suchten sie immer noch nach einem kleinen Souvenir für ihre Flitterwochen, etwas, das sie an die schöne Zeit erinnern würde. Das war allerdings mehr Kateys Idee als die von Don. Er hatte mit seiner schicken Kamera mehr als sechshundert Fotos gemacht, was mehr Erinnerungen waren, als sie brauchten, sagte er. Ein paar Mal hatte Katey auf ihrer Italienreise Porzellan gesehen, das ihr gefiel, und ein paar Teile davon hatten sie auch gekauft. Doch irgendwie schien ihr nichts von diesen Beutestücken würdig genug, sie an ihre Flitterwochen zu erinnern. Katey war abergläubisch und hoffte einfach immer noch, sie würde noch etwas ganz Besonderes finden. Das war bei ihren Eltern Tradition gewesen – sie hatten von einer Reise immer etwas mit nach Hause genommen, das auf ganz eigene Art die Bedeutung der Reise in sich trug, wie in einer kleinen Kapsel.

Vor vielen Jahren, als Katey neun Jahre alt gewesen war, hatte ihre Mutter sie in ihrem Zimmer aufgesucht und ihr mit trauriger Miene mitgeteilt, dass ihr Vater, ein Soldat, nicht mehr heimkehren würde. Er habe sein Leben in einem Land gelassen, das weit, weit weg war. Noch Jahre später hatte Katey Trost in einem kleinen Spielzeugkrokodil gefunden, das ihre Eltern ihr bei einem Urlaub in Florida gekauft hatten. Wenn man es drückte, sang es einen Elvis-Song. Ihre Großmutter hatte ihren Vater immer für seinen schlechten Geschmack gescholten, doch nachdem Katey ihn verloren hatte, war sie für das geschmacklose Spielzeugkrokodil sehr dankbar.

Es war Dons Idee gewesen, den kleinen Tierladen zu betreten, an dem sie in einer der Seitenstraßen vorbeikamen. Dons Mutter hatte Sperlingspapageien und einen Ara gehalten, als er noch ein Kind war, und er hatte immer schon gerne Vögel beobachtet, wenn sich die Gelegenheit dazu bot. Die beiden waren nur kurz in dem Laden, als sie bemerkten, dass es hier keine Vögel gab, und Don wollte wieder hinausgehen. Doch zu diesem Zeitpunkt hatte Katey bereits die große Wand mit den Welpen auf einer Seite des Ladens bemerkt und stand davor. Obwohl sie als Erwachsene nicht mehr viel über Hunde nachgedacht hatte, hatte sie als Kind Hunde geliebt. Sie sah sofort, dass in diesem Laden eine sehr gute Auswahl an Welpen feilgeboten wurde. Es gab Spitze und Terrier, Möpse, Pudel und Chihuahuas. In einem der größeren Abteile lagen eine kleine Dänische Dogge und ein schwarzer Labrador. Hier hätte Katey Stunden verbringen können, doch sie spürte, dass Don ungeduldig wurde, und so gingen sie wieder auf die Tür zu.

Nelson saß zusammengekauert in der kleinen Reisebox, in die ihn Emil vor einer Stunde eingesperrt hatte. Während er auf dem Tresen direkt neben der Kasse wartete, hatte der kleine Welpe die Gelegenheit, all die Gerüche in dem Laden zu erschnuppern, doch während dies unter anderen Umständen ein wahres Fest an Düften gewesen wäre, herrschte in Nelson, der in der kleinen Box wartete, nur Angst. Emil wanderte im Laden herum, packte Kartons aus und widmete sich anderen Aufgaben. Gelegentlich begrüßte er einen neuen Kunden, der sich im Laden umschaute, mit einem freundlichen Lächeln, und Nelson roch, dass er glücklich war, als er einer älteren Dame einen Chihuahua verkaufte. Die meiste Zeit jedoch spürte er nur seine Verärgerung, besonders wenn Emil ihn anschaute und laut fluchte.

In seiner Verängstigung hatte Nelson es kaum bemerkt, als die junge Frau und ihr Mann den Laden betreten hatten, und nahm nur aus dem Augenwinkel wahr, wie die Frau all die Welpen an der Welpenwand betrachtete. So überraschte es ihn, als sie ein paar Minuten später den Finger durch das Gitter der engen Reisebox streckte, in der er hockte, und ihn anlächelte.

Katey hatte den kleinen Welpen, der einsam in seiner Box saß, in dem Moment bemerkt, als sie und Don den Laden verlassen wollten. Er war klein, ziemlich flauschig und mehrfarbig – weiße und ockerfarbene und braune Flecken. Bemerkenswert waren seine Augen, die aussahen, als hätte sie jemand mit Farbe umrandet – ein brauner Ring umgab sein linkes Auge, ein weißer sein rechtes. Auch die Rute war ungewöhnlich, denn sie war fast halb so lang wie der übrige Körper und bunt gescheckt. Was Kate jedoch am meisten beeindruckte, war die Traurigkeit, die der kleine Hund ausstrahlte, und so steckte sie den Finger in den Käfig, um ihn ein wenig aufzumuntern. Zuerst beachtete der Kleine sie gar nicht, doch dann begann er eifrig an dem Finger zu lecken und betrachtete sie aufmerksam mit seinen großen, braunen Augen.

Katey hatte viele Jahre nicht mehr darüber nachgedacht, wie es wäre, sich einen Welpen anzuschaffen. In all den Jahren, die sie in Wohnungen gelebt hatte, war das auch nicht möglich gewesen. Katey wusste, dass andere Menschen durchaus kleine Hunde in der Wohnung hielten und zweimal am Tag mit ihnen Gassi gingen, doch wenn sie sich einen Hund anschaffen würde, dann müsste er einen Garten haben, in dem er spielen konnte. So viel wusste sie über Hunde immerhin noch aus ihrer Kindheit. Als sie und Don vor ein paar Monaten in ihr Haus gezogen waren, war ihr der Gedanke an einen Hund jedoch gar nicht gekommen, vielleicht, weil sie so sehr mit dem Auspacken der Kisten und dem für sie ganz neuen Zusammenleben beschäftigt gewesen waren.

Doch als sie an diesem Tag in Emils Laden den Welpen in das Spielställchen setzen ließ und sich mit ihm beschäftigte, wurde der Wunsch, den kleinen Kerl mit nach Hause zu nehmen, rasch überwältigend. Der Hund leckte ihr aufgeregt das Gesicht und sprang zwischen all den Spielzeugen hin und her, um ihr zu zeigen, dass er mit ihr spielen wollte. Als sie ihn hochhob, kuschelte er sich an sie und beschnüffelte sie. Sie schaute ihren Ehemann fragend an, als er sie anlächelte. Nelson fühlte sich von dem warmen Duft der jungen Frau, von ihrer sanften Art und den lieben, dunkelbraunen Augen sogleich getröstet. Als sie so auf ihn herabschaute, das freundliche Lächeln wie eingerahmt von ihrer glatten, perlweißen Haut und dem sanft gelockten schwarzen Haar, wurde Nelsons Körper weich und geschmeidig.

Nachdem sie ihn auf den Arm genommen und zurück zum Tresen gebracht hatte, rechnete er fest damit, dass sie ihn Emil reichen würde, wie das schon so viele Kunden getan hatten, nachdem sie ein paar Minuten mit ihm gespielt hatten. Doch das tat sie nicht. Es fand ein Gespräch statt. Emil war höflich und freundlich zu der jungen Frau. Diese hatte eine weiche, sanfte Stimme und schlug einen Ton an, den Nelson ziemlich beruhigend fand. Auch der Mann, mit dem sie da war, nahm an dem Gespräch teil. Nelson roch viel von der Frau an dem Mann und viel von ihm an ihr, und es schien, als seien sie sehr verbunden miteinander. Und noch einen anderen starken Geruch nahm Nelson an den beiden wahr, den er noch nicht gekannt hatte, einen Geruch, der intensiv und schillernd und ziemlich faszinierend war. Erst später würde er begreifen, dass das der Duft menschlichen Verlangens war.

Nelson spannte seinen Körper an, als die Frau ihn sanft in seine Box zurücksetzte und die Tür fest zumachte. Er drückte sich ganz eng an die Öffnung der Box, versuchte, ihr die Finger abzuschlecken, und winselte leise. Als er zu Emil hochschaute, warf der ihm einen kurzen Blick zu, bei dem der kleine Hund erschauderte. Doch es war nicht Emil, der ihn an diesem Tag aus dem Laden wegbrachte, so wie Nelson es den ganzen Tag befürchtet hatte. Es war Katey.

An diesem Tag wusste Nelson noch nicht, dass Katey die große Liebe seines Lebens sein würde.

5

In den ersten sechs Monaten von Nelsons Leben bei Katey und Don stellte sich rasch eine schöne Routine ein. Schon bald merkte der junge Hund, dass es da ein Wort gab, das die beiden oft sagten, wenn sie ihn anschauten oder streichelten, und so lernte er, schnell auf seinen Namen »Nelson« zu reagieren, wenn er draußen im Garten war und sie nach ihm riefen.

Auf ihrer Heimfahrt im Auto von Boston nach Albany hatte es zwischen Katey und Don einige Diskussionen darüber gegeben, wie der junge Hund denn nun genannt werden sollte. Das war keine leichte Aufgabe, weil sowohl sein Äußeres als auch sein Verhalten etwas Besonderes waren. Nachdem sie es ein paar Stunden lang mit den üblichen Verdächtigen probiert hatten, kramte Katey in den Papieren, die Emil ihnen nach dem Kauf gegeben hatte, und sah, dass der Welpe in Nelson, New Hampshire, geboren war. Irgendwie schien der Name Nelson perfekt zu dem kleinen Kerl zu passen. Don gefiel er, weil er ihn an Lord Nelson erinnerte, den britischen Marineadmiral, den er sehr bewunderte und von dem er in seinen historischen Seminaren an der Uni mit großer Leidenschaft sprach. Katey fand, dass der Name einen guten Klang hatte, zumal Nelson Mandela immer ein Mann gewesen war, den sie zutiefst verehrte. Nelson selbst hätte nicht sagen können, ob er den Namen mochte oder nicht, aber es machte ihn glücklich, dass es dieses eine Wort gab, das nur ihm gehörte, und schon bald machte sein Herz einen Satz, wann immer Katey ihn rief.

Das Haus in Albany war eher klein und hatte zwei Schlafzimmer, von denen eines winzig war. Das Bad und die Küche waren alt, und das Dach hätte einige Reparaturen nötig gehabt. Doch das Haus war frisch gestrichen, und Kate hatte viel Mühe darauf verwendet, es einzurichten. Es war hell und fröhlich geworden, und was für Nelson noch viel wichtiger war: Es roch gut. Es hatte schon vom ersten Moment an gut gerochen, als er mit Katey und Don durch die Haustür hineinging und das Paar mit einem innigen Kuss seine Heimkehr feierte.

Das Haus lag in einem grünen Vorort, und Nelson liebte die Frische der Luft und die harmonische Fülle all der Aromen, die fast immer mit einer leichten Brise hereingetragen wurden. Drinnen im Haus war es warm und gemütlich. Hier roch Nelson auch zum ersten Mal seit Langem wieder den Duft von frisch gewaschener Wäsche. Die Säckchen mit Lavendel, die Katey überall im Haus an sorgfältig ausgewählten Plätzen verteilt hatte, rundeten das Aroma des Hauses ab und machten es zu einer angenehmen Geruchslandschaft.

Draußen gab es einen Garten. Er war nicht so groß wie der von Mrs Anderson, vielleicht hundert Quadratmeter. Doch mit der Zeit entwickelte Nelson ein enges Verhältnis zu dem Garten. Da er in der Zeit, wo er bei Katey und Don ein Zuhause gefunden hatte, mächtig zu wachsen begonnen hatte, wurde auch sein Geruchssinn von Tag zu Tag immer besser. Bald schon kannte er jeden Quadratzentimeter des Gartens bis ins kleinste Detail. Obwohl er nie in der Lage sein würde, es auszudrücken, hatte er rasch eine Geschichte darüber im Kopf, die ausführlicher war als die Bibel. Es war keine Geschichte über Menschen, die eine erkennbare Handlung hatte. Die Geschichte, die in Nelsons Kopf entstand, war vielmehr eine Geschichte, die sich aus dem Zusammenspiel von Tausenden von Gerüchen zusammensetzte, eine Geschichte, die er allein dadurch spinnen konnte, dass er an dem Gras in Kateys Garten schnupperte und es so erkundete. Es war die Geschichte all der großen und kleinen Kreaturen, die seit Tausenden von Jahren auf diesem Gelände gelebt hatten. Es war auch eine Geschichte über das Wasser, das vom Himmel fiel und das Gras und die Blumen zum Wachsen brachte. Es war eine schöne und manchmal auch traurige Geschichte, von der Nelson jede Nacht träumte und die jeden Tag länger und reicher wurde.

Katey und Don hatten auch mehrere hübsche Blumenbeete mit Springkraut und Ringelblumen und Stiefmütterchen und Rosen angelegt. Als die Rosen zu blühen begannen, wurden sie für den jungen Hund unwiderstehlich. Doch seine absoluten Lieblingsblumen überhaupt waren die schönen weißen Tuberosen, die Katey vor ein paar Monaten gepflanzt hatte. Bei Tage war ihr Duft angenehm, doch bei Nacht, wenn sie ihren eigentlichen, geradezu mystischen Duft verströmten, liebte es Nelson besonders, an ihnen zu schnuppern. Oft gingen Katey und Nelson nach dem Abendessen in den Garten und rochen gemeinsam an den weißen Blüten. Sie hielt ihn hoch, kraulte ihn mit ihren langen Fingern am Kopf, und dann atmeten beide so tief den üppigen Geruch der Blüten ein, dass sie ganz benommen wurden. Seit ihre indische Zimmergenossin am College solche Blüten oft in ihr gemeinsames Zimmer mitgebracht hatte, liebte Katey die herrlich geformten, weißen Blumen.

Nelson wuchs und wuchs und entwickelte dabei eine manchmal geradezu unkontrollierte Energie. In den ersten Tagen bei Katey und Don aß er nur wenig, doch schon bald, als ihm klar wurde, dass Emil nicht mehr war als eine schlechte Erinnerung, wurde er fast unersättlich. Die Näpfe voller Fressen, die ihm Katey zweimal am Tag vorsetzte, schlang er blitzschnell hinunter, und auch die Reste vom Tisch, die ihm Don oder sein Frauchen gelegentlich zukommen ließen, nahm er gerne entgegen. Katey probierte die verschiedensten Speisen aus, wobei sie Trauben und Schokolade vermied, wie es in den Lehrbüchern stand. Nelson fraß alles mit Begeisterung, wobei er kurz daran schnupperte und es dann mit dem größten Appetit verschlang.

Zum ersten Mal zu fressen bekam er am Morgen, nachdem Katey und Don gefrühstückt hatten. Kurz danach verließ Don für den Rest des Tages das Haus, und obwohl sich Nelson ein wenig sorgte, er würde nicht zurückkehren, wurde er schon bald von Katey abgelenkt. Sie gab ihm sein Frühstück, nahm sich ein paar Minuten Zeit, um ihm den Kopf zu kraulen, und spielte ein wenig mit ihm. Dann wusch sie das Frühstücksgeschirr ab, und er hielt sich in der Nähe auf, während sie ihren Frühsport machte und duschte. Danach übte sie vier Stunden lang Klavier. Diesen Tagesordnungspunkt liebte Nelson besonders. Er lag dann unter dem Steinway-Flügel, den Katey von ihrer Großmutter geerbt hatte und den sie in eine Ecke von Kateys und Dons Wohnzimmer gequetscht hatten. Kateys Hände flogen anmutig über die Tasten. Nelson fand klassische Musik sehr beruhigend. Obwohl seine Ohren nicht so viel mit den Klängen anfangen konnten wie das menschliche Ohr, war er doch in der Lage, ihre Bandbreite und die verschiedenen Tonlagen und Rhythmen zu genießen, die er größtenteils als angenehm empfand. Er hörte sogar viele hohe Töne und Harmonien aus dem Klavierspiel heraus, die ein Mensch gar nicht wahrnehmen konnte.

Fast noch besser fand er den Geruch des Pianos. Kateys Duft war überall, doch der Flügel gab auch noch andere, schwächere, aber dennoch faszinierende Gerüche von sich. Irgendwann konnte Nelson an die dreißig, vielleicht sogar vierzig verschiedene Gerüche von Holz erkennen, die man beim Bau des Flügels verwendet hatte. Einiges davon war junges Holz, anderes war sehr alt. In jeder Holzsorte steckte eine Geschichte, die Lebensgeschichte eines Baumes mit all ihren Höhen und Tiefen: wie schnell er gewachsen war, wann er eine Dürre erlebt hatte und wann bessere Zeiten. Manchmal konnte Nelson auch noch kleinere Geschichten über die Tiere erschnuppern, die in dem Baum gelebt hatten, ob Vögel oder Insekten. Alle zusammen waren diese Geschichten interessant für den jungen Hund. Doch für ihn bestanden sie nie aus Worten, noch waren es Geschichten, bei denen sich das eine aus dem anderen entwickelte. Es waren Geschichten, wie sie die flüchtige, dynamische, quecksilbrige Sprache des Geruchs erzählte.

Jeden Tag, wenn Katey mit dem Üben der klassischen Stücke fertig war, tippte sie heftig mit dem Fuß auf den Boden und begann, eines ihrer Lieblingslieder zu spielen: »Here comes the sun« von den Beatles. Als sie noch ein kleines Mädchen gewesen war, hatte ihr Vater das Lied auf einer LP gehört und lauthals mitgesungen, während sie auf seinem Schoß saß, doch heute waren die fröhlichen Harmonien des Beatles-Liedes für Katey der perfekte Ausgleich zu den strengen Tonfolgen, die ihre klassische Klavierausbildung ihr abverlangte. Schon bald hatte sich Nelson an dieses tägliche Ritual gewöhnt. Während sie übte, wusste er, dass er sie nicht stören durfte, doch sobald sie begann, mit den Füßen auf den Boden zu tippen, pulsierte der Rhythmus wie Strom durch seinen Körper. Dann sprang er an dem Klavierhocker hoch, während sie ihm mit sorgloser, fröhlicher Stimme das Lied vorsang. Schon bald erkannte er den Song sofort und liebte ihn sehr, weil er wusste, was danach folgte. Denn wenn sie mit dem Lied fertig war, nahm Katey seine Leine, und sie brachen zu ihrem täglichen Spaziergang auf. Das war ihm der liebste Teil seines Tages mit ihr.

Etwa eine halbe Stunde, manchmal auch länger, wanderten sie dann durch das Viertel, das ihr Haus umgab. Nelson fiel es schwer, nicht an der Leine zu ziehen, doch er lernte rasch, so nah wie möglich an Kateys Seite zu bleiben. Sein Spaziergang war wie ein täglicher Besuch in der Oper der Gerüche. Niemals war genug Zeit, sie alle in sich aufzunehmen und dann in seinem noch immer wachsenden Gehirn zu ordnen und zu sortieren.

Während Nelson heranwuchs und sein Geruchssinn immer besser wurde, ergriffen während seiner täglichen Spaziergänge manchmal ganz neue, mächtige Bedürfnisse von ihm Besitz. Da gab es fernere Düfte, die ihn faszinierten, die ihm nur kurz in die Nase stiegen und nach nur einem Augenblick wieder verschwanden – Gerüche aus fernen Wäldern und Gebirgen und Städten. Rasch hatte er gelernt, die Gerüche bestimmter Menschen und Hunde und anderer Tiere zu erkennen, die sich ständig irgendwo im Viertel aufhielten. Doch oft lagen auch noch die Duftspuren vieler anderer Menschen und Tiere draußen in der Welt in der Luft. Was war da draußen? War das Universum wirklich endlos, wie seine Nase ihm vorgaukelte? Manchmal, wenn das Verlangen nach Antworten auf seine Fragen zu heftig wurde, zerrte er besonders kräftig an der Leine. Dann zog ihn Katey mit einem Ruck zurück, ihr Duft erlangte wieder die Oberhand, und er vergaß seine Sehnsucht, die Welt da draußen zu erschnuppern. Wenn sie ihn zu Hause von der Leine losmachte, hob sie ihn hoch, und er leckte ihr das Gesicht ab, um ihr für sein tägliches Abenteuer zu danken.

Am Nachmittag ließ ihn Katey draußen im Garten. Manchmal roch er, dass sie sich drinnen im Haus zu schaffen machte, doch manchmal hörte er auch, wie die Haustür leise ins Schloss fiel oder sich die Tür ihres Autos mit einem Klacken öffnete. Sie verließ für ein paar Stunden das Haus, und das bereitete ihm jedes Mal große Sorgen. Er lenkte sich damit ab, im Garten herumzuschnüffeln und mit seinem Spielzeug zu spielen, doch dabei wartete er sehnsüchtig auf ihre Rückkehr. Kaum hörte er den leisen Ton, wenn sie mit der Fernbedienung ihres Autoschlüssels den Wagen verriegelte, geriet er vollkommen außer Rand und Band. Dann wedelte er heftig mit dem Schwanz vor Freude, und sein immer lauter werdendes Bellen erfüllte das Haus. Kurz darauf war sie draußen bei ihm, um ihn zu begrüßen, und er hieß sie mit jeder Faser seines Wesens zu Hause willkommen. Es machte ihn stolz, dass er ihr Zuhause sicher bewacht hatte, während sie nicht da war.

Am späten Nachmittag gab sie ihm wieder etwas zu fressen, und danach kam irgendwann Don nach Hause. Jeden Tag, wenn er nach Hause kam, wandte Katey ihre ganze Aufmerksamkeit ihrem Mann zu, doch das machte Nelson nicht viel aus. Don beachtete ihn nicht allzu sehr, doch wenn er es tat, war er im Allgemeinen freundlich. Nur manchmal roch Nelson an ihm Verärgerung und ein oder zwei Mal sogar richtigen Zorn, wenn Don Katey für sich allein haben wollte. Wenn er das erschnupperte, dann ließ Nelson die beiden allein und setzte sich irgendwo in eine Ecke.

Es war Nelson nicht gestattet, in der Nähe des Esstischs zu sitzen, wenn Katey und Don zu Abend aßen. Dann wurde die Tür zu der kleinen Waschküche im hinteren Teil des Hauses geschlossen, und er wartete gespannt an der Tür des Raumes, während all die Düfte und Geräusche von ihrem Abendessen zu ihm herüberwehten. Katey und Don plauderten miteinander, während einer von ihnen das Essen zubereitete. In den Anfangstagen ihrer Ehe roch Nelson deutlich, wie glücklich sie waren, wenn sie darüber plauderten, was während des Tages so alles geschehen war. Don kochte gern, und Nelson hörte ihn schnippeln und hacken, ob Fleisch, Fisch oder Gemüse, und das Vorbereitete anschließend in der Pfanne oder auf dem Grill garen. Manchmal wurde dem kleinen Hund der Mund wässrig, und er hoffte auf die Reste, von denen er meistens tatsächlich etwas bekam, wenn das Paar mit dem Essen fertig war. Dann ließ Katey ihn in die Küche und neckte ihn, indem sie ihm kleine Stückchen Hühnerhaut oder übrig gebliebene Nudeln vor die Nase hielt. Schon bald hatte Nelson gelernt, sich diese Leckerbissen nicht einfach zu schnappen, sondern sich erst einmal hinzusetzen. Dann reichte Katey sie ihm. Für ihn waren sie wie ein Nachtisch nach seiner eigentlichen Mahlzeit aus Trocken- oder Nassfutter.

Gelegentlich durfte der Hund zu ihnen eine Weile auf die Couch, wenn sie fernsahen. An manchen Abenden schaute Don sich auch Sport an, wobei er rege teilnahm und laut aufschrie oder etwas rief, was Nelson manchmal befremdlich fand. Oft lag Nelson auch auf Kateys Schoß, wenn sie ein Buch las. Wenn sie sich bei einem Fernsehfilm oder einer Show an Don kuschelte, lag Nelson zu ihren Füßen, und bald hatte er begriffen, dass dieses Kuscheln meistens dazu führte, dass Don und Katey zu Bett gingen, um sich zu lieben.

Während der ersten Monate ihrer Ehe kam es fast jede Nacht vor, dass Katey und Don oben in ihrem Schlafzimmer Sex miteinander hatten. Nelson hatte von der ersten Nacht an, als er mit ihnen in Albany ankam, bei ihnen im Bett geschlafen. Manchmal spürte er, dass es Don nicht recht war, wenn Katey ihn ins Schlafzimmer ließ, doch irgendwann hatten sie sich darauf geeinigt, für Nelson im Schlafzimmer eine kleine, weiche Box mit einem Reißverschluss vorn aufzustellen, in der er schlafen konnte, wenn sie für sich sein wollten. Doch die meisten Nächte schlief er bei ihnen im Bett.

Am Abend, wenn Katey ihn ins Schlafzimmer gelassen hatte, war Nelsons erste Aktivität, nach einer großen, hässlichen Spielzeugratte zu suchen, die Katey ihm eines Tages mit einem schelmischen Grinsen auf dem Gesicht im Supermarkt gekauft hatte. Das Monster war schon bald zu seinem Lieblingsspielzeug geworden, wahrscheinlich, weil es aus irgendwelchen Gründen länger gehalten hatte als andere Spielsachen. Wenn er die Ratte gefunden hatte, lief er damit zu Katey und bestand darauf, dass sie eine Weile mit ihm spielte. Katey nahm Nelson das Tier aus dem Maul und warf es quer durchs Zimmer. Nach einer Weile zog er sich dann in eine Ecke zurück, um darauf herumzukauen, während Katey und Don sich fürs Bett fertig machten. Was dieses allnächtliche Ritual anging, konnte Nelson bemerkenswert hartnäckig sein. Manchmal dachte Katey darüber nach, wie wichtig die familiäre Routine für den kleinen Hund offenbar war. Hingegen schienen so viele andere menschliche Antriebe wie Ehrgeiz, Strebsamkeit oder Selbstverwirklichung für einen Hund einfach nicht relevant zu sein.

Bald zogen sich Katey, Don und Nelson in ihr großes Doppelbett zurück. Nelson wusste bereits vorher, wann sie sich lieben würden, weil beide starke Gerüche abgaben, bevor es geschah. Doch er wusste nie so recht, was er von der Sache halten sollte. Meistens zog er sich auf die eine Seite des Bettes zurück, sobald es anfing, und schaute ihnen manchmal dabei zu, um herauszufinden, was es damit auf sich hatte. Don stieß ein paar laute Geräusche aus, und Katey manchmal auch. Es kam vor, dass die Sache ziemlich lange dauerte, und dann verströmten ihre Körper noch mehr Gerüche, die irgendwann einen Höhepunkt erreichten und dann abebbten. Irgendwann danach schliefen sie schließlich ein.

Während ihres Liebesspiels beschäftigte sich Nelson oft mit seiner Ratte, denn erst wenn er wusste, dass sie fertig waren, konnte er sich seinen Platz für die Nacht suchen. Katey mochte es, Don zu umarmen und in dieser Haltung einzuschlafen, doch er hatte gerne ein wenig Platz für sich selbst, und so trennten sich ihre Körper schon bald. Am Anfang ließ sich Nelson am liebsten an einer Stelle nieder, wo es besonders bequem war, und oft handelte es sich dabei um eine haarige Gegend von Dons Körper – seine Beine oder seine Brust. Doch Don schlief nicht gerne mit dem Hund neben sich und schubste ihn weg, nicht brutal, aber so nachdrücklich, dass Nelson es nicht noch einmal versuchte. Katey hingegen liebte es, wenn Nelson direkt neben ihr schlief. Dann rollte er sich zu einer kleinen Kugel zusammen, kuschelte sich an ihren Bauch und glitt ganz allmählich in den Schlaf hinüber. Und so blieb er die ganze Nacht liegen, nah bei ihr. Manchmal träumte Katey schlecht, und obwohl schon so viele Jahre seit dem Tod ihres Vaters vergangen waren, schreckte sie aus dem Schlaf hoch, mit irgendeiner bruchstückhaften Erinnerung, die ihr immer noch im Kopf herumspukte. Manchmal war das Knattern von Maschinengewehren zu hören, und Menschen schrien sich in einer fremden Sprache an, die sie nicht verstand. Doch im Laufe der Zeit waren es nach solchen

Träumen gerade Nelsons leise Schnarchgeräusche, die sie mehr als alles andere beruhigten. Dann gab sie dem kleinen Hund, der gleichmäßig atmend neben ihr lag, einen Kuss auf den Kopf und schlief wieder ein, diesmal von angenehmeren Träumen begleitet.

Und so kam es, dass das Leben des kleinen Nelson immer dichter mit dem von Katey verwoben wurde. Ja, auch Don gehörte zur Familie, aber Nelsons Tage und Nächte wurden so sehr von Katey und ihrem Leben bestimmt, dass sie zur alles überragenden Gestalt in seiner Welt wurde. Die Vielfältigkeit ihres Dufts wurde zum entscheidenden Merkmal der Luft, die er atmete. Tief im Herzen des kleinen Hundes wuchs die Liebe zu ihr. Es geschah nicht über Nacht, sondern über Monate hinweg, und es war eine große Liebe. Dabei ging es nicht um das Futter, das sie ihm gab, obwohl er ihr dafür dankbar war. Es war eine große Liebe, weil sie für ihn die ganze Welt zu einem herrlichen Ort machte, einem Ort, an dem er unendlich glücklich sein konnte. Verlust hatte der junge Hund noch nicht kennengelernt, würde ihn jedoch eines Tages auf schreckliche Weise erfahren, doch selbst während der wenigen Stunden, wenn Katey nicht da war, empfand er ihre Abwesenheit wie einen tiefen Schmerz. Seine Liebe wurde immer größer, und mit dieser Liebe wuchsen auch andere Gefühle in seinem Hundeherz. Er verspürte das Bedürfnis, sie zu beschützen, ihr seine Liebe zu zeigen, so sehr er konnte. Er verspürte das Bedürfnis, sie anzubeten und alles mit ihr zu teilen, was er besaß. Er wusste, er würde sie mit all seiner Kraft gegen alles verteidigen, was sie jemals bedrohte. Außerdem spürte Nelson, dass auch Katey ihn liebte. Er spürte es an der Art und Weise, wie sie streichelte und ihn am Kopf kraulte. An der Art, wie sie oft mit ihm redete, wenn sie mit dem Klavierüben, dem Putzen oder dem Kochen fertig war. Zwar verstand er bis auf ein paar Wörter hier und da nichts von dem, was sie sagte, aber er wusste, dass sie mit ihm sprach, und das liebte er.

Eine nicht ganz so große Liebe entwickelte Nelson für Knochen. Manchmal brachte ihm Don welche mit, wenn er nach Hause kam. Dann legte sich der Hund draußen in den Garten und begann daran zu kauen. Wenn seine täglich kräftiger werdenden Zähne hineinbissen, begannen dem Knochen die herrlichsten Gerüche zu entweichen, Geschichten von dem Tier, zu dem er einmal gehört hatte, und dessen Werdegang. Doch wenn Nelson sich dann eine Weile dem Knochen gewidmet hatte, liebte er es, ein kleines Loch im Garten zu buddeln und ihn darin zu vergraben. Konnte ja sein, dass Katey ihn irgendwann wieder brauchte. Was, wenn sie nichts mehr zu essen hatte? Für solch schlechte Zeiten legte er sich seine eigenen Vorräte an, damit sein Frauchen immer eine Notration hatte und nie Hunger leiden musste.

Manchmal, nachdem er den Knochen verbuddelt hatte, bellte Nelson. Als Welpe war sein Kläffen kaum mehr als ein niedliches *wuff* gewesen. Doch mittlerweile konnte der junge Hund sehr gut auf sich aufmerksam machen. Sein Bellen hatte die Intensität eines Pudelbellens und die tiefe, kehlige Note, die typisch für Beagles war. Katey lächelte vor sich hin, wenn sie ihn draußen im Garten bellen hörte. Nie bellte er öfter als zwei oder drei Mal hintereinander, außer wenn der Postbote kam. Und was das bedeutete, wusste sie. *Ich, Nelson, der große Beschützer von Katey Entwhistle, erkläre mich hiermit zum mächtigen und stolzen Verteidiger dieses Hauses, dieses Gartens und dieser Familie.*

Eines Morgens holte Katey, statt Klavier zu üben, Nelsons Leine hervor. Wie üblich war er aufgeregt, als er das Klirren der Leine hörte, er war auch verwirrt, denn normalerweise fand der Spaziergang doch später am Tag statt. Doch Katey schien zu wissen, was sie tat, und so vertraute ihr Nelson.

Als sie das Haus verlassen hatten, zog Nelson in der Richtung an der Leine, die sie bei ihrem täglichen Spaziergang normalerweise einschlugen, doch stattdessen hob Katey ihn hoch und setzte ihn neben sich auf den Beifahrersitz des Wagens. Dann stieg sie von der anderen Seite aus ein und ließ den Motor an. Nelson war verwirrt. Er war schon lange genug bei ihr, um sich vor nichts zu fürchten, was sie tat, doch er war einfach an seine alltägliche Routine gewöhnt, deren Vorhersehbarkeit ihm Vertrauen einflößte und Freude machte. Als hätte sie sein Unbehagen gespürt, öffnete Katey das Fenster auf der Beifahrerseite einen winzigen Spalt, und Düfte von draußen strömten in den Wagen. Das lenkte Nelson ab, und die restliche Fahrt zum Tierarzt, dessen Praxis etwa fünfzehn Minuten entfernt lag, war er mit Schnuppern beschäftigt.

Nelson erinnerte sich noch sehr gut an seinen Besuch beim Tierarzt vor ein paar Monaten, zusammen mit Emil. Die sterilen Gerüche ließen Emil in seiner Erinnerung wieder lebendig werden, und sein Herz schlug ein paar Momente lang schneller. Doch Kateys warmer Geruch war um ihn herum, und sie kraulte ihn am Kopf und streichelte ihn, redete mit ihm. Und so war er sich sicher, dass alles gut würde.

Trotzdem lag ein Hauch von Traurigkeit in Kateys Augen, als sie Nelson einen Abschiedskuss gab und ihn dem Tierarzt übergab. Als Nelson zusammen mit dem Arzt das Behandlungszimmer betrat, spürte er, dass der Geruch des Arztes nicht bedrohlich war, doch weiter dachte er nicht darüber nach. Er dachte nur an Katey. Nelson winselte nach ihr. Wo war sie hin?

Bald schon wurde er ruhiger und schaute etwas ängstlich zu dem Tierarzt und den beiden Krankenschwestern hoch, die sich über ihn beugten und ihn anschauten. Nelson schnupperte an der Flüssigkeit, die aus der Spritze in der Hand des Tierarztes tropfte, doch noch bevor er die Zeit hatte, herauszufinden, worum es sich handelte, hatte der Veterinär sie ihm gespritzt, und Nelson schlief tief und fest.

6

Eigentlich wollte Katey Nelson nicht sterilisieren lassen. Sie liebte den kleinen Hund über alles und hegte durchaus die Vorstellung, dass er eines Tages Nachkommen zeugen könnte. Doch sowohl Don als auch der Tierarzt hatten sie dazu ermuntert, es zu tun. Sie hatte E-Mail-Kontakt mit einigen Tierschutzaktivisten aufgenommen, deren Websites sie im Internet gefunden hatte, und obwohl einige ihrer Ansicht nach zu radikal auftraten und Züchter als »Mörder« und dergleichen beschimpften, fand sie eines ihrer Argumente durchaus überzeugend: Wenn Hunderttausende von Hunden alljährlich in Tierheimen in ganz Amerika eingeschläfert werden mussten, wo blieb dann die Moral, wenn man seinem Hund erlaubte, sich fortzupflanzen? Ja, natürlich konnte man die Welpen vielleicht unterbringen, doch andererseits bedeutete das auch, dass andere Hunde in den Heimen kein Zuhause mehr fanden und eingeschläfert werden mussten.

Und so hatte Katey beschlossen, es sei das Beste, ihren Hund sterilisieren zu lassen. Es tat ihr in der Seele weh, als sie an diesem Morgen Nelson dem Tierarzt übergab, weil sie wusste, er würde einiges an Schmerzen erdulden müssen, ohne zu begreifen, warum, und fortan nicht mehr in der Lage sein, Nachkommen zu zeugen. Als sie ihn ein paar Stunden später abholte, war er noch ziemlich benommen. Da sie ein schlechtes Gewissen hatte wegen dem, was dem Hund angetan worden war, kaufte Katey ein teures braunes Lederhalsband, das mit dicken Metallnieten besetzt war. Außerdem erstand sie auch eine neue Namensplakette aus Silber für ihn, auf der ihr Name und die Telefonnummer eingraviert waren und die die alte Plakette aus Plastik ersetzte. Doch dem Hund schienen diese materiellen Geschenke gleichgültig zu sein. Er verbrachte den Rest des Tages in still erduldetem Schmerz.

Nelson erinnerte sich nur vage daran, wie er aus der Narkose erwacht war. Man hatte ihm noch ein paar Spritzen gegeben und ihn zwischen verschiedenen Apparaten hin und her gereicht, die allesamt laut piepsten. Als er in dieser Nacht neben Katey lag, im Bauch einen besonders großen Hamburger als Abendessen, war er sich der Operation, der er gerade unterzogen worden war, gar nicht recht bewusst, abgesehen von einem dumpfen Schmerz zwischen seinen Beinen. Er winselte, und Katey lag eine Stunde neben ihm und kraulte ihm den Kopf, genau so, wie er es mochte. Don küsste sie und meinte, sie solle sich keine Sorgen machen; in ein oder zwei Tagen würde Nelson wieder auf den Beinen sein.

Und so war es auch. Er kam wieder zu Kräften, und schon bald war auch der dumpfe Schmerz verschwunden. Katey glaubte, eine winzige Veränderung an seinem Verhalten zu bemerken; ihr schien, als sei Nelson insgesamt ruhiger und weniger draufgängerisch und ungestüm, und auch Don fand, sein Charakter sei noch angenehmer als zuvor.

Als Nelson am Morgen nach seiner Operation schnüffelnd im Garten stand, waren die Gerüche aus der Welt draußen so stark wie immer. In ihm war an diesem Morgen nur Neugier, nicht das Wissen, dass er sich nicht mehr fortpflanzen konnte. Hätte Katey ihn nicht operieren lassen, wäre die Welt eines Tages vielleicht von vielen, vielen seiner Nachkommen bevölkert worden; manche von ihnen hätten vielleicht das Glück gehabt, bei Menschen ein Zuhause zu finden, während man anderen irgendwo in einem düsteren Tierheim das Leben genommen hätte. Doch all das würde nicht geschehen. Nelson würde der letzte in seiner Ahnenreihe sein. Ein Gedanke, mit dem sich der Hund ebenso wenig beschäftigte wie mit der Frage, was für einen Zweck er überhaupt auf der Welt hatte, wenn nicht den, Nachkommen zu zeugen. Katey war die Einzige, die sich mit dieser Frage auseinandersetzte.

Wesentlich schmerzlicher als die Operation war für den jungen Hund die Reise, die Katey in der Woche danach antrat. Sie würde sechs Tage weg sein, und für Nelson war jede Minute, die sie nicht da war, eine Qual. Tagsüber ließ Don ihn draußen im Garten und kehrte erst am frühen Abend zurück. Gewöhnlich ging er dann mit ihm Gassi, doch an manchen Tagen wirkte er auf diesen Spaziergängen gelangweilt und zerstreut, und oft genug kam es auch vor, dass er einfach nur vor dem Fernseher hockte, Bier trank und, Nelson neben sich, Pizza aß. Die Pizza war immerhin etwas, auf das Nelson sich freuen lernte, zumal Don ihm die Reste am nächsten Tag kalt zu fressen gab, was genauso gut schmeckte wie warm. Manchmal warf ihm Don sogar ein ganzes

Stück hin, an dem Nelson genauso genüsslich kaute wie an einem Knochen.

Während ihrer kleinen Konzerttournee vermisste Katey Nelson mehr, als sie erwartet hatte. Ihre Auftritte in vier verschiedenen Städten wurden ein voller Erfolg, und ihr Agent berichtete, für das kommende Jahr stünden jede Menge weitere Termine in Aussicht. Dass ihre Karriere offenbar richtig in Fahrt kam, freute sie, doch sie war auch ein wenig skeptisch, denn im Grunde wollte sie eigentlich nicht allzu viel Zeit ohne Don verbringen, und wenn sie ehrlich war, auch nicht ohne Nelson. Es überraschte sie selbst, dass sie sich manchmal mitten in einem Konzert, vor einem Publikum von Hunderten von Menschen, wenn sie aufregende Musiker und Dirigenten aus allen möglichen Ländern kennenlernte oder mit ihren Kollegen in teuren Restaurants beim Essen saß, nach nichts mehr sehnte, als bei ihrem Ehemann und ihrem Hund zu Hause zu sein.

Als sie endlich wieder heimkam, wurde sie ganze zwanzig Minuten von Nelson begrüßt. Er wedelte wild mit dem Schwanz, sprang in die Höhe, bellte vor Freude. Als sie ihn auf den Arm nahm, leckte er ihr heftig das Gesicht ab und nahm mit kurzen schnellen Atemzügen ihren Geruch in sich auf. Sie drückte und küsste den kleinen Hund. Den ganzen Tag über wich er ihr nicht mehr von der Seite, folgte ihr überall hin. Seine Freude war einfach überwältigend.

7

Mit etwa einem Jahr war Nelson ausgewachsen, doch er war immer noch so lebhaft wie ein Welpe und kaute an allem herum, was er zwischen die Zähne bekam. Erst etwa im Alter von zwei Jahren wirkte er endlich erwachsen. Seine Rute stand stolz hoch und verkündete wie die Standarte eines römischen Heeres, dass er da war. Sein größter Genuss war es, im Garten herumzuschnüffeln. Und aus seinen Augen sprach, so fand Katey, eine gewisse Weisheit. Vielleicht lag das ja nur an dem schwarzen und weißen Kreis außen herum, doch für sie hatte es jedenfalls den Anschein, als blicke er sie voller Klugheit und Lebenserfahrung an.

Kurz nach seinem zweiten Geburtstag begann sich Kateys, Dons und Nelsons Leben ziemlich rapide zu verändern. Plötzlich war Don die ganze Zeit zu Hause. Zuerst kam es Nelson wie ein endlos langes Wochenende vor, doch schon bald spürte er, dass Don nicht begeistert davon war, so viel zu Hause zu sein. Der junge Hund wusste nichts über die Umstände, die zu seiner unfairen Entlassung von der Uni geführt hatten, doch er nahm deutlich die Wut und Frustration wahr, die förmlich aus Dons Poren strömten. Don war gerne Professor gewesen und hatte seine Geschichtsseminare mit Humor, Liebe zum Detail und Engagement gegeben. Als auf die Streichung von öffentlichen Mitteln eine Entlassungswelle folgte, musste Don voller Unmut dabei zusehen, wie andere Professoren wegen ihres Dienstalters und ihrer Meriten ihre Posten behielten, obwohl ihrer Arbeit schon lange die Leidenschaft und Sorgfalt fehlten, die Don sowohl auf seine Vorlesungen als auch auf die Betreuung seiner Studenten verwandte. Nachdem er seine Stelle verloren hatte, saß er jeden Tag mehrere Stunden lang am Computer und suchte angestrengt nach einem neuen Job. Außerdem nutzte er die Zeit, indem er sich durch Lektüre und das Verfassen einiger akademischer Beiträge in seinem Fach auf dem Laufenden hielt. Doch als die Monate ins Land gingen, rückte die Möglichkeit eines neuen Jobs an der Uni in immer weitere Ferne, und Don fing an, sich die Zeit vor der Glotze zu vertreiben oder ziellos im Haus umherzugehen. Wenn Nelson roch, dass eine Bierflasche geöffnet wurde, war er auf der Hut, denn dann gab es manchmal später am Abend einen Streit. Er verstand nicht, worüber Katey und Don redeten; er begriff auch nicht, dass Dons Gefühl des Scheiterns umso größer wurde, je mehr Kateys Karriere als Pianistin erblühte. Doch was der Hund spürte, waren die wachsende Erregung und die Anspannung in ihrem Ton. Manchmal wurde es auch laut, Don schrie Katey an, und ein oder zwei Mal schrie sie zurück. In diesen Situationen fühlte sich Nelson sehr unwohl. Er verkroch sich in einer Ecke, beobachtete die beiden und erkundete schnuppernd die dicke Luft.

Manchmal versuchte Nelson Don zu trösten, indem er ihn abschleckte oder zu einem Spielchen draußen im Garten ermunterte. Ab und zu schien das zu funktionieren, und Nelson freute sich, wenn er ein Lächeln auf dem Gesicht seines Herrchens sah und spürte, wie sich seine negativen Energien verflüchtigten. Doch es kam auch vor, dass Don Nelson mit einem barschen Wort wegschubste. Auch Katey brauchte Trost, und ihr schenkte ihn Nelson gerne und so viel er konnte. Die Zeit, die sie gemeinsam verbrachten, wenn sie wie jeden Tag übte, war nicht mehr so wie früher. Oft genug wurden sie unterbrochen, weil Don das Zimmer betrat und es zu einem verbalen Schlagabtausch kam. Wenn er dann wieder hinausging, fuhr sie mit dem Üben fort, doch Nelson konnte riechen, dass sie mit den Gedanken ganz woanders war. Es kam sogar vor, dass sie ihr tägliches Ritual ausließ, Nelson »Here comes the Sun« vorzusingen. Dann schaute der Hund sie mit kummervollen Augen an, weil er spürte, dass sich etwas verändert hatte.

Mittlerweile liebten sich Katey und Don nur noch höchstens zweimal die Woche, und ihr Liebesspiel war auch nicht mehr von der Duftexplosion gekennzeichnet, die Nelson zuvor wahrgenommen hatte. Alles ging stumm vonstatten, und sie waren schnell damit fertig. Früher waren sie danach immer rasch eingeschlafen, doch jetzt bemerkte Nelson, dass beide oft noch lange wachlagen. Er wartete dann, bis sie eingeschlafen waren, weil er sicher sein wollte, dass mit beiden alles in Ordnung war.

Katey ermutigte Don dazu, manchmal mit Nelson den täglichen Spaziergang zu absolvieren, weil sie dachte, das würde ihm den Kopf freimachen, so wie das bei ihr immer der Fall war. Doch während Katey oft stehen blieb und ihn die Bäume und die anderen Hunde beschnüffeln ließ, die ihnen über den Weg liefen, schien Don es stets eilig zu haben, nach Hause zu kommen. Und er hielt Nelson stets an der kurzen Leine.

Als Katey sich eines Tages mit einem Kuss von Don verabschiedete, in der Hand einen großen Koffer, war es Nelson zum ersten Mal seit Langem bange zumute. Wenn sie den Koffer dabeihatte, das wusste er, blieb sie stets ein paar Tage weg. Anscheinend kehrte sie ja immer wieder zurück, dennoch fürchtete er, es könnte der Tag kommen, an dem das nicht so war. Doch nicht nur das beunruhigte Nelson. Es war ein seltsamer Geruch, den er an Don wahrnahm, ein Geruch, den er bislang noch nicht gerochen hatte. Ein Geruch, der ihn beunruhigte und ihm Sorge bereitete.

An diesem Abend, bald nach ihrer üblichen Pizza vor dem Fernseher, duschte Don und benutzte Rasierwasser, was Nelson gewöhnlich nur morgens roch. Kurze Zeit später klingelte es an der Haustür. Wie sonst auch, lief Nelson zur Tür und bellte, weil er seine Familie vor Eindringlingen beschützen wollte. Er schaffte es noch vor Don an die Tür und wedelte mit dem Schwanz, als sein Herrchen kam und ihn für seine Wachsamkeit lobte.

Don machte die Tür auf, und draußen stand eine Frau. Sie war etwa so alt wie Katey, Ende zwanzig. Nelson roch sofort ihr Parfum und auch den scharfen Geruch ihres Nagellacks. Sein Herz klopfte. Wer war diese Frau? Wo war Katey? Er bellte laut. Die Frau lachte, auch Don gab ein nervöses Lachen von sich und bückte sich, um den kleinen Hund zu streicheln, doch das führte nur dazu, dass Nelson noch lauter bellte. Als die Frau näher kam und ihr unbekannter Geruch sich mit der Luft in dem

Haus vermischte, in dem immer auch eine Menge von Kateys Duft hing, spürte Nelson ganz tief in seinem Inneren, dass etwas nicht stimmte. Sein Bellen wurde wild und böse.

Don schrie den Hund an, er solle aufhören. Nelson gehorchte erst, als Don mit einem leicht drohenden Blick auf ihn zukam. Don hob ihn hoch, trug ihn in die Waschküche und schloss die Tür hinter sich. An dieser Tür wartete Nelson ängstlich die ganze Nacht. Irgendwo im Haus hörte er Don und die Frau kichern und lachen. Er fing wieder zu bellen an, als sie in die Küche kamen, und Nelson hörte, wie eine Flasche Wein geöffnet wurde. Danach hörte er, wie sie nach oben gingen.

Es war das erste Mal, dass Nelson ganz allein in der Waschküche schlief, und er fand es grässlich. Selbst in dem Korb mit Kissen, den Katey ihm hingestellt hatte, damit er darin liegen konnte, wenn sie die Wäsche machte, war es kalt. Als Don am Morgen kam, um Nelson hinauszulassen, fand er ein wohlplatziertes Stück Hundekacke mitten im Raum vor. Er schalt den schlotternden Nelson, doch als der Hund ihm einen argwöhnischen Blick zuwarf, hatte Don nicht den Mut, noch etwas zu sagen.

In der folgenden Nacht schien alles wieder so zu sein wie immer. Nelson durfte nach oben, und Don ließ ihn bei sich auf dem Bett schlafen. Normalerweise hätte das genügt, um Nelson wieder zu einem glücklichen Hund zu machen, doch Nelson schlief in dieser Nacht nicht viel. Die Frau von gestern Abend hatte überall im Bett ihren Duft hinterlassen. Er war stark und so durchdringend, dass er das meiste von Kateys warmen und tröstlichen Düften überdeckte. Nelson roch auch die Aromen, die Don immer verströmte, wenn er leidenschaftlich mit Katey schlief. Dies alles bildete eine neue, hässliche Duftlandschaft im Schlafzimmer, die den Hund zutiefst verstörte. Er war daran gewöhnt, dass die Dinge nach einem bestimmten Rhythmus abliefen, und das sollte sich auch nicht ändern.

Die Frau, die Sommersprossen und kurzes Haar hatte, kam noch mehrere Male ins Haus, während Katey weg war. Als Nelson sie besser kannte, hörte er auf, sie anzubellen. Don, der vielleicht ein schlechtes Gewissen hatte, weil er Nelson in der kalten Waschküche eingesperrt hatte, erlaubte ihm, bei ihm oben zu schlafen, doch er musste in seine Box mit dem Reißverschluss. Dort lag Nelson und hörte voller Wut zu, wie Don und die rothaarige Frau stundenlang Sex miteinander hatten. Die Gerüche, die sie dabei verströmten, waren eine Beleidigung für seine Nase. Er wünschte, Katey wäre wieder zu Hause.

Als sie schließlich nach einer Woche zurückkehrte, fand sie Nelson auffallend zurückhaltend, als würde ihn etwas deprimieren. Wieder begrüßte er sie wie einen Helden, der aus der Schlacht zurückkehrt, doch als er ihr den Rest des Tages nicht mehr von der Seite wich, war er ruhelos und übertrieben anhänglich. Katey fragte Don, ob er den Eindruck habe, mit Nelson sei etwas nicht in Ordnung, doch Don brummte nur.

Kateys und Dons Liebesspiel in dieser Nacht war nicht besonders aufregend, und hinterher redeten sie. Nelson spürte die leise Anspannung, die in der Luft lag. In den beiden Wochen, die folgten, kehrte eine gewisse Normalität zurück, Nelsons gute Laune stellte sich wieder ein, und das, was mit der Frau vorgefallen war, war rasch wieder vergessen. Ein oder zwei Mal dachte er, er könne an Don ihren Geruch wahrnehmen, wenn er ein paar Stunden außer Haus war und heimkam. Doch das Wichtigste war, dass Katey wieder da war.

Don und Katey stritten kaum, doch sie redeten auch nicht viel miteinander. Katey übte jeden Tag länger Klavierspielen. Wenn Nelson unter dem Steinway lag und ihr lauschte, konnte er manchmal eine gewisse Anspannung spüren, die in der Luft lag. Nelson wünschte, er könne sie vertreiben, und so gab er seinem Frauchen all die Liebe, die er für sie aufbringen konnte. Während auf diese Weise seine Liebe für Katey wuchs, wurde Don für den kleinen Hund zu jemandem, den zu tolerieren er sich bemühte, den er jedoch nicht ganz als Mitglied der Familie betrachtete. Er zeigte nur wenig Zuneigung ihm gegenüber und versuchte im Allgemeinen, ihm aus dem Weg zu gehen. Während sich in Kateys und Dons Beziehung allmählich eine gewisse Kälte breitmachte, verbrachte Nelsons Frauchen immer mehr Zeit mit ihm. Oft saß sie stundenlang abends mit Nelson draußen. Sie schnupperten gemeinsam an den Tuberosen, doch Nelson spürte, dass sie mit den Gedanken ganz woanders war. Sie saß still in einem Gartenstuhl, schaute zu den Sternen hoch und kraulte Nelson, der auf ihrem Schoß lag, den Kopf. In der Ferne hörte Nelson, wie Don eine Sportsendung im Fernsehen verfolgte.

Früher als erwartet packte Katey wieder ihren Koffer und brach zu einer Tournee auf. Nelson stand traurig an der Haustür, als sich sein Frauchen und Don zum Abschied umarmten, ohne dabei besonders viele Gefühle an den Tag zu legen. Auch Nelson umarmte sie, doch als sie weg war, fühlte er sich schrecklich allein. An diesem Nachmittag verbrachte Don mehrere Stunden damit, mit dem Hund im Garten herumzutollen. Das war ungewöhnlich, doch Nelson freute sich darüber. Vielleicht bedeutete es ja, dass die Dinge wieder ins Lot kamen. Don warf Bällchen für Nelson und balgte sich mit ihm im Gras. Die Sonne war warm, und Nelson genoss das Spielen mit Don sehr. An diesem Abend lag er glücklich zu Dons Füßen, als dieser fernsah. Er kraulte und knuddelte den kleinen Hund, und obwohl Nelson Katey vermisste, fühlte sich sein Leben mit Don wieder viel besser an.

Später an diesem Abend klingelte es an der Tür. Nelson sprang auf und lief bellend zur Tür. Er merkte, wie Don ihm langsam folgte. Unter der Tür hindurch roch Nelson den Geruch der Frau. Er bellte aus Leibeskräften. Don blieb vor der Haustür stehen. Dann öffnete er sie einen Spaltbreit, hob Nelson hoch und nahm ihn auf den Arm. Er befahl ihm, mit dem Bellen aufzuhören, und der Hund gehorchte widerwillig. Als die Tür aufging, wehte das Parfum der Frau ins Haus herein.

Don und die Frau redeten eine Weile durch die halb offene Tür miteinander. Ein oder zwei Mal hatte Nelson das Gefühl, sie nähere sich der Tür, als wollte sie herein. Doch Don ließ es nicht zu. Nach einer Weile wurde ihr Gespräch hitzig, endete dann jedoch friedlich. Don machte die Tür zu, und die Frau ging weg.

Don wirkte irgendwie zerstreut, als sie wieder ihren

Platz vor dem Fernseher einnahmen. Nelson versuchte, ihn zu beruhigen, indem er ihm das Gesicht ableckte, doch Don schubste ihn weg. Er schaute sich ein Spiel im Fernsehen an, war aber nicht bei der Sache so wie sonst. Er saß einfach nur ruhig da, seufzte gelegentlich und nippte an seinem Bier. Nelson döste ein. Er träumte, dass er draußen in ihrem Garten war, und die Blumen verströmten auf einmal alle den Duft der Frau. Als Nelson ein paar Stunden später aufwachte, war Don am Telefon. Er sprach leise in den Hörer. Der Geruch der Begierde hing in der Luft.

Nelson schlief auch in dieser Nacht in der Waschküche. Ab und zu hörte er von droben die Geräusche von Don und der Frau, die sich liebten. Er kratzte an der Tür, weil er ins Schlafzimmer wollte, um sie dazu zu bringen, dass sie aufhörten. Katey musste beschützt werden. Doch die Tür war fest geschlossen.

Am nächsten Morgen bellte Nelson Don an, als er in die Waschküche kam. Don kehrte in die Küche zurück und brachte ihm einen Knochen. Als Nelson weiterbellte, schrie er ihn an, er solle aufhören. Der Hund gehorchte, weil er die Wut roch, die aus Dons Poren strömte, und sie ihm Angst machte.

Als Katey an diesem Abend von ihrer Reise zurückkehrte, war Nelson erleichtert. Er wusste, dass sie vor Don beschützt werden musste, und blieb immer an ihrer Seite. Manchmal bellte er, wenn Don in der Nähe war, dann tat Don so, als wäre nichts, aber Katey war überrascht. Sie verbrachte eine Stunde mit Nelson allein im Garten, spielte mit ihm und kraulte ihm den Kopf, fragte sich, was wohl mit ihm los war. Sie fürchtete, ihre häufigen Reisen könnten einen negativen Einfluss auf den Hund haben. Kurz überlegte sie, ihn das nächste Mal mitzunehmen, doch bei dem knappen Terminplan einer Tournee war das kaum möglich. Sie wünschte, sie hätte Nelson einfach fragen können, was los war, doch natürlich schaute er sie nur treuherzig an, als sie es versuchte.

An diesem Abend ging Katey vor Don nach oben. Er wollte sich noch spät eine Sendung im Fernsehen anschauen, und sie versuchte nicht, es ihm auszureden. Sie war sowieso müde von ihrer Reise. Sie ließ Nelson herein und trug ihn hinauf ins Schlafzimmer. Sie setzte ihn in der Nähe des Bettes ab und ging zum Spiegel hinüber, um sich die Haare zu bürsten, was sie vor dem Zubettgehen immer tat, weil es sie entspannte.

Nelson sprang auf das Bett. Überall war der Geruch der anderen Frau. Es war so, als befinde sie sich immer noch im Raum. Nelson atmete tief ein. Er hasste den Geruch, wollte jedoch genauer wissen, woher er kam. Irgendwo da drinnen in dem ungemachten Bett, zwischen den Laken und Decken, war sie noch. Er grub seine Nase hinein, schob sie immer näher zu der Quelle des intensiven Geruchs.

Plötzlich hörte Katey Nelson laut bellen. Sie befahl ihm, damit aufzuhören, doch das tat er nicht. Er bellte laut und wütend, und sie lief zum Bett, weil sie fürchtete, es könnte ein Einbrecher sein, der sich darunter versteckte. Nelson stand auf dem Bett, inmitten des Bettzeugs, und bellte, und sie setzte sich aufs Bett, um ihn zur Ruhe zu bringen. Genau in diesem Moment entdeckte sie ein Stück silbrige Damenunterwäsche, die nicht ihr gehörte.

8

Noch Wochen danach spürte Nelson Kateys Aufgewühltheit. Er verstand weder genau, worum es ging, noch die Gründe dafür, denn er konnte nicht begreifen, was es bedeutete, plötzlich vor dem Scherbenhaufen einer jungen Ehe zu stehen. Und auch das zutiefst menschliche Gefühl, betrogen worden zu sein, kannte er nicht. Doch er begriff sehr wohl, dass all diese Gefühle schmerzlich und schrecklich waren und dass sie das Herz seiner großen Liebe in seinen Grundfesten erschüttert hatten. Und so tat der kleine Hund alles, um Katey aufzumuntern und ihr ins Gedächtnis zu rufen, dass die Welt ein glücklicher und schöner Ort sein konnte. Wenn die Sonne schien, legte sich Katey oft stundenlang mit Nelson ins Gras. Zum Spielen hatte sie keine Lust, doch Nelson versuchte, sie dazu zu animieren, indem er auf sie sprang. Wenn sie weinte, leckte er ihr die Tränen vom Gesicht. Wenn des Nachts Don oder ihr Vater in ihren Albträumen auftauchten und Katey zuckend und weinend erwachte, war Nelson immer da. Dann kuschelte er sich ganz eng an sie, und irgendwann waren die nächtlichen Schatten um sie herum nicht mehr ganz so bedrohlich.

Es gab mehrere große Auseinandersetzungen zwischen Katey und Don. Direkt nachdem sie die Unterwäsche der anderen Frau in ihrem Bett gefunden hatte, wartete Katey eine halbe Stunde und dachte zuerst nach, bevor sie ihren Mann ganz ruhig mit ihrer Entdeckung konfrontierte. Er begann zu schluchzen, was Katey wiederum dazu brachte, ihn mit einer Intensität anzuschreien, die Nelson noch nie an ihr erlebt hatte. Doch der Hund hatte keine Angst. Es war eine sehr zielgerichtete Wut ihrem Ehemann gegenüber, und Nelson wusste, physisch würde sie keinem jemals etwas tun.

Don zog nicht aus. Wochenlang schlief er auf der Couch im Wohnzimmer. Er sprach leise mit Katey, weinte ein wenig, doch sie fand es schwierig, ihn näher an sich heranzulassen. Manchmal war Don auch wütend.

Nach etwa einer Woche begann Don, alle Hausarbeiten zu verrichten. Er putzte und kochte. Viel sagte er nicht zu Katey, aber er versuchte immer wieder, ihr einen kleinen Gefallen zu tun. Sie beachtete ihn nicht, doch mit der Zeit spürte Nelson, dass ihre Wut dahinschwand. Ganz langsam verflüchtigte sich der Geruch der anderen Frau im Haus, und es schien Nelson, als nehme das Leben wieder seinen alten Trott auf.

Nach einem Monat begann Don erneut bei ihnen oben zu schlafen. Er und Katey berührten sich nicht, noch sprachen sie miteinander. Sie lag mit dem Rücken zu ihm. Nelson roch, dass sie beide wach waren. Wenigstens herrschte Stille.

Katey ging jeden Tag mit Nelson spazieren. Sie ließen sich Zeit dafür. Oft durfte Nelson so lange an einem besonderen Baum oder an einem Blumenbeet schnuppern, wie er wollte, und auch anderen Hunden begegnete er mit großem Interesse. Sein Verlangen danach, das ganze Universum zu erschnüffeln und zu begreifen, wuchs und wuchs, und er zog ständig an der Leine. Manchmal nahm ihn Katey in einen Park in der Nachbarschaft mit, wo er auf den riesigen Rasenflächen frei laufen durfte. Nur wenn er sich allzu sehr von ihr entfernte, rief sie ihn, und er kam zu ihr zurück, rannte sie fast über den Haufen. Wenn sie von diesen Spaziergängen nach Hause kamen, fühlte er sich müde, aber wie neugeboren. Nur Kateys stille Traurigkeit dämpfte diese Stimmung.

Eines Nachts streckte Don die Hand aus und strich Katey sanft mit seinem Finger über den Rücken. Nelson knurrte ihn an, doch Katey zog den Hund an sich und beruhigte ihn. Auf Dons Annäherungsversuch reagierte sie nicht, doch sie ließ ihn gewähren. Er fuhr eine ganze Stunde damit fort und hörte erst damit auf, als er Kateys tiefes Atmen und leises Schnarchen hörte. An diesem Abend schlief Nelson selig ein.

In einer der darauffolgenden Nächte schliefen Katey und Don zum ersten Mal wieder miteinander. Es war ein sehr leiser Liebesakt, bei dem sie sich auch nicht viel bewegten. Nelson roch, dass sie ihn auch genossen, doch sie waren noch weit von dem Paar entfernt, das vor ein paar Jahren aus den Flitterwochen in Italien zurückgekehrt war.

Eines Sommermorgens im Juli war Nelson draußen im Garten, als er hörte, wie drinnen ein großer Streit ausbrach. Katey und Don schrien sich an. Nelson hörte ihnen still zu. Der Gestank von großem Zorn wehte durch das Küchenfenster. Das war alles, was Nelson beobachten konnte, er verstand jedoch nicht den Inhalt der Diskussion – dass Don nämlich das Gefühl habe, Katey zeige zu wenig Mitgefühl mit ihm, nachdem eine weitere Bewerbung, bei der er sich gute Chancen ausgerechnet hatte, in letzter Minute abgelehnt worden war. An diesem Abend sah Nelson mit Erleichterung, wie sie sich umarmten, nachdem Katey ihren Koffer gepackt hatte und durch die Haustür in Richtung Taxi gegangen war.

In der Nacht passierte nicht viel. Don schlief vor dem Fernseher ein, Nelson lag zu seinen Füßen. Am nächsten Morgen war Don schlechter Laune. Nelson beobachtete ihn, wie er duschte, sich rasierte und anzog. Er war sich nicht sicher, doch ihm schien, als legte Don mehr Rasierwasser auf als sonst. Als Nelson ihn anbellte, fuhr Don zu ihm herum und verlor mit dem kleinen Kerl die Geduld. Er sperrte ihn in den Garten hinaus, wo Nelson leise vor sich hinwinselte. Ein paar Momente später brachte ihm Don eine kleine Schüssel mit Futter und starrte finsteren Blickes auf den Hund hinab.

Eine Stunde später kam Don in den Garten. Irgendwie wirkte er großspurig und wütend, und Nelson spürte, dass etwas nicht stimmte. Er bellte Don an, laut und ohne jede Unterwürfigkeit. Auch den Knochen, den Don ihm hinwarf, ignorierte er und bellte weiter. Don schrie den Hund an, beschimpfte ihn, doch Nelson hörte nicht auf zu bellen.

Don ging resigniert nach draußen und schlug das seitliche Gartentor hinter sich zu. Er lief zum Auto und drehte das Radio laut auf. Dann fuhr er zu seiner Freundin davon.

Das Seitentürchen zum Garten wurde mit einem komplizierten Mechanismus verriegelt. Wenn man das

Tor sorgfältig zumachte, schob sich ein kleiner Riegel aus Metall vor. Doch an diesem Tag schloss das Türchen nicht richtig, als Don es hinter sich zuschlug. Der Riegel war nicht richtig vorgeschoben, und so stand das Gatter ein paar Zentimeter weit offen. Normalerweise überprüften Katey und Don das Türchen mehrfach, bevor sie weggingen, doch diesmal hatte Don das versäumt. Ein paar Stunden später stieß eine Brise das Tor etwa einen halben Meter auf.

Nelson lag ganz ruhig im Garten, als Don weg war. Er machte sich große Sorgen um Katey, wünschte, sie würde nach Hause kommen. Doch als die Zeit verging, schnüffelte er im Garten herum, so wie er das immer machte. Oft während des Tages lief er zur vorderen Seite des Gartens, um nachzusehen, ob jemand kam, um die Mittagszeit sogar noch häufiger, denn das war die Zeit, in der der Postbote kam. Heute jedoch hatte Nelsons Ausflug zur Vorderseite des Hauses nur einen ausdrücklichen Zweck: Er wollte schauen, ob Katey zurück war. Kam sie endlich nach Hause?

Es verwirrte den jungen Hund, als er sah, dass das Tor offen stand. Normalerweise ging es nämlich nur auf, wenn Katey mit ihm Gassi ging. Er stand ein paar Minuten da, schnupperte aufmerksam. Er roch die vertraute Duftlandschaft ihres Zuhauses, und er roch Katey und Don. Doch die Brise von draußen brachte ganz schwache Düfte vom Fluss herüber, der sich durch Albany schlängelte, ein verlockendes Aroma, das Nelson bereits seit über einem Jahr geschnuppert hatte. Und einen schicksalhaften Moment lang gewann die gewaltige Neugier des jungen Hundes die Oberhand. Vergessen waren Katey und Don und sein Leben hier in dem Haus in Albany. Er wollte wissen, worum es sich bei diesen Düften aus der Ferne handelte. Er wollte das ganze Universum riechen, von dem er wusste, dass es sich da draußen befand. Dieser Drang war stark und überwältigend. Und in diesem einen Moment war er so stark und überwältigend wie Nelsons Gefühle für seine große Liebe.

Nelson ging durch das offene Türchen hinaus, und sein Leben als Vagabund begann.

9

Der kleine Hund lief den Grünstreifen in der Mitte des Boulevards entlang. Auf beiden Seiten von ihm donnerten in hoher Geschwindigkeit Autos vorbei, ihre Hupen jaulten in seinen Ohren. Er keuchte, sein Herz klopfte. Auf dem Gehweg lachten die Kinder aus der nahe gelegenen Highschool über ihn. Einige Erwachsene riefen ihn vom Gehweg aus, wenn sich im Verkehr eine Lücke auftat, doch er hörte nur auf Katey. Tief sog er die kalte Nachmittagsluft ein, suchte schnüffelnd nach ihrer Witterung. Doch sie war weit und breit nirgends zu finden.

Nelsons Nachmittag hatte sehr erfreulich begonnen, als er Katey und Dons Haus verlassen und ungezwungen auf den Straßen herumspazieren konnte, die er zuvor nur an der Leine erlebt hatte. Immer wenn er einer Duftspur genauer nachgehen wollte oder ein verführerischer Geruch ihn in eine unerwartete Richtung lenkte, musste er nicht an seiner Leine ziehen, und da war auch niemand am anderen Ende der Leine, der ihm seinen Wunsch nicht immer erfüllte. Gierig nahm Nelson die Duftlandschaft in sich auf, hinterließ überall seine eigene Duftmarke und folgte zum ersten Mal in vollkommener Freiheit seiner

Nase. In seiner ersten Stunde weit weg vom Haus dachte er nicht ein Mal an Katey.

Während all die Gerüche der Welt da draußen ihn in alle möglichen Richtungen lockten, merkte er gar nicht, wie er sich allmählich immer weiter von der ruhigen, grünen Vorstadt entfernte, in der er zu Hause war. Die Gärten wurden ein wenig kleiner, die Häuser ein wenig ungepflegter, und die Verschmutzung der Luft größer. Katey war mit ihm nie woanders spazieren gegangen als in einer ruhigen Straße in der Vorstadt. Der Boulevard, der ins Herz der City führte, hatte vier Spuren, und die Autos sausten in einer Geschwindigkeit vorbei, die er von den verkehrsberuhigten Straßen seiner Nachbarschaft nicht kannte. Doch da waren Gerüche auf der anderen Seite des Boulevards, die ihn lockten. Er musste einfach wissen, was das war. Da waren Hunde und Menschen und Pflanzen und Gras, die alle hier lebten. Geschichten, von denen er nicht einmal geträumt hatte, warteten auf ihn. Die Autos machten ihm Angst, doch wenn gerade nicht so viele da waren, würde er rasch über die Straße laufen und es so auf die andere Seite schaffen, immer der Nase nach. Das war jedenfalls sein Plan. Es war Nelson gar nicht bewusst, wie er es geschafft hatte, auf dem Mittelstreifen des Boulevards festzusitzen, an dem auf beiden Seiten die Autos vorbeirasten. Die Gerüche, die ihn eigentlich angezogen hatten, waren mittlerweile nur noch schwach. Es gab lediglich die Abgase von Hunderten Autos, ein Gestank, der abstoßend, und ein Lärm, der schier unerträglich war.

Einen Moment lang ließ der Verkehr nach. Nelson saß wie angewurzelt mitten auf der Straße, keuchend. In diesem Moment wurde er, noch bevor er Zeit hatte zu reagieren, von einem übel riechenden Mann mit einem langen Bart am Nackenfell gepackt und hinüber auf den Gehsteig getragen. Dort setzte sich der Mann mit Nelson auf den Boden, wo er ihn auf eine Weise festhielt, die dem Hund unangenehm war. Er schaute dem Hund direkt in die Augen und sprach hektisch auf ihn ein. Sein langes Haar stank, seine Kleider waren ungewaschen, sein ganzer Körper roch nach etwas, das Nelson irgendwie an das Bier erinnerte, das Don oft vor dem Fernseher getrunken hatte, nur stärker. Nelson wand sich, doch der Mann packte ihn noch fester. Gleich nebenan war ein Haufen von etwas, das für Nelsons Nase wie Müll roch. Der Mann griff hinein und holte ein stinkendes Hühnerbein heraus, um das viele Fliegen herumsummten, und hielt es Nelson vor die Nase. Als der sich abwandte, schob der Mann es ihm ins Maul. Der Hund bellte, und der Mann schrie ihn an. Drei Kinder gingen an dem Mann vorbei und riefen ihm etwas zu. Er schrie zurück. Während sie stritten, lockerte sich sein Griff eine Sekunde lang, und Nelson gelang es, sich freizumachen, indem er mit dem Kopf aus dem mit Nieten besetzten Lederhalsband schlüpfte, das Katey ihm vor einigen Wochen gekauft hatte. Der Obdachlose blieb zurück, in der Hand nur das Halsband mit der schimmernden Namensplakette. Einen Tag darauf verkaufte er beides für einen Dollar.

Nelson lief um sein Leben. In der entgegengesetzten Richtung lockte eine der grünen Vorstadtstraßen, wie er sie gut kannte. Dorthin flitzte er. Als der Geruch des Obdachlosen verschwunden war, rollte sich Nelson unter einem schattigen Baum zusammen und schloss japsend die Augen. Wo war bloß Katey?

Als er eine Stunde später wieder aufwachte, blitzten überall um ihn herum vertraute Gerüche auf. Er war ganz nah an zu Hause. Das wusste er. Da war die Witterung anderer Hunde, die er an dem Gras bereits gerochen hatte. Das Gras war genau wie das an der Straße, wo er gelebt hatte. Er hob die Nase schnuppernd in die Höhe und versuchte, all die herrlichen Gerüche auszublenden, die ihn vor nur wenigen Stunden durch das Gartentürchen hinausgelockt hatten.

Ganz langsam trottete der kleine Hund die Straße entlang in eine Richtung, deren Gerüche ihm sagten, sie würde nach Hause führen. Doch es war ein windiger Tag, und die Düfte, die in der Luft lagen, änderten sich ständig. Auf sie war kein Verlass, und irgendwelche visuellen Anhaltspunkte, die Nelson nach Hause führen könnten, gab es auch nicht. Stundenlang irrte er so umher. Manchmal versuchten Menschen auf der Straße, sich ihm zu nähern. Einige machten einen freundlichen Eindruck, doch nach dem Erlebnis mit dem stinkenden Mann konnte er ihnen einfach nicht trauen. Wenn sie ihm zu nahe kamen, knurrte er sie an und lief davon.

Allmählich wurde er müde, und Hunger bekam er auch. Es war schon fast Zeit für sein tägliches Abendessen und vielleicht acht Stunden her, seit Don ihm sein Frühstück in den Napf gegeben hatte. In seinem Magen war ein richtiges Loch, und das tat allmählich weh. Sein Maul wurde trocken, und er keuchte unkontrolliert. Ihm sank der Mut, als er merkte, dass er genau diese Straße schon eine Stunde vorher entlanggegangen war. Trotzdem kamen ihm die Gerüche bekannt vor. Er musste einfach in der Nähe von zu Hause sein. Katey hatte er an diesem Nachmittag kein einziges Mal gerochen. Dabei war es ihr Geruch, nach dem er sich von allen Düften der Welt am meisten sehnte. Während seine Nase die komplizierte Duftmischung filterte, war es doch ihr tiefes, unverkennbares Aroma, nach dem er auf der Suche war. Doch es war nirgendwo zu finden. Die Sonne verschwand vom Himmel, in den Bäumen um ihn kam Wind auf, und es wurde Nacht.

Dann, urplötzlich, aus heiterem Himmel, hört er ihre Stimme. Es begann ganz in der Ferne. Sie rief nach ihm. Zuerst war die Stimme so weit weg, dass er dachte, er habe sie sich nur eingebildet. Doch dann wurde sie lauter. Es war Katey. Das war eindeutig Katey. Selbst aus der Entfernung konnte er die Verzweiflung in ihrer Stimme hören. Er wollte ihr in die Arme springen. Er wollte sie küssen und sie trösten und ihr zeigen, dass alles in Ordnung war.

Die Stimme, die rief, kam näher und näher. Nelson bellte, so laut er konnte. Er schaute sich überall um, versuchte, sie zu finden. Immer wieder holte er tief Luft, schnüffelte wie wild und versuchte, ihre Witterung aufzunehmen. Er war überzeugt davon, dass sie ganz nahe war. Mit all der Energie, die ihm geblieben war, rannte Nelson in die Richtung, aus der, wie er glaubte, die Stimme kam. Kateys Rufe wurden jetzt lauter und lauter. Wieder bellte Nelson mit all der Kraft, die er noch hatte.

Dann herrschte einen Moment lang Stille. Nelson blieb stehen, sein Herz schlug laut. Sie musste ganz in der Nähe sein. Jetzt würde er sie jeden Moment sehen, und dann würde er mit ihr heimgehen und sein Abendessen bekommen. Kurz danach rief ihre Stimme wieder nach ihm. Sie war so nah, so nah. Einen Moment lang erfüllte ihr Duft seine Nase. Er holte tief, tief Luft, Freude explodierte in ihm. Und dann lief er auf einer kleinen Seitenstraße in Richtung des Geruchs, so schnell er nur konnte.

Dann verschwand die Stimme unerklärlicherweise wieder und verflüchtigte sich innerhalb weniger Sekunden in der Nachtluft. Der Duft war weg, zusammen mit dem fernen Motorengeräusch ihres Wagens, das in die Nacht hinein verschwand.

Der kleine Hund geriet in Panik. Er bellte und bellte. Eine Frau kam aus einem Haus in der Nähe und schrie ihn an, er solle still sein. Den Schwanz zwischen die Beine geklemmt, rannte Nelson davon.

Die Dunkelheit brach herein, und Nelson saß keuchend unter einem hohen Baum. Während ihm eine kalte Brise in die Knochen fuhr, spürte er zum ersten Mal in seinem Leben, wie es ist, wenn man sich verlaufen hat.

10

Als Katey an diesem Nachmittag nach Hause gekommen war und das offene Türchen gesehen hatte, geriet sie in Panik. Sie lief in den Garten, in der Hoffnung, Nelson noch dort vorzufinden. Doch er war nirgendwo zu sehen. Sie rief Don an, erreichte jedoch nur seine Mailbox und hinterließ ihm wütend eine Nachricht. Sie lief durch das Viertel, suchte nach Nelson, rief ihn und hoffte dabei, ihn irgendwann auf sich zulaufen zu sehen, wild mit dem Schwanz wedelnd. Sie fragte auch ein paar Nachbarn, ob die ihren Hund gesehen hätten, doch niemand konnte ihr etwas sagen. Es war ein schreckliches, leeres Gefühl, nicht zu wissen, wo Nelson war. Natürlich würde sie ihn finden. Die Leute fanden ständig irgendwelche Hunde, die sich verlaufen hatten. Schon jetzt wusste sie, dass Don an allem schuld war, weil er unvorsichtigerweise das Türchen offen gelassen hatte, doch erst einmal unterdrückte sie die Wut, die in ihr aufstieg, weil ihr klar war, dass es ihr nicht dabei helfen würde, Nelson zu finden.

Etwa eine Stunde später kehrte sie nach Hause zurück und schaute noch einmal im Garten nach, doch Nelson war immer noch nicht da. Sie lief zum Auto und versuchte systematisch, ihre Suche auf Stadtbezirke außerhalb ihres Viertels auszuweiten. Einmal rief jemand sie unter unbekannter Nummer an, und sie hoffte, es sei einer der Nachbarn, der ihr sagen wollte, Nelson sei zu Hause, gesund und munter. Doch es war nur falsch verbunden. In diesem Moment wurde ihr bewusst, dass Don sie immer noch nicht zurückgerufen hatte.

Die Stunden vergingen. Die Sonne war untergegangen, und ein kalter Wind wehte durch die Nacht, die gerade angebrochen war. Katey hatte keinen Pullover mitgenommen und zitterte vor Kälte. Doch sie nahm es gar nicht wahr. Sie rief und rief nach Nelson, fuhr manche Straßen mehrfach ab, um nach ihm zu suchen, ehe sie sich an die nächste machte.

Es war schon nach neun Uhr, als sie ein unverwechselbares Bellen hörte, das durch die Nacht an ihre Ohren drang, lauter und wieder leiser werdend. Sie war sich sicher, dass das Nelson war. Das war das Bellen, mit dem er sie willkommen geheißen hatte, wenn sie von ihren Konzerttourneen heimgekommen war. Einen Moment lang hielt sie den Wagen an, rief nach ihm, versuchte zu orten, woher das Bellen kam. Er musste ganz in der Nähe sein. Sie versuchte, ruhig zu bleiben, und suchte die dunklen Straßen ringsum ab, wobei sie ihren Wagen nur noch im Schritttempo fuhr, in der Hoffnung, jeden Moment würde Nelson aus einer der Seitenstraßen oder Gärten herausspringen. Wieder und wieder hörte sie ihn bellen, manchmal ganz in der Nähe.

Doch sowohl Gerüche als auch Geräusche sind trügerisch, wenn ein leichter Wind geht. In dem Moment, als Kateys Rufe aufhörten, verstummte auch Nelsons Bellen.

Viele, viele Stunden lang gab sie nicht auf, fuhr voller Hoffnung die Straßen entlang und suchte nach ihm. Doch Nelson war irgendwann unter einem hohen Baum eingeschlafen und hörte ihre Rufe nicht mehr. Um vier Uhr am folgenden Morgen gab Katey schließlich auf und fuhr nach Hause. Das Haus lag in völliger Dunkelheit, und von ihrem Mann war weit und breit nichts zu sehen. Doch mit dieser Tatsache würde sie sich erst dann beschäftigen, wenn sie Nelson gefunden hatte.

Während sie erschöpft auf der Couch im Wohnzimmer zusammensank, fragte sie sich, ob der Hund wohl irgendetwas gegessen oder getrunken hatte. Wenn er draußen war, schlotterte er bestimmt vor Kälte. Einen Moment lang fragte sie sich, ob er vielleicht überfahren worden war. Gleich am nächsten Morgen würde sie weiter nach Nelson suchen.

Zweiter Teil

Vagabundenleben

11

Nelsons Schlaf war unruhig. Mehrmals wachte er auf, weil er vor Kälte zitterte, doch selbst die Kühle der Nacht hielt ihn nicht davon ab, bald wieder einzuschlafen. Die Ereignisse des Tages hatten den kleinen Kerl erschöpft. Stundenlang war er herumgelaufen und gerannt und war dabei von Hunderten Reizen bombardiert worden, die er noch nicht gekannt hatte.

Er träumte von seiner großen Liebe. Er lag mit ihr in ihrem Bett. Er lag unter ihrem Flügel. Er spielte mit ihr in ihrem Garten, wo die Blumen Würste waren und das Gras aus Schweizerkäse bestand. Bevor er am nächsten Morgen aus dem Schlaf hochschreckte, träumte er auch von Don. Über und über mit dem Gestank seiner Geliebten bedeckt, biss er Katey am ganzen Körper. Nelson roch das Blut. Er sprang Don an, versuchte, ihm Einhalt zu gebieten. Der Traum war intensiv und brutal. Als Nelson aufwachte, raste sein Herz.

Nelson atmete tief den Geruch der Vorstadt ein. Hier roch es immer noch ein bisschen vertraut, doch zum größeren Teil waren die Gerüche für ihn neu. Da waren unbekannte Hunde und Menschen und Eichhörnchen um ihn herum. Nur Katey war nirgendwo. Ganz still saß der kleine Hund ein paar Minuten da. Er winselte, doch niemand kam. In der Ferne bellte ein großer Hund. Nelson blieb stumm.

Allmählich bekam er Hunger, ein Gefühl, das er noch nie in seinem jungen Leben empfunden hatte. Einen ganzen Tag lang hatte er nichts gegessen, länger, als er jemals ohne Futter hatte auskommen müssen, und als der Hunger kam, war er intensiv und verzehrend. Aufgewacht war er mit dem überwältigenden Wunsch, Katey zu finden, doch der wurde rasch ersetzt durch ein noch dringenderes Bedürfnis. Er musste etwas zu fressen finden.

Nelson hob schnuppernd die Nase in die Luft. Normalerweise kategorisierte und analysierte sein Gehirn Gerüche gemäß einer ganzen Bandbreite von Faktoren, wobei seine Neugier an erster Stelle stand. Heute jedoch diente sein intensives Schnuppern nur einem Zweck: Futter zu finden. Er schnüffelte und schnüffelte, versuchte, auf irgendeine Fährte zu stoßen, die ihm etwas bescheren könnte, mit dem er seinen Hunger stillen konnte.

Spielerisch hatte Nelson in seinem kurzen Leben bereits oft gejagt, sowohl Vögel als auch Eichhörnchen. Er wusste nicht, dass dieser Drang dem Verhalten von heranwachsenden Wölfen entsprach, die von ihren Eltern beigebracht bekommen, wie man für Nahrung tötet. Nelson hatte nie einen Vogel oder ein Eichhörnchen gefangen, hatte diese Tiere auch nie ernsthaft als Futter betrachtet. Während er an diesem Morgen schnuppernd auf der Suche nach Futter war, hüpfte ein kleiner Vogel in der Nähe vor ihm zwitschernd über den Boden. Ohne nachzudenken, stürzte sich Nelson in Richtung des Vogels. Doch wenn er bisher Jagen gespielt hatte, war niemand bei ihm gewesen, der ihm geholfen hätte, kein älterer Wolf hatte ihn angeleitet, und so kannte er auch die präzisen Bewegungen nicht, die nötig waren, um erfolgreich ein Tier zu töten, das kleiner war als er selbst. Der Vogel entwischte und flatterte davon. Nelson sah ihm nach. Sein Geruch ähnelte dem von vielen anderen Vögeln, die er schon gerochen hatte, doch dies war das erste Mal gewesen, dass eine solche Witterung für etwas Essbares stand. Es war ein seltsames Gefühl für den jungen Hund.

Als zwei spielende Eichhörnchen über den nahe gelegenen, mit Gras bewachsenen Gehsteig huschten, kamen in Nelsons Gehirn ähnlich seltsame Gefühle auf. Die Vorderpfoten fest in den Boden gerammt und mit hocherhobener Rute, starrte Nelson die beiden Eichhörnchen an. Als sie bei ihrem Spiel einen Moment lang innehielten, machte Nelson unbeholfen einen Satz nach vorn, versuchte, sie zu Boden zu drücken. Eines lief sofort davon. Bei dem anderen gelang es Nelson, es kurz mit der Pfote festzuhalten, doch es befreite sich innerhalb von Sekunden wieder. Beide Tiere waren blitzschnell auf einem Baum verschwunden. Und so kam Nelson wieder nicht in den Genuss des rohen Fleisches, das zum ersten Mal in seinem Leben so verführerisch gerochen hatte. Hätte Nelson sein ganzes Leben in einem menschlichen Haushalt gelebt, hätte er lebende Tiere niemals als Futter betrachtet und einfach nur seinen ewig jugendlichen Jagdtrieb ausgelebt, während ihm sein Frauchen tagtäglich sein Futter hinstellte.

In einem Haus in der Nähe war ein Mann gerade damit beschäftigt, sich Eier mit Speck zum Frühstück zuzubereiten. Der Duft wehte aus seinem Küchenfenster heraus, wo Nelson mucksmäuschenstill dasaß. Er winselte und winselte. Irgendwann hörte der Mann, der sein Frühstück verspeiste, den jungen Hund draußen und schaute aus dem Fenster. Doch Nelson bekam Angst und lief davon.

Während Nelson auf der Suche nach Futter langsam die unbekannten Straßen entlangging, fand er wenigstens irgendwann etwas Wasser in Pfützen, das er aufschlabbern konnte. Nach einigen Stunden war er vor Hunger so verzweifelt, dass ihn seine Nase in eine kleine Seitengasse lenkte, in der ein paar Häuser standen. Vor diesem Tag hatte er den Geruch von Abfällen eigentlich nicht mit Futter verbunden. Doch als ihm jetzt die Gerüche aus den Mülltonnen entgegenwehten, die die Gasse säumten, konnte er unter dem fauligen, verdorbenen Geruch, der über allem schwebte, auch ein paar Spuren des Essens erschnuppern, das er liebte, nämlich Reste von Kateys und Dons Tisch. Da war der Geruch von rohen Eiern und Fleischresten und der von anderen Überbleibseln. Er lief auf eine der Tonnen zu und atmete tief ein. Da drinnen war etwas zu essen. Er konnte es riechen. Er wusste, jetzt würde er gleich seinen Hunger stillen können, und dann konnte er sich wieder auf die Suche nach Katey machen.

Doch Nelson war ein kleiner Hund. Er sprang an der Tonne hoch, schaffte es aber nicht bis zum Deckel. Ohne Erfolg versuchte er, die Tonne umzuwerfen, musste aber bald aufgeben.

Ausgehungert lief er von Tonne zu Tonne. Dann endlich, am Ende der Gasse, fand er drei überquellende

Mülleimer und eine große schwarze Mülltüte, die danebenstand. Nelson biss in die Tüte, zerriss sie. Dort drinnen war sein Frühstück, das roch er. Er wühlte in den leeren Flaschen, leeren Süßigkeitenverpackungen und anderem Unrat. Dann endlich fand er, was er gesucht hatte. Er fraß asiatisches Hühnchen, das schon eine Woche alt war, dazu altes Brot und ein Stück Hartkäse, auf dem er ordentlich herumkauen musste. Bald war er satt. Vor einem anderen Haus in der Nähe stand ein kaputtes altes Sofa für den Sperrmüll. Nelson sprang darauf und schlief in der warmen Sonne ein.

Am nächsten Morgen fuhr der große Müllwagen langsam die Seitenstraße entlang und kippte die vollen Tonnen in seinen großen Bauch. Nelson hatte Angst vor dem großen, lärmenden Fahrzeug und verkroch sich unter ein paar Büschen, ehe das Müllfahrzeug die Couch erreichte, auf der er die Nacht verbracht hatte. Er hörte die Müllmänner fluchen, als sie sahen, was für ein Durcheinander er angerichtet hatte. Stück für Stück warfen sie den Müll aus der schwarzen Tüte in den Müllwagen, dann leerten sie die übrigen Tonnen.

Nelson roch den fauligen Gestank des Müllwagens, der, voller Abfall, eine besonders intensive Geruchsmischung abgab. Seine Mahlzeit am Tag zuvor hatte ihm geschmeckt, und seine Nase sagte ihm, dass in dem Müllwagen noch viele, viele Mahlzeiten steckten. Einen Moment lang überlegte er, ob er nicht einfach in den Müllwagen hineinspringen sollte, doch er hatte Angst vor den Müllmännern. Dennoch waren ab jetzt für den jungen Hund Abfall und Fressen ein und dieselbe Sache.

In den darauffolgenden Wochen wurde der Geruch nach Müll zu der Duftnote, nach der der junge Hund ständig auf der Suche war. Immer wenn er eine Mahlzeit beendet hatte und langsam in einen unruhigen Schlaf hinüberglitt, dachte er an Katey, hob schnüffelnd die Nase und hoffte, sie würde bald kommen. Doch seine Sehnsucht nach Katey wurde rasch von der Suche nach der nächsten Mülltonne verdrängt. Manchmal fand er leicht etwas zu fressen, doch es kam auch vor, dass er einen ganzen Tag ohne Fressen war, manchmal sogar länger. Gelegentlich fand er etwas, das ihm schmeckte, Reste eines Abendessens vom Tag zuvor. Nelson liebte Brathuhn oder die Reste von Hamburgern, auch kalte Pizza, die ihn an Don erinnerte. Manchmal jedoch gab es nur wenig in einem Müllhaufen, das wirklich essbar war, und mehrfach wurde Nelson furchtbar schlecht von einer Mahlzeit, besonders wenn Menschen irgendwelche Reste zu lange im Kühlschrank aufbewahrt hatten. Auch lernte Nelson, Schokolade zu meiden. Zweimal hatte er ein Schokoladenpapier abgeleckt und sich eine Stunde später übergeben. Auch nachdem er eine nur halb abgegessene Traube verspeist hatte, wurde ihm übel. Er würde nie wieder Trauben essen, obwohl ihr Geruch sehr verlockend war.

Wenn der junge Hund dem Geruch von Müll folgte, war er oft viele Kilometer am Tag unterwegs. Schon bald gab es keinerlei Duftspuren mehr, die ihn auch nur vage an zu Hause erinnerten. Sein Zuhause war weg, etwas, das nur noch in seinen nächtlichen Träumen existierte. Er schlief unter Büschen oder Bäumen, manchmal auch auf einem schmutzigen alten Polster oder einem Kleidungsstück, das jemand draußen bei den Mülltonnen abgelegt hatte. Dann kuschelte er sich so eng zusammen, wie es nur ging, um sich warm zu halten, rollte sich zu einer kleinen Kugel zusammen und stellte sich dabei vor, es sei Kateys warmer Körper, an den er sich presste.

Aus seinem Erlebnis auf dem Boulevard hatte Nelson gelernt, Autos so weit wie möglich aus dem Weg zu gehen, und hielt sich lieber auf Gehsteigen, in Seitenstraßen und menschenleeren Gässchen auf. Zehn Tage, nachdem er von Kateys Haus ausgerissen war, befand er sich am äußersten Rand von Albany, in einem der ärmeren, heruntergekommenen Viertel. Hier lag oft der Geruch von Aggression und Angst in der Luft. Auch der Geruch der Müllwagen war da, wurde sogar immer konzentrierter. Langsam spürte er, dass er sich einem Ort näherte, an dem es riesige Berge von Müll gab, Abfall, so weit das Auge reichte, ein Paradies, in dem es endlos zu fressen gab. Nelson wusste, dort musste er hin, und so verbrachte der kleine Hund mit den großen Augen und dem edlen Herzen jeden Tag mehrere Stunden damit, diesen herrlichen Platz zu finden. Nur kurze Zeit später stand er schließlich tatsächlich am Eingang der städtischen Müllhalde. Es war ziemlich genau so, wie er es sich vorgestellt hatte: Kilometer um Kilometer von Müll. Der Gestank war überwältigend, aber inmitten dieses Gestanks konnte Nelson mit seinem feinen Geruchssinn bereits jetzt vieles erschnuppern, was essbar war. Sein Herz schlug schneller.

Auf einer Seite der Müllhalde schoben riesige Räumfahrzeuge den Müll zusammen und pressten ihn zu dem

Material, das dann von LKWs zur Deponie gebracht wurde. Sie brummten die ganze Nacht. In der ersten Nacht schlief Nelson in ihrer Nähe auf der Müllhalde, denn dort war es warm. Er schlief friedlich, weil er es wärmer hatte als in den Wochen zuvor.

In zwei Wochen legte Nelson fast fünfzig Kilometer zurück und entfernte sich immer mehr von zu Hause. Er wusste nicht, dass viele Hunde, besonders große Exemplare, die viel Futter brauchten, oft schon wenige Tage nach dem Ausreißen von zu Hause starben, an der Hitze oder der Anstrengung oder weil sie nicht genug zu fressen und zu trinken hatten. Das alles wusste Nelson nicht. Gewiss, sein größter Wunsch war es, seine große Liebe wiederzufinden, doch bis dahin musste er hauptsächlich eins: fressen.

12

Nelson gewöhnte sich schnell einen Rhythmus auf der Müllhalde an, so wie er auch die tagtägliche Routine bei Katey und Don geliebt hatte. Irgendwo in ihm war immer der hartnäckige Wunsch nach Regelmäßigkeit, ganz gleich, unter welchen Umständen. Irgendwie schenkte ihm das ein Gefühl der Zugehörigkeit, obwohl er doch eigentlich mutterseelenallein war.

Schon bald hatte er begriffen, dass es am besten war, frühmorgens oder am frühen Abend den Müll nach Essbarem zu durchsuchen. Bei Tage waren immer jede Menge Müllmänner unterwegs, und Müllwagen kamen mit neuem Abfall auf das Gelände gefahren. Ein paar Mal war ein angriffslustiger Müllmann hinter Nelson hergelaufen oder hatte versucht, ihn mit einem Rechen zu verscheuchen, und er war nur knapp entkommen. Seither achtete er darauf, verstohlen und umsichtig zu sein, wenn er sich auf die Müllhalde schlich.

Hunger litt er nie. Doch er lernte, vorsichtig zu sein, wenn er die Müllhaufen durchwühlte. Mehrmals schnitt er sich an weggeworfenen Rasierklingen. Einmal stach er sich mit einer Spritze in den Fuß, die er nicht gesehen hatte, weil sie unter einem Haufen Karottenresten verborgen war. Sein Fuß tat mehrere Tage lang so weh, dass er kaum schlafen konnte. Er leckte daran, versuchte, den Schmerz wegzusaugen, biss an der Wunde herum. Irgendwann wurde der Schmerz schwächer.

Es lebten noch mehrere andere Hunde auf der Müllhalde. Als Nelson zum ersten Mal in Kontakt mit ihnen kam, ging er spielerisch auf sie zu, weil er hoffte, Kameraden zu finden. Doch ausnahmslos alle knurrten ihn an, warnten ihn davor, zu nahe zu kommen. Als er die Nase schnüffelnd in die Luft hielt, um ihre Witterung aufzunehmen, las er daraus hauptsächlich Angst und Schmerz. Er wusste noch nicht, wie Tod oder Krankheit rochen, doch auch das waren Gerüche, die die Körper dieser Hunde verströmten, Gerüche, die Nelson nicht mochte.

Auch Ratten gab es, und zwar überall. Sie wuselten um ihn herum, wenn er auf der Müllhalde nach etwas zu fressen stöberte. Er mochte diese Tiere nicht, auch nicht ihren unangenehm feuchten Geruch, durch den sie sich deutlich von der Spielzeugratte unterschieden, mit der er so gerne gespielt hatte. Ein paar Mal versuchten sie ihn wegzubeißen, aber er schlug sie mit lautem Bellen in die Flucht.

Bei Nacht schlief Nelson in der Nähe der Müllpresse, die eine angenehme Wärme abströmte. Dort gab es jede Menge dunkle Plätze, an denen er sich sicher fühlte. Er roch die anderen Hunde in der Nähe, doch die ließen ihn in Ruhe, wenn er sie in Ruhe ließ. Jeden Morgen beim Aufwachen wurde er schier überwältigt von Traurigkeit, wenn ihm bewusst wurde, dass er nicht in Kates warmem Bett lag und gleich in den grünen Garten hinausdurfte. Hier in der Gegend gab es nur wenige Pflanzen, bloß ein paar graue Büsche und kümmerliche Bäume.

Nelson beschnüffelte sie regelmäßig voller Wehmut, weil er sich nach dem Geruch von Natur sehnte. Hier in der Nähe gab es nur wenig, was für Nelsons Nase gut roch. Überall waren Autoabgase, und stinkender Rauch aus den nahen Fabrikschloten lag in der Luft. Ab und zu, an einem windigen Tag, bekam Nelson einen Hauch von einem Fluss, von den Wäldern und Bergen in weiter Ferne in die Nase. Das wirkte belebend auf ihn und erfüllte ihn mit Energie. In solchen Nächten hatte er angenehme Träume. Doch allzu oft kam das nicht vor.

Bei Tage tat Nelson alles, um Schwierigkeiten aus dem Weg zu gehen. Das bedeutete, sich von den Müllwagen und den Müllmännern fernzuhalten. Offenbar lebten auch einige Menschen hier, doch sie rochen alle wie der Mann, der ihn an seinem allerersten Tage unterwegs aus dem Verkehr gerettet und ihm sein Halsband gestohlen hatte. Aus ihren Poren strömte der Geruch von Alkohol und anderen Substanzen. Oft roch Nelson an diesen heimatlosen Menschen auch Einsamkeit und Traurigkeit, und er spielte mit dem Gedanken, sie zu trösten. Doch in diesen wenigen Wochen weg von zu Hause hatte er gelernt, sich vor Gefahr zu schützen, und so vermied er den Kontakt zu den Menschen, denen er hier begegnete. Keiner von ihnen hatte den freundlichen und willkommen heißenden Duft, wie ihn Mrs Anderson, Vernon, der Tierarzt oder seine große Liebe verströmt hatten.

Manchmal, wenn der junge Hund sich satt gefressen

hatte, wanderte er aus reiner Neugier auf der Müllhalde herum. Es war interessant, was die Menschen alles auf den Müll warfen. Oft verbrachte er Stunden damit, sich in den Geruch von alter Kleidung oder zerfetzten Handtüchern zu vertiefen. Menschliche Gerüche waren so kompliziert, und er hätte sie furchtbar gerne verstanden. Manchmal fand er eine kaputte Puppe oder ein altes Stofftier, das er zu seinem Schlafplatz trug, um damit zu spielen, es zu schütteln, und dabei stellte er sich vor, Katey wäre bei ihm. Einmal knurrte ihn ein anderer, größerer Hund laut an, und Nelson ließ die zerfetzte Spielzeugratte, die er ergattert hatte, fallen und flitzte davon. Der große Hund klaute sie und kaute darauf herum. Nelson spürte, dass es besser war, immer das zu tun, was diese großen Hunde wollten. Am nächsten Tag würde er sich ein anderes Spielzeug suchen.

Eines Nachts bemerkte Nelson bei den Hunden einen Neuankömmling, der ganz in der Nähe seinen Schlafplatz hatte. Sein Geruch war stark, und er wirkte aggressiv. Nelson lag den größten Teil der Nacht halb wach. Es war nicht nur die Angst, die ihn wach hielt. Der Neue war ein lauter und aggressiver Beller, und er hörte fast die ganze Nacht nicht damit auf. Es war ein durchdringendes Geräusch, und als Nelson am nächsten Morgen nach einer unruhigen Nacht erwachte, fühlte er sich müde und gereizt. Langsam wanderte er zu der Müllhalde und stand plötzlich auf einer toten Ratte. Er schob das Tier beiseite und begab sich auf die Suche nach seinem Frühstück.

Auch in der folgenden Nacht bellte der Neuankömmling wieder laut. Doch diesmal kam nach einer Stunde Ruhestörung ein dicker Mann aus einem der Gebäude, in denen die Pressmaschinen untergebracht waren. Manchmal hatte Nelson die Arbeiter der Nachtschicht gerochen, wenn sie in dem Gebäude ein und aus gingen, aber gesehen hatte er sie nur ein oder zwei Mal. Es war das erste Mal, dass er einen aus der Nähe sah. Der dicke Mann kam aus dem Gebäude und hatte eine zusammengerollte Zeitung in der Hand. Auch eine Taschenlampe hatte er dabei. Nelson beobachtete, wie er den großen, bellenden Hund anschrie, eine schwarze Bestie, die mit einem Knurren antwortete. Als der Dicke ihm mit der Zeitung einen Nasenstüber verpasste, winselte der große Hund und verschwand im Dunkeln. Der Mann zog sich wieder ins Haus zurück.

Doch als der große Hund auch in der Nacht danach zu bellen begann, hatte der Mann einen seiner Freunde dabei, als er aus dem Gebäude kam. Sie gingen nah an Nelson vorbei, der nach zwei Nächten mit wenig Schlaf erschöpft war, aber sie hatten den großen Hund im Visier, der laut kläffte und die Zähne fletschte, als sie näher kamen. Als der Mann diesmal den Hund mit der Zeitung schlug, trat das Tier nicht den Rückzug an, sondern sprang die beiden Menschen an und versuchte, den Dicken zu attackieren. Nelson roch frisches Blut. Er wusste nicht, was das silbrig glänzende Etwas bedeutete, das aus der Tasche des Freundes des Mannes kam, doch als Schüsse ertönten und die Luft ringsum zum Beben brachten, zitterte er vor Angst. Der große Hund lief um sein Leben. Nelson war einige Momente lang wie erstarrt. Der verletzte Dicke schrie wie am Spieß, und sein

Freund leuchtete überall mit der Taschenlampe herum. Nelson sah, wie der Lichtkegel auf drei oder vier Hunde fiel. Wieder hörte man Schüsse, und dann das schrille Aufjaulen eines der anderen Hunde, als ihn eine Kugel traf. Er sank leblos auf dem Boden zusammen.

Nelson lief in Richtung der dunklen Straßen. Weit weg hörte er weitere Schüsse. An der Witterung anderer Hunde in seiner Nähe erkannte er, dass er nicht der einzige Hund war, der von der Müllhalde flüchtete. Zähne wurden gefletscht, es wurde gejault. Nelsons Adrenalinspiegel war hoch, und er verschwand in die Nacht hinein.

Nelson wanderte langsam über das rissige Pflaster der Stadt, weil er nicht genau wusste, wohin er gehen sollte. Er befand sich mitten in einer verlassenen Betonlandschaft, in der nur ab und zu eine Straßenlaterne brannte. Obdachlose kauerten in selbst gebauten Höhlen aus Pappkarton, sie schnarchten, schluchzten vor sich hin oder brabbelten auf eine Weise, die Nelson verstörte. Überall hing der Geruch nach Drogen in der Luft. Ratten, Rauch und Müll machten die üble Geruchsmischung komplett.

Plötzlich stieg Nelson aus nur wenigen Blocks Entfernung der fleischige Duft von Hamburgern und Zwiebeln auf einem Grill in die Nase. Hungrig war er nicht, aber es war der einzige Geruch, der für ihn Sicherheit von den nächtlichen Angriffen bedeuten konnte. Nelson lief schneller, und so näherte er sich im Laufschritt dem kleinen Restaurant, das noch spätnachts offen hatte. Als er es fast erreicht hatte, sah er zwanzig, dreißig Lastwagen, die in einer Reihe auf riesigen Parkplätzen standen. Auch der Duft von Waren, die zum Transport bereit waren, drang in sein Bewusstsein – frisches Gemüse und neue Kleidung, rohes Fleisch, und alles auf großen Holzpaletten oder in Plastik verpackt. Die Gerüche waren das genaue Gegenteil von Müll. Es waren die Gerüche von Dingen, die zum menschlichen Gebrauch bereit sind, lange bevor das, was als Abfall von ihnen übrig war, weggeworfen und auf eine Müllhalde irgendwo auf der Welt gebracht würde.

Das kleine Restaurant am Fernfahrerrastplatz war bis spät in die Nacht offen, der Grund dafür lag auf der Hand. Selbst um zwei Uhr morgens konnten hier Lastwagenfahrer einkehren, die gerade von einem langen Trip aus dem Westen zurückkamen oder nach einem durchzechten Abend vor einer großen Fahrt mit neuer Ladung noch Lust auf einen Happen zu essen hatten.

Thatcher Stevens kam aus dem Restaurant, in der Hand eine braune Papiertüte mit einem Hamburger mit Käse und Ei darin. Einen solchen Hamburger hatte er gerade gegessen. Die Burger waren in diesem kleinen Diner besonders gut, und wann immer er in Albany war, nahm er sich die Zeit, hier vorbeizufahren und einzukehren. Den zweiten wollte er sich für das morgige Frühstück aufheben. Er würde ihn in der kleinen Mikrowelle aufwärmen, die beim Fahren in der Kabine hinter ihm klapperte.

Er war auf dem Weg zu seinem Lastwagen, als er den kleinen Mischlingshund sah, der zitternd unter den riesigen Rädern eines anderen Lastwagens hockte. Thatcher war seit seiner Kindheit, als er im Haus seiner Großmutter drei schwarze Labradore als Spielkameraden hatte, immer gerne mit Hunden zusammen gewesen. Besessen hatte er nie einen, doch manchmal hatte er mit dem Gedanken gespielt, sich einen anzuschaffen. Aber es war nie etwas daraus geworden, denn außer dem kleinen Haus im Staate New York, das seine Eltern ihm vererbt hatten und wo er sich höchstens drei oder vier Wochen im Jahr aufhielt, besaß er kein festes Zuhause.

Thatcher pfiff nach dem kleinen Hund, der sich jedoch rasch in die Dunkelheit zurückzog. Thatcher zuckte mit den Schultern und ging weiter zu seinem Lastwagen. Er kletterte in das große Führerhaus und legte sich auf die schmale Pritsche, auf der er die meisten Nächte verbrachte. Im Fernsehen liefen Wiederholungen einer alten Polizeiserie, was für ihn die ideale Einschlafhilfe war.

Aus Gründen, die ihm selbst nicht ganz klar waren, schlief Thatcher in dieser Nacht nicht so schnell ein wie sonst. Der Hund ging ihm nicht aus dem Kopf. Da war etwas an seinen Augen und an der Art und Weise gewesen, wie er zu ihm aufblickte, an das er immer wieder denken musste. Irgendwann mitten in der Nacht sprang er von seinem Führerhaus herunter und suchte mit einer Taschenlampe zwischen den anderen Lastwagen nach dem kleinen Mischling.

Nelson hatte sich in der vergangenen Stunde nicht gerührt. Die Düfte aus dem Diner waren tröstlich, doch er hatte keinen Hunger. Er würde einfach nur still hier sitzen, was ihn irgendwie beruhigen würde. Als der große Mann mit dem Pferdeschwanz und dem Ziegenbärtchen zum zweiten Mal auf ihn zukam und ihn anzulocken versuchte, war sein natürlicher Instinkt, vor ihm zurückzuweichen. Keiner der Menschen, denen er in den vergangenen Wochen begegnet war, war besonders freundlich zu ihm gewesen.

Doch dann begann der Mann ganz leise für ihn zu singen, während er die Hand ausstreckte. Seine warme und etwa heisere Stimme schwebte in der Nachtluft, und sie beruhigte Nelson ebenso, wie Kateys Klavierspiel ihn immer beruhigt hatte. Außerdem lag in der Stimme weder die Wut, die Frustration oder der Wahnsinn der anderen menschlichen Wesen, auf die er in den vergangenen Monaten getroffen war. Als der Mann nur noch einen Meter weit von dem Hund entfernt war, wagte sich Nelson nach vorn und beschnüffelte seine Hand. Sie roch warm und gut, ganz ähnlich wie die von Vernon. Nelson leckte daran. Der Mann schmeckte salzig und verschwitzt und ziemlich gut. Er reagierte mit einem Kraulen und einem Lächeln, fuhr dabei aber mit dem Singen fort, und Nelson leckte ihm noch einmal die Hand. Es war Wochen her, seit er das letzte Mal wirklichen Kontakt zu einem Menschen gehabt hatte, und er hatte ganz vergessen, wie gut, wie natürlich sich das anfühlen konnte.

Thatcher selbst hörte spätnachts gerne Willie-Nelson-Songs, wenn er sich entspannen wollte, und so hatte er keinen Grund dafür gesehen, warum der kleine Hund nicht ebenso positiv auf diesen Gesang reagieren sollte. Nachdem er ein paar Minuten mit dem kleinen Kerl gespielt hatte, versuchte Thatcher, ihn auf den Arm zu heben, damit er ihn zum Lastwagen mitnehmen konnte, doch der Hund entwischte und knurrte ihn an. Thatcher blieb stehen, streckte die Hand wieder aus und sang noch etwas von Willie Nelson. Ganz vorsichtig leckte ihm der Hund wieder die Hand ab. Schließlich stand Thatcher langsam auf und ging mit kleinen Schritten in Richtung Lastwagen zurück, wobei er den Hund keinen Moment aus den Augen ließ. Der Hund folgte ihm, immer auf der Hut. Als er bei seinem Führerhaus angekommen war, sprang Thatcher hinein und holte den noch warmen Hamburger, den er sich eigentlich fürs Frühstück aufgehoben hatte. Er brach ein Stück davon ab und sprang wieder aus dem Wagen. Der Hund stand ein paar Meter von ihm entfernt. Thatcher lockte ihn mit dem Hamburgerbrocken zu sich.

Nelson schnupperte. Der Burger roch gut und frisch. Frisches Fressen war etwas ganz anderes als all die Reste, die er auf dem Müllplatz verspeist hatte. Eigentlich hatte er keinen großen Hunger, aber er machte dennoch einen Satz vorwärts und verschlang den Leckerbissen aus Thatchers Hand. Innerhalb von ein paar Minuten war die Hälfte des Hamburgers weg. Als Thatcher wieder versuchte, ihn hochzuheben, ließ Nelson es zu. Oben im Führerhaus bekam er auch den Rest des Burgers, und Thatcher streichelte ihn und freute sich über seinen Appetit. Zwar war der starke Geruch des kleinen Hundes ihm unangenehm, doch so spät in der Nacht war er einfach zu müde, um ihn zu baden. Stattdessen machte er die Fenster seines Lastwagens so weit auf, dass Nelson ihm leicht hätte entwischen können, wenn er das gewollt hätte. Doch als Thatcher schließlich laut schnarchend zusammensank, rollte sich der kleine Hund zu seinen Füßen ein und schlief bald tief und fest. Es war warm in dem Führerhaus, und die Luft roch gut, wenngleich ein wenig nach Zigarrenrauch. Einen ganzen Monat lang hatte Nelson nicht mehr etwas gerochen, das seinem Zuhause bei Katey so sehr ähnelte.

Als er am nächsten Morgen aufwachte, brummte der Lastwagen bereits durch offenes Land. Zuerst war der Hund verwirrt von dem lauten Rumpeln, mit dem der LKW über den Asphalt rollte. Nelson rutschte auf dem Rücksitz hin und her, als der Laster an einer engen Kurve langsamer wurde und zur Seite ausscherte. Doch die Fenster waren immer noch offen, und der Geruch von Gras erfüllte Nelsons kleines Herz. Drüben auf dem Fahrersitz sang Thatcher aus vollem Hals zur Musik eines Country-Senders. Nelson entspannte sich und spürte, wie sein Schwanz zuckte und schließlich wild zu wedeln begann, ohne dass er etwas dagegen tun konnte.

13

Thatcher Stevens war ein einsamer Mensch, obwohl er sich dieses betrüblichen Zustandes gar nicht recht bewusst war. Wenn er über sein Leben nachdachte, befand er es für gut. Es gab weder eine Ehefrau noch Kinder, die ihm ein Klotz am Bein gewesen wären. Was er verdiente, gehörte ihm, und er konnte damit machen, was er wollte. Er hatte einen interessanten Job, der ihn immer wieder an neue Orte führte, wodurch er schon viele der schönsten Fleckchen seiner Heimat Amerika gesehen hatte. Er wusste, andere hätten sich gewünscht, so viel reisen zu können. Während seiner Jugend war er oft Zeuge von Streitigkeiten zwischen seiner Mutter und seinem Vater gewesen. Seine Mutter wollte furchtbar gerne die Welt sehen, hatte jedoch einen ausgesprochenen Stubenhocker geheiratet. Das war zwar nicht der Grund für das Scheitern ihrer Ehe gewesen, aber Thatcher wusste, dass es zum Ende der Beziehung beigetragen hatte. Als er vor zwölf Jahren den Beruf des Lastwagenfahrers ergriffen hatte, wurde ihm schon bald bewusst, was seiner Mutter gefehlt hatte. Herumzureisen war wie eine tägliche Adrenalinspritze. Er genoss es sehr, jeden Tag an einem anderen Ort zu sein, neue Leute kennenzulernen und jeden Tag andere Dinge zum Essen auszuprobieren.

Er meinte, dass es eigentlich für ihn keinen Grund zur Klage gab. Und ganz gewiss gab es in seinem Leben Momente echten Glücks. Wenn er zu einer neuen Tour mit neuer Ladung aufbrach und zu einem Ort unterwegs war, an dem er noch nie gewesen war, drehte er das Radio laut auf und sang aus vollem Hals mit. Das Singen war die andere große Leidenschaft seines Lebens. Als Junge hatte er sich immer ausgemalt, Sänger zu werden, und obwohl er diesen Traum nie in die Wirklichkeit umgesetzt hatte, hielt er sich immer noch für talentiert. In solchen Momenten, wenn er laut singend am Steuer saß, vor sich die Weite der Landstraße, durchströmte ihn große Aufregung und Vorfreude auf alles, was kommen würde. Ein Zustand, der oft wochenlang anhielt, wenn er durch die mächtigen Gebirge und Wälder Amerikas und an seinen gewaltigen Flüssen und Seen vorbei fuhr.

Wenn die Einsamkeit tief in ihm drinnen doch einmal an die Oberfläche trat, geschah das nur zu Zeiten, da die ständige Fahrerei ihn zu nerven begann. Ein Großteil der Vereinigten Staaten ist flach, und im Zuge der Globalisierung sah doch vieles in diesem Land mit seinen großen Ladenketten, den Einkaufszentren und den Fertighaussiedlungen gleich aus. Und so kam es, dass manchmal, wenn sich vor ihm die Landstraße wie endlos ins Nichts erstreckte, ein Gefühl der Sinnlosigkeit in Thatcher aufstieg. Doch seine Traurigkeit ging nicht besonders tief, weil er kein Mensch war, der zu Extremen neigte, außer wenn er zu viel getrunken oder sonst über die Stränge geschlagen hatte.

Ähnlich traurig wurde Thatcher immer dann, wenn sich das Ende einer Tour näherte und er zurück in sein kleines Haus in Sullivan County im Staate New York fuhr. Es war ein schönes Fleckchen Erde, aber Thatcher verbrachte den größten Teil seiner Zeit im Haus, wenn er dort war. An den dunklen Möbeln und Vorhängen seiner Eltern hatte er nie etwas geändert, und sie selber hatten viele Jahre vor ihrem Tod nicht mehr renoviert. Meist lag Thatcher auf dem Bett und schaute fern, trank Bier und wärmte sich Fertiggerichte aus dem Gefrierfach auf. Oft starrte er die Wände an und nahm sich fest vor, sich auf einer seiner nächsten Fahrten ein paar neue Bilder zu besorgen, doch meistens wurde daraus nichts. Auch beschloss er, endlich den tropfenden Wasserhahn zu reparieren und vielleicht neue, farbenfrohe Vorhänge zu kaufen, doch all diese Pläne waren nie mehr als eine Abhakliste für die ferne Zukunft. An dem Abend, bevor er wieder aufbrechen musste, erfasste ihn stets ein Gefühl der Erleichterung, und wenn er am nächsten Tag am Steuer seines Brummis saß, das Motorengeräusch und die vorbeihuschende Landschaft als seine Begleiter, dann war auch die Einsamkeit, die sich einen Tag zuvor in sein Leben geschlichen hatte, wieder verschwunden.

Thatcher war ein attraktiver Mann. Durch das viele Essen unterwegs war er zwar mit seinen achtunddreißig Jahren etwas aus dem Leim geraten, doch da er groß war, konnte man seinen Bauch leicht übersehen. Das dunkelblonde Haar trug er lang und zum Pferdeschwanz gebunden, und sein Ziegenbärtchen zierte ein freundliches Gesicht mit leuchtend blauen Augen. In seiner Frühzeit als Trucker war er mehrfach Frauen begegnet, für die er tiefe Gefühle entwickelt hatte. Doch schon bald hatte er gemerkt, dass es praktisch unmöglich war, eine ernsthafte Beziehung zu jemandem aufzubauen, der so viel unterwegs war wie er. Eine frühe Liebe zu einem Mädchen namens Ivy hatte immerhin acht Monate gehalten, doch in Wirklichkeit hatte er während der ganzen Zeit nur sechzehn Tage mit ihr verbracht, und obwohl auch sie sehr verliebt in Thatcher gewesen war, hatte sie ihn verlassen und sich mit einem jungen Mann zusammengetan, der in ihrer Heimatstadt in Wisconsin lebte und arbeitete.

Auch zu anderen Liebschaften hatte Thatcher über die Jahre hinweg Kontakt gehalten. In seinem kleinen Telefonbüchlein standen die Nummern von zehn oder fünfzehn Frauen, über das ganze Land verteilt, die er immer dann anrief, wenn er in der Stadt war. Dann traf man sich zum Abendessen und ging anschließend in das Haus der Frau oder in ein Motel, um dort die Nacht zu verbringen, oft blieb man jedoch auch im Führerhaus von Thatchers Truck. Aus irgendeinem Grund mochten es die Frauen, dort Sex zu haben, und Thatcher gefiel es ebenfalls. Wenn er stattdessen bei den Frauen im Haus schlief, dann fiel es ihm immer ein wenig schwer, mitten in der Nacht ein warmes Bett in einem gut geheizten Haus zu verlassen, besonders, wenn es draußen kalt war.

Thatcher redete oft davon, sich irgendwann zur Ruhe zu setzen, doch im Lauf der Jahre wurde diese Möglichkeit immer unwahrscheinlicher. Er würde arbeiten müssen, bis er fünfundsechzig Jahre alt war, und etwas anderes als LKW fahren konnte er nicht. Eine Frau, die ihn heiraten würde, obwohl er den größten Teil seiner Zeit unterwegs und nicht zu Hause war, kannte er nicht. Und so begnügte er sich mit den vier oder fünf zärtlichen Begegnungen im Monat, die er mit einer seiner altbekannten Liebschaften oder einer Frau für eine Nacht unterwegs verbrachte.

Als Nelson an diesem Sommermorgen von Thatchers Gesang geweckt wurde, lagen bereits viele Kilometer zwischen ihm und Katey in Albany, und jede Minute wurden es mehr. Nachdem er noch einmal den überwältigenden Grasgeruch genossen hatte, der von draußen ins Führerhaus strömte, erschnupperte er Thatchers kleinen Schlafbereich, in dem er die letzte Nacht verbracht hatte. Die Couch selbst roch nach altem, abgewetztem Leder, und die Decke war längere Zeit nicht mehr gewaschen worden. Thatchers Duft hing überall. Da war auch noch der Geruch der frischen kubanischen Zigarren, die in einer kleinen Holzkiste unter dem Sofa verstaut waren, und der schwache Geruch verbrannten Tabaks in den Decken und der Polsterung, die an mehreren Stellen durch das brüchige Leder quoll.

Nelson schnüffelte an den Überresten seines vorbendlichen Burger-Festmahls, an den Schokoladenkeksen, den Chips und dem Studentenfutter. Der Geruch der frischen Wäsche, die Thatcher vor ein paar Tagen aus einem Waschsalon geholt hatte, erinnerte ihn an zu Hause. Das war ein Grund, warum er bei Thatcher bleiben wollte, als würde ihn das irgendwie zu Katey zurückbringen. Auch ein paar Flaschen billiges Aftershave standen irgendwo herum, ebenso mehrere Seifenstücke und Flaschen mit Shampoo. Das alles waren die Düfte, die Nelson mit zu Hause assoziierte, und sie beruhigten den jungen Hund.

Vor ihm schlug Thatcher im Takt die Hände aufs Steuer und sang ein Lied aus dem Country-Sender mit. Nelson roch das Glücksgefühl, das in der Luft hing, und es war ein guter Geruch. Mit einem Satz sprang er auf den Beifahrersitz neben Thatcher. Thatcher schien sich zu freuen, als er den kleinen Hund sah, und streichelte ihn. Nelson leckte ihm die Finger ab, wedelte mit dem Schwanz und schaute zu ihm hoch.

Die Düfte der Landschaft, die draußen an ihnen vorbeizog, drangen auch ins Innere des Führerhauses. Thatcher fuhr schnell, und der Geruch neuer Bäume und Pflanzen stieg Nelson in die Nase. Nach dem Gestank von Rauch und Müll, an den sich Nelson im vergangenen Monat gewöhnt hatte, hatte er jetzt das Gefühl, sein Inneres würde sauber geschrubbt und rieche wieder frisch. Schon bald hatte sich die Angst der letzten Nacht verflüchtigt, und der junge Hund fühlte sich wie neugeboren.

Ein paar Stunden später fuhren sie zu einer Tankstelle für Lastwagen. Thatcher nahm Nelson auf den Arm, und diesmal ließ der Hund ihn gewähren. Er nahm auch ein Stück Seife und ein Handtuch mit, und kurz darauf fand sich Nelson in einer Duschkabine wieder. Thatcher schrubbte ihn gründlich ab und ging dabei nicht ganz so sanft mit dem kleinen Hund um wie Katey beim Baden, doch dem Hund gefiel es trotzdem. Als Nelson sauber war, duschte Thatcher ebenfalls, und der Hund wartete zu seinen Füßen. Dann trocknete sich Thatcher ab und benutzte anschließend sein Handtuch, um Nelson abzurubbeln. Anstatt ihn nur trocken zu reiben, hatte Katey ihn immer geföhnt, doch Nelson gefiel das frische Gefühl, das er jetzt hatte. Er schüttelte sich nach Hundeart und wedelte fröhlich mit seiner großen, flauschigen Rute. Thatcher kicherte vergnügt.

Thatcher kaufte nie eine Leine für Nelson. Entweder trug er ihn, oder er ließ Nelson hinter sich gehen. Dabei behielt er den jungen Hund immer im Auge und rief ihn mit einem Pfiff zu sich, wenn er sich mehr als ein paar Meter von ihm entfernte. In dem Hund erkannte er die gleiche unbelehrbare Neugier, die er auch als sein eigenes hervorstechendstes Merkmal betrachtete. Neugier, das wusste er, hatte ihm einige der wundervollsten Dinge in seinem Leben beschert, doch sie konnte auch zum Problem werden.

Nach dem Duschen ging Thatcher zum Mittagessen. In den meisten Restaurants auf den Rastplätzen, die er besuchte, waren Haustiere eigentlich nicht erlaubt, doch er war dort beliebt, auch wenn ihn die Kellnerinnen, die ihn beim Namen kannten, oft nur ein oder zwei Mal im Jahr sahen. Seine blitzenden blauen Augen blieben einfach im Gedächtnis haften. Und so ließen sie ihn den kleinen Hund mit ins Restaurant nehmen. Nelson saß brav auf dem Sitz neben Thatcher in seiner Nische, während der die Speisekarte studierte. Anschließend fütterte er ihn heimlich mit kleinen Stückchen seines Steaks und mit Pommes frites und gab ihm sogar von dem Apfelkuchen mit Sahne ab, den er sich zum Nachtisch bestellte und den Nelson gierig hinunterschlang. In der Zeit, die Nelson bei Thatcher verbrachte, würde er sich schon bald daran gewöhnen, das zu essen, was die Menschen aßen, und Dosen- oder Trockenfutter nicht mehr als brauchbare Alternative ansehen. Sein Verdauungstrakt war für die Reste angelegt, die die Menschen ihm gaben, und als der Hund erwachsen war und sich an diese Kost gewöhnt hatte, mied er Hundefutter, so weit es ging. Es wurde normal für ihn, einfach eine kleine Portion dessen zu sich zu nehmen, was Thatcher aß.

Manchmal bei ihren Fahrten kreuz und quer durch die Vereinigten Staaten mietete Thatcher ein kleines Motelzimmer für die Nacht. Nelson gewöhnte sich an den Geruch dieser kleinen Pensionen, die überall gleich waren, in welcher Stadt und in welchem Bundesstaat man sich auch befand. In all diesen Zimmern hing der Geruch von abgestandenem Zigarettenrauch und von Handtüchern und Bettzeug, das mit ein wenig zu viel Bleiche gewaschen worden war, in der Luft. Gerade in den älteren Hotels müffelten die Teppiche feucht, und nachts, wenn Thatcher schlief, gab es seltsame Geräusche, die Nelson zum Knurren und Bellen brachten, weil er das Gefühl hatte, Thatcher gegen irgendwelche Angreifer aus dem Motel beschützen zu müssen. Thatcher hatte einen gesunden Schlaf und schnarchte laut, weshalb er oft gar nicht aufwachte, wenn Nelson bei den Liebesgeräuschen aus dem Nachbarzimmer oder beim Gegröle von ein paar Zechern bellte. Am Morgen leckte Nelson Thatchers Gesicht ab, um ihn zu wecken, und dann tapste sein Herrchen schlaftrunken in Boxershorts mit dem Hund nach draußen, damit er pinkeln konnte. Das war Nelsons Belohnung dafür, dass er ihn so gut bewacht und geweckt hatte.

Manchmal ließ Thatcher Nelson im Motelzimmer zurück, um allein loszuziehen. Als er das zum ersten Mal machte, hatte Nelson ein wenig Angst, doch der kleine Hund war daran gewöhnt, dem Gefühl der Angst standzuhalten. Statt sich furchtsam zu verstecken, stand er stolz neben dem Bett, bewachte ihr vorübergehendes Zuhause und wartete darauf, dass Thatcher zurückkam. Einmal betrat die Putzfrau das Zimmer und lief rasch wieder hinaus, als Nelson sie laut anbellte und ihr den Zutritt verwehrte. Vorkommnisse wie dieses bestärkten den kleinen Hund in der Überzeugung, dass er trotz seiner geringen Größe stark und mächtig war.

Meist kam Thatcher allein zurück, und sein Atem stank nach Alkohol. Das machte Nelson nervös, denn es rief in ihm wieder die immer mehr verblassende Erinnerung an den Penner ins Gedächtnis, der ihm das Halsband gestohlen hatte. Doch im Allgemeinen schlief Thatcher gleich ein, wenn er getrunken hatte, und schnarchte noch ein bisschen lauter als sonst. Einmal brachte Thatcher eine groß gewachsene Frau mit, die er in einer Bar aufgegabelt hatte, und als er bereits schlief, schlich sie leise zu seiner Jeans und wühlte darin nach seiner Brieftasche. Doch Nelson schlief nicht und bellte laut. Als Thatcher aufwachte und die Frau mit schuldbewusster Miene über seine Hose gebeugt stehen sah, wusste er, dass Nelson ihn gerade vor dem Verlust der Hunderte von Dollars bewahrt hatte, die in seiner Geldbörse steckten. Die Frau machte einen raschen Abgang, und beim Frühstück belohnte Thatcher den Hund, indem er ihm den Speck schenkte, den er eigentlich für sich bestellt hatte.

Immer öfter schlief Thatcher im Führerhaus seines LKW, und Nelson fand es dort herrlich. Ihm gefiel, dass es sich im Vergleich mit den Motelzimmern, in denen sie manchmal übernachteten, um einen kleinen Raum handelte, weil er lieber einen begrenzten Raum zum Bewachen hatte. Das gab ihm ein sicheres und behütetes Gefühl. Zuerst schlief der Hund zu Thatchers Füßen, doch in einer kalten Nacht kuschelte er sich an seine breite Brust und schlief dort trotz Thatchers lauten Schnarchens wie ein Hundebaby. Manchmal wachte Thatcher mitten in der Nacht auf, sah Nelson tief schlafend an seiner Brust und schlief mit einem seligen Grinsen auf dem Gesicht wieder ein.

So wie Thatcher Nelson manchmal für ein paar Stunden allein in einem Motelzimmer gelassen hatte, ließ er ihn auch gelegentlich nachts eine Weile im LKW zurück. Dann machte er die Fenster einen Spaltbreit auf, und die Gerüche von draußen leisteten dem Hund bis zu seiner Rückkehr Gesellschaft. Schon bald hatte sich Nelson an die Frauen gewöhnt, die dann mit Thatcher zurückkehrten und mit denen er wegen der Beengtheit im Führerhaus etwas unbeholfen Sex hatte. Manchmal wackelte das Führerhaus hin und her, denn Thatcher war ein ziemlich leidenschaftlicher Liebhaber. Jedes Mal, wenn Nelson endlich ein Plätzchen gefunden hatte, um sich zu entspannen und einzuschlafen, wurde er irgendwann wieder durch zwei erhitzte menschliche Leiber geweckt, die auf ihm landeten. Wenn er dann bellte, um Thatcher und seiner Gespielin zu zeigen, dass sie ihn störten, kicherten die beiden meistens nur und setzten ihr Liebesspiel munter fort. Oft machte die Frau die Störung damit wett, dass sie hinterher mit Nelson spielte. Er genoss diese Aufmerksamkeit ebenso wie die Erdnüsse oder Snacks aus getrocknetem Fleisch, die Thatchers Besucherinnen manchmal aus ihrer Handtasche zogen.

In der Zeit, die Nelson bei Thatcher verbrachte, durchquerten sie die Vereinigten Staaten mindestens zehn Mal. Zum Beispiel folgten sie dem Highway 20, an Chicago vorbei, durch das flache, weite Land von Iowa, das gebirgige Montana und lieferten schließlich in Oregon ihre Ware ab. Auf dem Rückweg fuhren sie dann auf dem Highway 2 von Seattle los, durchquerten den Norden der Staaten bis an die kanadische Grenze, dann wieder nach Montana, durch die Great Plains, die Kornkammer der USA, wo Nelson den unverwechselbaren Duft von Büffel kennenlernte, bis in die Wälder Minnesotas mit ihren mannigfaltigen Gerüchen nach Pflanzen und Tieren. Auf dem Highway 50 überquerten sie den Mississippi, fuhren irgendwann die steilen Hänge der Rockies hoch, wo Nelson Adler, Falken und die Siedlungen der Ureinwohner erschnupperte. Sie rumpelten durch die Sierra Nevada, wo die klaren, intensiven Düfte der Wüste eine reine Wonne für die Nase des jungen Hundes waren. Oder sie zockelten tief im Süden durch das Land nahe der mexikanischen Grenze, wo Nelson in Texas Öl und Vieh roch, was irgendwann durch die Cajun-Düfte der Deltas des Mississippi ersetzt wurde. Sie fuhren das Rückgrat der Appalachians entlang, und Nelson verbrachte mit Thatcher ein Wochenende im Haus seiner Eltern in Sullivan County.

In Sullivan County sehnte sich Nelson danach, die Wälder und Flüsse zu erkunden, deren Duftspuren ihm aus der Ferne entgegenwehten, doch Thatcher wollte zu

Hause bleiben. Allein durch seine endlosen Geruchsentdeckungen draußen auf der Landstraße wurde die Neugier des kleinen Hundes nicht befriedigt, denn er konnte von all den Geschichten, die ihm die verschiedenen Bundesstaaten zu erzählen wussten, nicht genug kriegen. Zuhause in Albany hatte er sich nur vorstellen können, dass die Welt ein faszinierender Ort war. Jetzt jedoch wusste er, dass sie es wirklich *war,* und sein Verlangen nach mehr wurde nur in den Momenten gemindert, wenn er an seine große Liebe zurückdachte und wusste, dass nichts sie ersetzen konnte. Oft träumte er vom betörenden Duft der weißen Tuberosen, die nachts Kateys Duft verströmten.

Eines Nachts in North Carolina, einem Bundesstaat, den Thatcher wegen seiner herrlichen Küste und den angenehmen Gebirgszügen besonders gerne mochte, kam eine Frau zu ihm zu Besuch. Er hatte sie seit mehr als einem Jahr nicht mehr gesehen und freute sich darauf, sie zu treffen. Sex war zwischen ihnen immer besonders aufregend gewesen und auch etwas, das ihn glücklich machte. Doch sie hatte letztes Mal angedeutet, es gebe da eine Sache, über die sie mit ihm sprechen müsste. Und plötzlich war sie verschlossen wie eine Auster, als er sie bedrängte, es ihm doch zu sagen, und hatte gemurmelt, das nächste Mal würde sie es ihm verraten. Thatcher war verwirrt, und ein kleiner Teil von ihm hoffte insgeheim, sie wolle mehr von ihm, obwohl ihm nicht ganz klar war, was das für sein Leben bedeuten könnte. An diesem Tag rasierte er sich besonders gründlich und sprühte sich mit dem teuren Eau de Toilette ein, das er nur zu besonderen Gelegenheiten verwendete. Nelson sah ihm dabei zu, wie er sich die Fingernägel schnitt, und wusste, dass mit einem interessanten Abend zu rechnen war.

Etwa um sechs Uhr abends klopfte die Frau an der Tür. Nelson bellte, und Thatcher, der auf dem Bett des Motelzimmers lag und sich eine Tiersendung im Fernsehen anschaute, sprang auf, überprüfte ein letztes Mal seine Frisur und brachte Nelson dazu, mit dem Bellen aufzuhören. Dann machte er die Tür auf.

Die Frau, die dort stand, war hübsch und hatte braunes Haar. Nelson roch an ihr nicht die typischen Düfte, die er aus der Stadt kannte, wenn Frauen ausgingen – Parfum, Lippenstift, Haarspray. Sie roch angenehm, und der stärkste Duft, den sie abgab, war der ihrer frisch gewaschenen Jeans und des T-Shirts. Thatcher wollte sie gerade umarmen, als er einen etwa vierjährigen Jungen neben ihr stehen sah. Er hielt inne.

Als der Junge Nelson sah, war er gleich ganz aufgeregt, lief ins Zimmer und fing an, mit ihm zu spielen. Thatcher hatte für Nelson immer kleines Hundespielzeug und ein Bällchen dabei, und vom gestrigen Abendessen war auch noch ein großer Steakknochen für ihn da. Der Junge, der kaum zu bremsen war, spielte mit Nelson und seinem Spielzeugseil. Nelson liebte es, mit welcher Unermüdlichkeit kleine Kinder spielten, und bekam die Unterhaltung zwischen Thatcher und der Frau gar nicht richtig mit. Eigentlich hatte er sich auf einen einsamen Abend im Motelzimmer eingestellt, doch jetzt gab es sogar noch eine extra Spielstunde mit einem kleinen Jungen. Und tatsächlich war der Junge Thatcher Stevens' Sohn.

Thatcher bestellte Pizza, und schon bald wurden zwei

große Pizzen geliefert. Alle aßen mit, und Thatcher erlaubte seinem kleinen Sohn, auch Nelson mit ein paar Stückchen zu versorgen. Er redete mit dem Jungen, und nach einer Weile winkte Thatcher ihn zu sich, und sie umarmten sich kurz. Nelson roch die Aufregung auf Thatchers Haut, doch der Junge war darauf bedacht, möglichst bald wieder mit Nelson spielen zu können, und so blieb es bei der kurzen Umarmung.

Ein paar Stunden später merkte Nelson, dass der Junge langsam müde wurde, und kurz danach verließen die Frau und der Junge das Zimmer. Alle umarmten sich. In dieser Nacht konnte Nelson nicht besonders viel schlafen, denn Thatcher tat kein Auge zu, sondern wälzte sich unruhig im Bett hin und her. Nelson war so an sein regelmäßiges Schnarchen gewöhnt, dass ihm unbehaglich zumute war, wenn es fehlte.

Am Morgen danach folgten ein paar eilige Telefonate. Nelson war es nicht gewöhnt, sich tagsüber in einem Motelzimmer aufzuhalten. Normalerweise checkten sie abends ein, wenn sie nicht im LKW schliefen, und reisten früh am nächsten Morgen wieder ab, oft sogar vor Sonnenaufgang. Nach dem Abend, an dem Thatcher zum ersten Mal seinen Sohn gesehen hatte, verbrachten sie den größten Teil in dem Zimmer, sahen fern und aßen Pizzareste. Nelson spürte Thatchers Anspannung. Etwa um vier Uhr nachmittags kamen die Frau und der Junge zurück, und fast alles war genauso wie am Abend zuvor. Nelson mochte seinen neuen Spielkameraden, doch nachdem sie geliefertes Essen vom Chinesen zu sich genommen hatten, eskalierte das Gespräch zwischen Thatcher und der Frau rasch, und sie schrien sich an. Nelson fühlte sich sofort wieder an die Streitereien zwischen Katey und Don erinnert. Wut hatte er an Thatcher noch nicht oft wahrgenommen, und es war ein Geruch, von dem dem Hund ganz flau wurde. Als das Geschrei nicht mehr aufhörte, zog sich der Junge in eine Ecke des Zimmers zurück und begann zu weinen. Nelson ging zu ihm und leckte ihn ab, um ihn zu trösten. Der Junge hob ihn hoch, weinte jedoch weiter. Ein paar Momente später hörten Thatcher und die Frau zu streiten auf. Die Frau ging zu dem Jungen und tröstete ihn, doch er schluchzte weiter. Auch Thatcher versuchte es, aber sowohl die Frau als auch der Junge schubsten ihn weg. Kurz darauf gingen die Frau und der Junge.

In dieser Nacht weinte Thatcher. Nelson lag ganz still neben ihm und wusste nicht, was er von diesem unerwarteten Gefühlsausbruch halten sollte. Schließlich schlief Thatcher ein, doch Nelson lag noch lange wach, weil er spürte, dass sich eine Veränderung anbahnte. Er kuschelte sich an Thatchers Brust, und Thatcher, den böse Träume quälten, streichelte den Hund.

In den folgenden Wochen war Thatchers Stimmung gedämpft, während er und Nelson weiter in seinem großen Lastwagen durch Amerika tuckerten. Oft ertappte ihn Nelson dabei, wie er heimlich weinte. Er sang auch nicht mehr zu der Musik aus dem Radio mit, und während früher jede Woche ein oder zwei Mal eine Frau Thatchers Bett geteilt hatte, waren es jetzt nur noch Nelson und er.

Nelson bemerkte auch, dass eine innere Wut an Thatcher nagte. Die meiste Zeit war sie nicht spürbar, doch wenn gelegentlich ein Auto Thatchers LKW schnitt oder er im Restaurant saß und seine Bestellung zu lange auf sich warten ließ, kam der Ärger an die Oberfläche. Dann schimpfte und fluchte Thatcher, was Nelson gar nicht an ihm kannte.

Die Mutter von Thatchers Sohn und den kleinen Jungen trafen sie noch zwei Mal. Offenbar nahm Thatcher einen gewaltigen Umweg auf sich, um nach North Carolina zurückzukehren, denn er fuhr fünfzehn Stunden am Stück, was ihn müde und reizbar machte, ein Mann, der sich in sich zurückzog. Doch das nächste Zusammentreffen mit dem Jungen war nicht von irgendwelchen Streitereien geprägt. Zwischen Thatcher und der Frau blieb es friedlich, bis auf einen kurzen Moment der Konfrontation, als sie mit dem Geldbündel, das er ihr reichte, offenbar nicht einverstanden war. Nelson sah deutlich, wie aufgewühlt Thatcher war, als er seinen Sohn in die Arme nahm, und beobachtete, wie er sich bemühte, mit dem Jungen zu reden. Ein oder zwei Stunden kickten sie auf dem Parkplatz des Motels mit einem Ball. Nelson durfte auch mitspielen und hatte viel Spaß dabei.

Das Auf und Ab der Gefühle, das Thatcher in diesen Tagen offenbar erlebte, verwirrte Nelson. Dass er den Jungen liebte, war deutlich zu erkennen, doch da war auch noch diese seltsame neue Wut, die ab und zu an die Oberfläche kam. Während die Einsamkeit, die bislang die Hintergrundmusik in Thatchers Leben gewesen war, durch seine Entdeckung, dass er einen Sohn hatte, viel intensiver zu Tage trat, schwächte sich die Freude ab, die Thatcher an seinem Dasein als ewiger Reisender gehabt hatte. Irgendwie kam er sich wie ein Geist vor, der bis in alle Ewigkeit auf den Landstraßen und Autobahnen seines riesigen Heimatlandes unterwegs war. Jedes Mal, wenn er den Jungen sah, kamen all die verwirrenden und ungestümen Gefühle aus seiner Kindheit, die er so lange unterdrückt hatte, wieder an die Oberfläche. Nelson war ein Segen, fand Thatcher. Diesen kleinen Hund hatte ihm Gott genau zur richtigen Zeit geschickt. Gott hatte gewusst, dass sein Sohn bald in sein Leben treten würde, und so hatte er ihm Nelson geschickt, damit dieser ihm half, die Neuigkeit zu verkraften. Nachts lag Thatcher oft stundenlang wach und streichelte den kleinen Hund, drückte ihn an sich.

Mittlerweile telefonierte er, sooft er nur konnte, mit seinem Sohn und hielt dabei immer Nelson im Arm, während er versuchte, mit dem Kind zu kommunizieren, das in sein Leben getreten war.

Doch es war Thatcher bewusst, dass es sehr schwierig werden würde, sein Leben so zu verändern, dass er den Jungen darin integrieren konnte. Plötzlich wünschte er sich all das, was er früher immer gehasst hatte. Er wollte sich zur Ruhe setzen und eine Familie gründen. Er wollte nicht mehr ständig auf Achse sein. Doch es war nicht leicht, sein Leben zu ändern. Wie sollte er seinen Lebensunterhalt verdienen, wenn er nicht mehr LKW fuhr? Und obwohl er den kleinen Jungen von ganzem Herzen liebte, war ihm bewusst, dass das nicht für seine Mutter galt. Sie war ein paar heiße Nächte lang eine tolle Partnerin im Bett gewesen, doch wenn er es recht bedachte, konnte er sich nicht vorstellen, dass ihre Beziehung mehr sein könnte als das. Da war er nun, fast vierzig Jahre alt, und führte ein Leben, das er sich selbst zuzuschreiben hatte. Auf einmal war ihm bewusst geworden, dass es nicht ganz das war, was er sich gewünscht hatte, doch ihm blieb gar nichts anderes übrig, als es so zu akzeptieren, wie es war. Kleine Veränderungen waren vielleicht möglich, aber eine Runderneuerung seines Lebens, wie bei einem alten Reifen, konnte er nicht mehr bewerkstelligen. Es frustrierte ihn, dass er seinem kleinen Sohn kein guter Vater sein konnte, und irgendwie hatte er das Gefühl, dass das auch die Schuld seiner eigenen Eltern war, obwohl er wusste, dass dieser Vorwurf ihnen gegenüber irrational und unfair war.

Eines Nachts hielt der LKW in einer kleinen Stadt in Montana namens Kalispell. An diesem Tag war Thatcher mit schlechter Laune aufgewacht. Nelson schlief seelenruhig auf einem Stapel Decken auf der Ladefläche, denn er kam nicht mehr oft nach vorn auf den Beifahrersitz, weil er spürte, dass Thatcher allein gelassen werden wollte.

Als sie in die Parkbucht des Rastplatzes einbogen, roch Nelson den Duft von Tannenbäumen. Thatcher parkte den LKW, hob den Hund heraus und stieg aus. Nelson schnupperte an dem dicken Gras und machte sein Geschäft. Er mochte diese kleinen Städtchen auf dem Lande. Die Rastplätze in den größeren Städten rochen immer nach Rauch und den Industriegebieten, die Nelson damals in seiner Zeit auf der Müllhalde kennengelernt hatte. In den kleinen Städten hingegen gab es noch jede Menge Natur, und wenn ihm all die herrlichen Düfte in die Nase stiegen, besserte sich seine Laune gleich merklich.

Zurück im LKW, zerbröselte Thatcher ein paar Kartoffelchips und gab sie Nelson als kleinen Snack. Dann ging er, ohne sich groß zu verabschieden, und ließ das Fenster einen Spaltbreit offen.

Die Nacht brach herein, und Nelson lag still da. Manchmal döste er ein, doch er blieb immer wachsam und hütete den Lastwagen, während er auf Thatcher wartete, bis dieser vom Abendessen, oder wo er sonst gewesen war, zurückkam. Das hatte Nelson schon oft erlebt. Im Führerhaus fühlte er sich sicher, und auch wenn er Thatchers Rückkehr kaum erwarten konnte, dachte er, alles sei in bester Ordnung.

Später in dieser Nacht hörte er in der Nähe ein paar Betrunkene grölen und war auf einen Schlag hellwach. Der junge Hund hatte keinen Zeitbegriff und wusste folglich auch nicht, dass es bereits drei Uhr morgens war, lange nach der Zeit, zu der Thatcher gewöhnlich nach Hause kam. Alles, was Nelson verspürte, war ein quälendes Unbehagen. Als die allerersten morgendlichen Sonnenstrahlen ins Führerhaus schienen, wusste Nelson, dass etwas nicht stimmte. So lange hatte Thatcher ihn nie über Nacht allein gelassen.

Als der Morgen zum Tag und es im Führerhaus richtig heiß wurde, begann Nelson laut zu bellen. Eigentlich fand er es schrecklich, doch schließlich pinkelte er notgedrungen auf den Vordersitz, und da war auch wieder der schreckliche Hunger, der ihn damals in Albany, als er sich verlaufen hatte, gepackt hatte. Er wühlte in Thatchers Sachen und förderte schließlich ein Päckchen Salzbrezeln zutage, die ihn erst einmal satt machten. Aber er hatte auch Durst, und in dem Lastwagen wurde es allmählich unangenehm heiß. Schließlich legte sich Nelson in den Schatten unter das Steuer, um Kräfte zu sparen.

Der Tag wurde zur Nacht. Nelson war erleichtert, als es kühler wurde. Er fraß die übrigen Brezeln und machte ein Häufchen auf den Vordersitz, direkt neben der Stelle, auf die er gepinkelt hatte.

Nelson machte sich Sorgen um Thatcher. Er wünschte, er wäre bei ihm. Ohne dass Nelson auf ihn aufpasste, passierten ihm nur schlimme Dinge, das wusste Nelson. Und in der Tat war Thatchers innere Wut in einer kleinen Landkneipe in Montana übergeschwappt. Ein mürrischer Kellner hatte auf Thatchers wiederholte Bitte, bestellen zu können, nicht reagiert, und ein Streit war ausgebrochen. Thatcher war eigentlich ein friedlicher Mensch, der sich nicht leicht provozieren ließ. Doch er hatte bereits vier Bier intus, als er aufstand und den Kellner am Hemd packte, nachdem dieser Thatcher als heruntergekommenen Penner bezeichnet hatte. Der Kellner schlug nach Thatcher, der in Deckung ging und dann mit einem harten Schlag in die Magengrube des Mannes konterte. Der Kellner brach auf dem Boden zusammen. Zwei der Leute aus dem Ort waren mit dem Kellner befreundet und stürzten sich ins Getümmel.

Thatcher war ein starker Mann, doch es war schwer, es gleich mit drei Angreifern aufzunehmen. Sie boxten und traten nach ihm und hörten auch nicht damit auf, als er am Boden lag.

In einer kleinen Kneipe auf dem Lande konnte niemand wissen, wer eine Waffe trug und wer nicht. Thatcher hatte nie eine dabei. Sein Vater hatte Waffen geliebt, damals war Thatcher noch ein kleiner Junge gewesen, und ein oder zwei Mal hatte er erlebt, dass sein Vater seine Mutter mit einer Pistole bedrohte. Und so hatte er sich schon als Heranwachsender geschworen, niemals eine Waffe mit sich herumzutragen. Doch als Thatcher nun zu den Männern hochschaute, die auf ihn einprügelten, und ihm das Blut übers Gesicht floss, sah er auf einmal Stahl aufblitzen, als einer der Männer in seine Jeans griff, und Thatcher richtete sich abrupt auf. Als die beiden Männer zusammentrafen, löste sich ein Schuss, und die Kugel bohrte sich in Thatchers Schienbein. Jetzt endlich griffen die anderen Gäste der Kneipe, die den Kampf grölend bejubelt hatten, ein und trennten die Streithähne.

Als Thatcher später mit grün und blau geschlagenem Gesicht und heftig schmerzendem Bein im Krankenhaus lag, bat er den Polizisten, der ihn verhörte, sich um seinen Hund zu kümmern, wenn er Thatchers LKW zur Polizeistation abschleppte. Doch der Polizist war bereits Ende fünfzig und hatte eigene Probleme. Als er wenig später auf Thatchers Lastwagen kletterte, dachte er an seine Cholesterinwerte und seinen missratenen Sohn und machte sich folglich auch keine Mühe, den kleinen Hund zu verfolgen, der wie ein geölter Blitz aus dem Lastwagen schoss und im Wald verschwand. Er dachte, vielleicht würde er ja nach ihm suchen, wenn er den LKW zur Polizeistation gefahren hatte, die nur zweihundert Meter entfernt lag. Doch als er dort erst einmal eine Stunde damit zubringen musste, Nelsons Exkremente wegzuwischen, und seine Frau ihn anrief, um ihm mitzuteilen, dass seine Nudeln mit Käse zum Abendbrot kalt würden, beschloss der Polizist, Thatcher einfach zu sagen, der Hund sei ihm entwischt und er habe ihn auch nicht mehr wiederfinden können.

Thatcher brach in unkontrolliertes Schluchzen aus, als die Schwester im Krankenhaus ihm mitteilte, dass sein Hund aus dem LKW entwischt und nicht auffindbar sei. Er flehte sie an, ihm zu helfen, doch sie hatte nur wenig Mitleid mit ihm, weil sie die Cousine einer der Männer war, mit denen sich Thatcher geprügelt hatte. All die Schmerz- und Schlafmittel trübten sein Bewusstsein, und er träumte, er sitze in einer tiefen Grube mitten im Wald fest. Nelson stand oben an der Kante und bellte laut. Thatcher konnte nur hoffen, dass jemand ihn finden würde.

14

Auch der kleine Hund träumte. Sein Leben war kurz gewesen, sehr kurz, wenn man es mit dem Alter manch anderer Geschöpfe verglich, mit denen er sich diesen Planeten teilte, doch schon jetzt versteckten sich in dem Labyrinth seines Gehirns unzählige spektakuläre und detaillierte Erinnerungen, die aus einem komplizierten Netzwerk von Gerüchen bestanden. Wenn Nelson etwas roch, dann setzten sich all die Gerüche, ob süß oder beißend, denen er in seinem bisherigen Leben begegnet war, zu immer neuen und ungewöhnlichen Formen zusammen und knüpften Verbindungen zu den tiefen Gefühlen, den Hoffnungen und Ängsten, der Liebe und der Traurigkeit, die der junge Hund während seiner Zeit auf Erden empfunden hatte.

Nelson lag da und träumte. Seine Nase zuckte, während er auf einem verschlungenen Pfad von den süß duftenden Blumen und Gräsern auf Mrs Andersons Farm zu Vernons warmen Händen im Tierladen unterwegs war. Er träumte von den vielschichtigen holzigen Schichten des Flügels seiner großen Liebe. Die meisten seiner Träume waren aus der Sprache des Geruchs geflochten, doch in diesem Traum konnte er auch die allerhöchsten Töne ihres Pianos hören, die himmlischen Noten, von denen die Menschen immer nur das Echo vernehmen können. Der Duft des Holzes und die Töne des Klaviers waren schön, doch in seinem Traum wurden sie mehr und mehr von den düsteren und Furcht einflößenden Gerüchen und dem Scheppern und Klappern der Mülleimer und Stapel menschlicher Abfälle überlagert, die Nelson gezwungenermaßen hatte erkunden müssen. Und obwohl er überall in seinem Traum nach ihr suchte – seine große Liebe war nirgendwo zu sehen.

Thatchers Duft hingegen hing immer noch im Fell des Hundes und erfüllte sein ganzes Wesen. In der Seele des Hundes war der Mann machtvoll und präsent, und fast rechnete Nelson, der sich gerade in dem halb bewussten Zustand zwischen Schlafen und Aufwachen befand, damit, ihn gleich zu sehen. So wie einst Katey war Thatcher zum Mittelpunkt des täglichen Lebens von Nelson geworden. Der Hund sehnte sich nach einer geregelten Existenz, in der es auch räumlich ein Zuhause gab, doch während seiner langen Fahrten mit Thatcher hatte er gelernt, dass es nicht eines geographischen Zuhauses bedurfte, um sich geborgen zu fühlen. Thatcher hatte ihm dieses Gefühl gegeben, Wurzeln geschlagen zu haben, so sehr, wie Nelson Thatcher dabei geholfen hatte, sich daheim zu fühlen.

Als Nelson an diesem Morgen aufwachte, war Thatcher jedoch nirgendwo zu sehen. Der Hund lag unter den hohen Kiefern am Rand eines Waldes, der sich viele Kilometer weit erstreckte. Er schnupperte in die kühle Morgenluft. Bäume und Gräser konnten nie unangenehm riechen. Aus den Tiefen des Waldes wehten auch die Gerüche anderer Tiere zu ihm herüber – kleine Nagetiere,

Vögel und andere Wesen, die Nelson nicht ausmachen konnte. Es waren Gerüche, die dem Geruch von Hunden ähnelten, jedoch irgendwie intensiver waren, wilder. Ganz leicht stellten sich Nelson die Nackenhaare auf, als ihm aus der Ferne auch die erregenden Gerüche von Wolf und Kojote in die Nase stiegen, und seine Nervenenden prickelten.

Doch jegliche Gefahr schwand schnell wieder dahin, denn er nahm auch die vertrauten Gerüche der nahen menschlichen Siedlung wahr. Da war das lockende Aroma von Burgern auf Grills und von knusprigen Pommes frites. Da war frisch gemähtes Gras und Autos und Regen auf Teer und Holz, gehackt und behandelt und versiegelt, so wie es nur die Menschen tun konnten. Wenn die Menschen in ihren Behausungen und auf ihren Feuerstellen Holz benutzten, dann hatte es einen ganz eigenen Geruch, anders als der vom natürlichen Holz der Bäume, die wuchsen und lebendig waren, auch sie Kreaturen, die zu Nelsons kleinem Geruchsinventar gehörten. Er mochte den Geruch von Bäumen, doch der Geruch von Holz, das von Menschen behandelt worden war, bedeutete eine sichere Schlafstatt, und vor allem erinnerte er ihn daran, wie er unter dem Flügel seiner großen Liebe gelegen hatte.

Der Hund richtete sich auf. Die Stadt war ganz nah. Als er am vergangenen Tag aus Thatchers LKW geflohen war, hatte er es aus Verzweiflung und ohne nachzudenken getan und sich erst unter dem Baum am Waldesrand ein Lager für die Nacht gesucht. Nun wanderte er langsam wieder zurück in Richtung Stadtmitte, holte tief Luft, auf der Suche nach Thatcher. Einen Moment lang hatte er das Gefühl, ihn riechen zu können, und tatsächlich lag sein menschlicher Freund nur ein paar hundert Meter entfernt in einem Krankenhausbett und schlief fest. Doch das Schicksal sollte sie nie mehr zusammenführen.

Nelson hatte wieder Hunger, aber dieses Gefühl rief nicht mehr die gleiche Angst und Verzweiflung hervor wie bei dem jungen Hund, der er einmal gewesen war. Aus dem guten Jahr, das er draußen in der Welt verbracht hatte, wusste er, dass er irgendwie immer etwas zu fressen finden würde. Hunger bedeutete ein dumpfes, leeres, schmerzhaftes Gefühl im Magen, doch als der Hund die süße Luft von Kalispell, dem kleinen Ort in Montana, einatmete, wusste er, dass es nicht von Dauer sein würde.

Der Geruch von Hamburgern und Pommes frites, den er vorher erschnuppert hatte, kam von einer kleinen Hütte aus Rotholz, wo Trucker abstiegen und in einem großen Restaurant aßen, welches nicht nur Burger, sondern Steaks, Grillhuhn, Burritos und Pfannkuchen auf seiner Speisekarte hatte. Die Abfälle des Lokals wurden in einem großen Müllcontainer draußen entsorgt, der alle drei Tage geleert wurde und spätestens dann, wenn die Müllabfuhr kam, bereits zum Überlaufen voll war. Nelson wurde von dem Restaurant wie magisch angezogen, doch das lag nicht nur an dem Essensgeruch, sondern auch am Geruch der Fernfahrer. Natürlich war Thatchers Geruch unverwechselbar und einzigartig, aber er besaß auch Nuancen, die allen Lastwagenfahrern gemein waren: eine Kombination aus dem besonderen Schweiß, den diese Männer verströmten, wenn sie stundenlang in ihrem beengten Führerhaus am Steuer saßen, ein Geruch nach Klimaanlage, billiger Motelseife und einer endlosen Reihe von Fastfood-Mahlzeiten in den vielen Restaurants, genau solche, wie Nelson in dieser kleinen Stadt gerade eines gefunden hatte. Nelson rechnete immer noch damit, Thatcher hier vorzufinden, so wie er es jeden Morgen getan hatte, und deshalb war der Geruch der Fernfahrer, der hier in der Luft hing, tröstlich für den kleinen Hund.

In dem Boden des alten Müllcontainers, in dem das Restaurant seine Abfälle entsorgte, war ein Loch. Ratten und andere kleine Tiere benutzten diesen Zugang. Nachdem er von seinen Monaten auf der Müllhalde von Albany bereits mit Müll vertraut war, gelang es Nelson schnell, sich sein Frühstück aus dem großen Container zu stibitzen. Zuerst fand er Kartoffelpuffer mit Spuren gebratener Eier und den Fettrand eines Rib-Eye-Steaks, das ein übergewichtiger Trucker nur ungern von seinem Fleisch abgeschnitten hatte. Alles war fein zubereitet und schmeckte Nelson, ganz abgesehen davon, dass es so leicht zu finden gewesen war. In der Küche lächelte eine dicke Dame, die gebürtige Mexikanerin Marta Herrera, vor sich hin, als sie den Hund sah, der genüsslich die Reste des von ihr zubereiteten Essens hinunterschlang. Überall sonst in der Stadt wäre ein streunender Hund in der Nähe von Abfall verscheucht worden, doch Marta kam aus Ciudad Juarez, wo Streuner zum Straßenbild gehörten und man ihnen stillschweigend gestattete, sich die Abfälle zu holen, die die Menschen wegwarfen. Marta hatte sich sogar immer über die hartnäckige Gewohnheit ihres Mannes gewundert, für ihren Schäferhund Dosenfutter zu kaufen, während er sich strikt dagegen wehrte, ihm Essensreste zu verfüttern. Darin war ihr Mann geradezu militant, weil er behauptete, die Reste seien schlecht für einen Hund und führten zu Magenverstimmungen. Als sie noch ein Kind in Mexiko war, hatte Marta es immer schrecklich gefunden, das Leid der vielen Straßenhunde mit anzusehen. Doch sie wusste, dass Abfälle vom menschlichen Tisch für einen Hund ein gutes Futter waren. Ihr Großvater hatte ihr erzählt, dass die Hunde von den Wölfen abstammten, weil diese vor Tausenden von Jahren die Reste rund um menschliche Lagerfeuer gefressen hatten, und für Marta gab es keinen Grund, mit dieser Tradition zu brechen.

Und so ließ sie es zu, dass sich der kleine Hund satt aß, wenn er sich in der Nähe des Restaurants herumtrieb. Wann immer sie einen von ihren Mitarbeitern sah, der versuchte, ihn zu vertreiben, schalt sie ihn dafür, und so wurde es schließlich akzeptiert, dass Nelson sich von den Abfällen des Restaurants bedienen konnte, wann immer er wollte. Manchmal hob sie ihm sogar noch ein paar besondere Leckereien auf, etwa ein halb gegessenes Filet oder ein Stück Käsekuchen, und fütterte es Nelson. Gelegentlich dachte sie darüber nach, den Hund mit nach Hause zu nehmen, doch ihr Mann wollte nichts davon wissen. Marta liebte den Ausdruck von Neugier auf Nelsons Gesicht, und die Art, wie er den Schwanz hoch aufstellte wie ein Elefant, der einem Maharadscha zufächelt. Doch ihr Mann wollte nur einen reinrassigen Hund bei sich zu Hause haben, und noch dazu nur einen großen.

Nelson traf nie die bewusste Entscheidung, in der kleinen Stadt zu bleiben. Es war eine Kombination aus verschiedenen Ereignissen, weshalb es dazu kam: der besondere süße Geruch, der hier überall in der Luft lag, Martas Kochkünste und der Wunsch, Thatcher wiederzufinden, der allerdings allmählich verblasste. Und als Thatcher nur noch eine ferne Erinnerung war, hatte sich Nelson in Kalispell eingelebt.

Doch der wichtigste Grund, der Nelson in Kalispell hielt, war eine Hundedame.

15

Lucy war nie so weit herumgekommen wie Nelson. Ja, auch sie war eine Streunerin, doch Montana hatte sie nie verlassen. Als ein Mischlingshund, der in sich so viele verschiedene Rassen vereinte, dass es unmöglich gewesen wäre, allein von ihrem Äußeren her einen Stammbaum zu erstellen, war Lucy auf den Straßen von Helena, Montana, in einem Wurf von vier Welpen geboren worden. Ihr Vater war eine Promenadenmischung gewesen und ihre Mutter ebenso. Ihr Vater war unter den Rädern eines LKWs gestorben, noch bevor sie geboren wurde. Die Geburt hatte ihre Mutter in einem engen, dunklen Belüftungsschacht in einem von Helenas älteren Gebäuden hinter sich gebracht. Nach der Geburt war sie erschöpft gewesen, doch sie fand immer noch die Kraft, in den Mülltonnen der Gegend nach Futter zu suchen, damit sie genug Milch hatte, um ihren vier gierigen Welpen die Mäuler zu stopfen.

Doch sie hatte nicht genügend Milch gehabt, um alle Welpen durchzubringen, und so waren zwei gestorben. Eines Nachts hatten ein Mann und seine Tochter das Wimmern der beiden kleinen Hunde gehört, die vor Hunger winselten. Ihre Mutter war zu diesem Zeitpunkt unterwegs, auf der Suche nach Futter, das auch ihren eigenen quälenden Hunger stillen könnte. Die Tochter des Mannes hatte so lange gebettelt, die beiden kleinen Hunde mit nach Hause zu nehmen, bis er nachgab. Zwei Tage später war auch Lucys Schwester gestorben.

Doch Lucy überlebte. Ihr neues Frauchen, Caitlin, benannte sie nach dem berühmten Beatles-Song. Sie war sandfarben, klein, hatte kurze Beine und leuchtend blaue Augen. Ihre Rute war flauschig und ausdrucksstark, ganz ähnlich wie die von Nelson. Schon bald hatte sie ihre Mutter und die Geschwister vergessen, und Caitlin wurde ihre große Liebe.

Sechs Monate später gewann Caitlins geschiedene Mutter den Sorgerechtsprozess, und Caitlin flog nach Kalifornien, um bei ihr zu leben. Caitlin liebte Lucy und hätte den kleinen Hund schrecklich gerne mitgenommen, doch ihre Mutter war allergisch gegen Katzen- und Hundehaare und wollte sich außerdem von ihrer Tochter nicht zu etwas zwingen lassen. Caitlin weinte eine Woche lang. Ihr Vater behielt Lucy, doch er hatte Hunde nie besonders gemocht und tat es nur, damit Caitlin einen Grund hatte, ihn möglichst oft zu besuchen.

Doch Lucy gab Caitlin nicht verloren. Bald wurde ihr bewusst, dass sie aus dem Haus des Vaters von Caitlin weglaufen und nach ihr suchen musste. Lucy war eine geübte Buddlerin und begann ein Loch unter dem Zaun zu graben, durch das sie irgendwann in die Freiheit entwischen würde. Jeden Tag, während Caitlins Vater in der Arbeit war, buddelte Lucy. Eines Abends stellte Caitlins Vater, als er nach Hause kam, fest, dass der Hund verschwunden war, und er entdeckte schon bald das Loch unter dem Zaun, durch das sie entkommen war. Seine

Tochter weinte tagelang, als er ihr erzählte, dass Lucy weggelaufen war. Doch er war ziemlich erleichtert, dass der Hund weg war, und so wandte er in den folgenden Tagen nicht allzu viel Mühe auf die Suche nach Lucy auf.

So wie Nelsons lange Reise war auch Lucys Ausflug nach Kalispell kompliziert gewesen, und manchmal hatte sie sich gefürchtet und einsam gefühlt. Die Chancen eines herrenlosen Hundes, auf der Straße lange zu überleben, waren nicht gut. Doch Lucy ließ sich immer wieder etwas einfallen. Sie war ein findiger Hund mit kräftiger Konstitution und fröhlichem Gemüt. Und so hatte sie überlebt. Schon bald wurde ihre ursprüngliche Absicht, Caitlin zu finden, von dem Bedürfnis, zu überleben, abgelöst.

Normalerweise wachte Nelson nicht auf dieselbe Weise durch einen Geruch auf, wie es Menschen bei einem lauten Geräusch tun. Doch eines Morgens, etwa einen Monat nach seiner Ankunft in Kalispell, drang ein ebenso kräftiger wie betörender Geruch in sein Bewusstsein und weckte ihn.

Nelson hatte sich angewöhnt, die Nacht in der Nähe der Heizungsrohre der Truckerkneipe zu verbringen, wo er sich jeden Morgen sein Frühstück holte. Der Winter stand bevor, und der stete Schwall heißer Luft, der durch die Rohre kam, hielt ihn die meisten Nächte warm. Er konnte spüren, dass es allmählich kälter wurde, doch der kleine Hund schloss daraus nicht, dass es einen harten Winter geben würde. Hätte er das gewusst, wäre es bestimmt Anlass zu großer Sorge für ihn gewesen.

Nelson träumte von Thatcher und Katey. Er schlief bei

ihnen in einem Haus, das er nicht kannte, einem Haus, das aus seltsamen Hölzern erbaut war. In den Dachsparren und unter den Dielen roch es nach Ratten. Doch dieser verstörende Traum wurde von Lucys Geruch durchbrochen. Es war kein Geruch wie jeder andere auch. Als sich Nelson aufrichtete, fiel gerade ein leichter Regen, obwohl die Sonne immer noch einzelne Strahlen durch die grauen Wolken schickte. Im Gegensatz zu sonst, wenn der Regen meistens alle Gerüche aus der Luft wusch, wurde der Duft, der in Nelsons Nase gelandet war, durch die Regentropfen eher noch verstärkt. Nelson wusste, dass es der Geruch eines anderen Hundes war. Doch es war noch viel mehr als nur das. Dieser Geruch war mit Leben erfüllt, ein Duft, der universell und essentiell und damit unwiderstehlich war. Er lockte ihn, dieser Duft, nein: Er packte ihn und zwang ihn, nach seinem Urheber zu suchen.

Lucy war auf dem Parkplatz unterwegs und suchte nach Futter. An diesem Morgen war sie in aller Frühe in die Stadt gekommen. Sie war erschöpft, konnte jedoch wegen ihres leeren Magens nicht schlafen. Immer wenn sie läufig war, verstärkte das ihren Hunger dramatisch, und es wurde schwierig für sie, genug Futter zu finden, um ihren großen Appetit zu stillen.

Nach Kalispell hatten sie die Aromen menschlichen Essens gelockt, die den Interstate Highway entlangwehten. Das Essen der Menschen war immer gut, sofern man es bekommen konnte. Wenn sie eine Stadt fand, in der sie eine Weile ungestört bleiben konnte, blieb sie gerne. Einmal war sie von Hundefängern erwischt und in einen schrecklichen Zwinger gebracht worden. Über allem lauerte der Geruch des Todes. Manchmal wurden Hunde von den Freiwilligen mitgenommen, die in dem Zwinger arbeiteten, und zu einem Platz gebracht, der nicht weit weg war und wo ihre vertrauten Hundegerüche zu etwas wurden, das Lucy zutiefst beunruhigend fand. Da war auch ein Hauch von Flammen und Rauch, und auf einmal hing nur noch ein winziger Rest des Hundegeruches in der Luft. Lucy war fest entschlossen, diesem Schicksal zu entfliehen. Ihre Angst war so groß, dass sich ihr die Nackenhaare aufstellten.

Bei kleinen Hunden standen die Chancen besser, dem Hundeheim zu entkommen, indem sie zwischen den Beinen der Menschen, die sie einsperrten, hindurchschlüpften und davonliefen, und so hatte auch Lucy es geschafft, zu fliehen. Aufgrund dieser Erfahrung hatte sie ein genaues Gefühl dafür entwickelt, ob die Chancen, in einer Stadt zu überleben, ohne von Hundefängern aufgegriffen zu werden, das Risiko wert waren, dort zu bleiben. Es gab Städte, in denen die Menschen jeden Hund jagten, der ohne Halsband und Leine unterwegs war. Lucy spürte, dass viele Menschen es gut meinten, doch auf gar keinen Fall wollte sie in den Zwinger zurück. In anderen Städten ließen die Menschen einen streunenden Hund weitgehend in Ruhe und gaben ihm manchmal sogar eine Kleinigkeit zu fressen, was Lucy immer dankbar annahm.

Als sie an diesem Tag nach Kalispell kam, war sie sich nicht gleich so sicher, ob es sich hier für einen Hund wie sie um eine freundliche Stadt handelte. Doch das sollte vorerst nicht ihre größte Sorge sein. Sie brauchte dringend etwas zu fressen, und so war es kein Zufall, dass sie von den Düften des Fernfahrerrestaurants angezogen wurde, wo Nelson schlief. Die köstlichen Aromen aus Martas Küche hingen in der regnerischen Luft.

Zuerst erschrak Lucy, als Nelson von hinten auf sie zulief, heftig an ihrem Hinterteil schnüffelte und sie zu besteigen versuchte. Nelson war selbst über sein Verhalten erschrocken. Er hatte sich noch nie gepaart und war weder durch seine Eltern noch durch andere Hunde auf den Liebesakt vorbereitet worden. Lucys Geruch setzte einfach nur all seine Sinne in Flammen, und sein Körper reagierte. Wenn ein Geruch wie eine helle, leuchtende, satte, herrliche Farbe sein konnte, dann war Lucys Duft ein Regenbogen, der sein Herz und seinen Verstand durchdrang. Mit diesem anderen kleinen Hund, der voll sinnlicher Wucht in sein Leben getreten war, musste er einfach zusammenkommen, sich mit ihm vereinen.

Lucy wollte nichts davon wissen. Sie zeigte ihm die Zähne und schaute ihm drohend in die Augen, versuchte dabei mit gekräuselter Nase zu erschnuppern, was dieser andere Hund eigentlich wollte. Nelsons Geruch überwältigte sie nicht in dem Maße, wie der ihre ihn überwältigte, doch sie fand ihn seltsam angenehm und irgendwie edel. Deshalb hörte sie auch mit dem Zähnefletschen auf und knurrte ihn nur noch leise an. Trotzdem besprang er sie, leckte ihr das Gesicht und biss ihr sanft in den Nacken.

Sie hatte Hunger und wollte fressen, weshalb sie so schnell von ihm weglief, wie sie nur konnte. Doch er blieb ihr auf den Fersen. Bei dem Müllplatz neben dem Fernfahrerrestaurant blieb Lucy abrupt stehen, denn jetzt hatte sie dieselbe Essensquelle gefunden, die Nelson seit seiner Ankunft in Kalispell so gut ernährt hatte. Sie schlang ein halb gegessenes Omelett mit massenhaft Käse und Hackfleisch hinunter und knabberte zum Nachtisch noch ein paar knusprige Käsepommes.

Als sie mit dem Fressen fertig war, gelang es Nelson endlich, sie zu besteigen. Auch Lucy war in Liebesdingen unerfahren, und es lag nur an ihrer verzweifelten Konzentration auf das Essen, dass sie Nelson überhaupt eine Chance gab, das zu bekommen, was er sich so sehr wünschte. Als Lucys Hunger gestillt war, hatten Nelsons kleine Pfoten sie fest gepackt, und er stieß in sie hinein. Es tat ziemlich weh, und sie roch ein wenig ihres eigenen Blutes. Doch aus irgendeinem Grund, den sie nicht recht verstand, ließ sie ihn gewähren. Erneut atmete sie tief seinen Geruch ein, der ihr diesmal sogar noch angenehmer war. Er war ein schöner Hund.

Vom Fenster ihrer Küche aus beobachtete Marta, wie sich die beiden kleinen Hunde paarten. Ein Teil von ihr war glücklich bei dem Gedanken an die kleinen Welpen, die sie in gut zwei Monaten vorfinden würde. Sie würde sie aufpäppeln und vielleicht in der Küche übernachten lassen. Doch es machte sie auch traurig, denn sie wusste, wo die meisten Jungen aus einem unerwünschten Mischlingswurf landeten – tot auf der Straße.

Was sie nicht wissen konnte, war, dass Nelson sterilisiert und Lucy zwar fruchtbar war, es aber doch ausgeschlossen war, dass er sie trächtig gemacht hatte. Nelson und Lucy hatten keine Ahnung, dass Welpen entstehen konnte, nachdem zwei Hunde sich gepaart hatten.

Für sie war die Paarung einfach nur etwas Aufregendes, Neues, das mit Leben erfüllt war, ein herrliches Kaleidoskop aus Düften, in dem sie voller Wonne schwebten. Als ihre Körper sich vereinten und er ihre Wärme und ihr Fell spürte, das sich an ihm rieb, fühlte sich Nelson erfüllt, und als er zum Höhepunkt kam, hatte der junge Hund das Gefühl, gleich vor Freude zu explodieren. Und auch Lucy, deren Gefühle nicht ganz so intensiv waren, spürte, wie Nelsons Freude in ihr zum Ausbruch kam, und so fühlte auch sie sich, wenngleich vollkommen unerwartet, glücklich.

Ja, auch sie war ein starker junger Hund, der nicht bereit war, sich von irgendjemandem, erst recht nicht von einem anderen Hund, etwas nehmen zu lassen, das sie ihm nicht geben wollte. Bei den ersten Anzeichen dafür, dass Nelson sich entspannte, entzog sie sich ihm und rannte los, was das Zeug hielt. So ging es den ganzen Tag. Sie liebten sich noch viele Male – zehn oder fünfzehn Mal vielleicht. Wäre Nelson zeugungsfähig gewesen, wäre Lucy vermutlich trächtig geworden. Doch wie auch immer, an diesem Tag wollte das Spiel zwischen den beiden Hunden einfach nicht enden. Nelson genoss es, die Oberhand zu haben, wenn er sie bestieg, doch kaum war die Paarung beendet, lief Lucy ihm auf ihren kurzen Beinen davon, irgendwohin in die Stadt oder in die Wälder ringsum. Ab dem vierten oder fünften Mal tat es Lucy auch nicht mehr weh, und sie begann das Liebesspiel ebenso zu genießen wie Nelson.

Später an diesem Tag packte sie beide wieder der Hunger, und sie teilten sich genüsslich die Überreste eines gegrillten Hühnchens vom Müll. Sie waren Hunde, und so gab es keine verbale Bindung zwischen ihnen, keine Vereinbarung, dass sie jetzt zusammen waren. Nelson begab sich zu seiner Schlafstelle bei den Abzugsrohren, und da sie nichts Besseres zu tun hatte, kam Lucy mit und ließ sich neben ihm zu Boden sinken. Die Nacht war kälter als die vorangegangene, und dass sie sich dicht aneinanderkuschelten, half ihnen dabei, die kalte Brise abzuwehren, die die Nacht mit sich brachte.

In den folgenden Monaten reichte jedoch selbst die Körperwärme des anderen und die heiße Luft aus den Abzugsrohren nicht mehr aus, um sie über Nacht warm zu halten. Zitternd wachten sie morgens auf. Hätten sie unter solchen Umständen allein geschlafen, wären sowohl Nelson als auch Lucy wahrscheinlich gestorben. Zusammen entgingen sie jedoch diesem Schicksal, auch wenn ihnen manchmal unerträglich kalt war.

Lucys Hitze dauerte ein paar Tage an, und so setzten sie auch ihre leidenschaftlichen Liebesakte fort. Am Ende dieser paar Tage waren ihnen ihre Gerüche gegenseitig sehr angenehm geworden, und beide spürten, dass sie sich mit ihrem Temperament gut ergänzten. Die Liebe zwischen zwei Hunden ist nicht vergleichbar mit der großen Liebe, die ein Hund für sein Herrchen oder Frauchen empfinden mag. Es waren eher praktische Gründe, die Nelson und Lucy zusammenhielten: die Wärme, gelegentlich eine sexuelle Begegnung und das Gefühl der Kraft und der Verwurzelung, das daher rührte, dass sie sich wie Teile eines Rudels fühlten. Doch irgendwo tief in ihren Hundeherzen war es auch Liebe.

16

Herbert Jones hielt sich nicht für einen unglücklichen Mann. Er hatte ein langes und zufriedenes Leben mit seiner Frau und drei Kindern verbracht und den größten Teil davon als Vorarbeiter in einer Sägemühle gearbeitet und gutes Geld verdient. Er mochte die Menschen in dieser Stadt und galt bei den meisten als fairer und freundlicher Chef oder Kollege. Herbert fand seine Arbeit befriedigend, und an Wochenenden, wenn er Zeit hatte, verschafften ihm die kleinen Schnitzereien von Vögeln und Eichhörnchen, die er aus Holzresten des Sägewerks anfertigte, ein zusätzliches Vergnügen. Nachdem er mit fünfundsechzig Jahren in den Ruhestand gegangen war, wurde dies zu seiner Hauptbeschäftigung, und er verkaufte seine kleinen Tiere in Souvenirläden im Umkreis von achtzig Kilometern und hätte sogar davon leben können.

Als er auf die achtzig zuging, gab es dennoch einen Punkt, an dem Herbert Jones das Glück verlassen hatte. Die meisten Frauen überlebten ihre Männer, was man in jedem Altersheim nur allzu deutlich sehen konnte. Herbert selbst hatte nie die Möglichkeit in Betracht gezogen, dass er eines Tages seine Frau verlieren könnte. Nach fünfzig Jahren Ehe waren ihre Leben so eng miteinander verknüpft, dass es fast unmöglich geworden war, sie zu trennen. Auch die kleinste Einzelheit ihrer täglichen Existenz war durch Jahre der Kompromisse geformt und nur gelegentlich durch kurz aufflammende Konflikte gekennzeichnet gewesen, die jedoch aufgrund ihrer Liebe rasch geschlichtet worden waren. Wie alle Paare, die auf so viele gemeinsame Jahre zurückblicken konnten, waren sie füreinander wie ein lange getragenes, bequemes Kleidungsstück. Da hätte es durchaus ein paar Löcher zum Stopfen gegeben, und es fehlten auch Knöpfe, doch insgesamt war das Kleidungsstück so angenehm und vertraut, dass sie es für nichts in der Welt eingetauscht hätten, und eigentlich waren gerade sein Alter und die kleineren Makel, die einer Reparatur bedurft hätten, das, was es so perfekt machte.

Als Herbert zweiundsiebzig Jahre alt war, bekam seine damals neunundsechzigjährige Frau Bauchspeicheldrüsenkrebs und starb kurz darauf. Seine Frau war eigentlich immer die stärkere der beiden gewesen, die sich derart hingebungsvoll um ihr gemeinsames Leben kümmerte, dass es undenkbar war, dass sie als Erste das Zeitliche segnen könnte. Sie selbst hatte die Überzeugung gehegt und gepflegt, dass sie ihn überleben würde, und ihm oft versichert, sie würde sich höchstpersönlich um die Räumung des Hauses kümmern und dafür sorgen, dass all seine verbliebenen Holztiere ein gutes Zuhause fanden. Sie würde Pläne machen, wie ihr kleiner Besitz am besten unter den drei Kindern und vier Enkeln aufzuteilen sei, die mittlerweile alle weit weg von Kalispell lebten.

Herberts erste Reaktion nach dem Tode seiner Frau

war, dass er das Geschehene einfach nicht wahrhaben wollte. Viele Stunden am Tag war er davon überzeugt, dass seine Frau immer noch bei ihm war. Ihr Geist saß neben ihm und schaute ihm dabei zu, wenn er sich sein Frühstück machte, und gab ihm Ratschläge. Und so wartete er, bis die Oberseite seines Pfannkuchens Blasen warf, bevor er ihn wendete, weil seine Frau ihm sagte, dann würde er am besten gelingen. Er vergaß nur deshalb nicht, beim Waschen Weichspüler zu verwenden, weil der Geist seiner Frau bei ihm stand und ihn sanft mit seinen mangelnden Fähigkeiten im Haushalt neckte. Spät in der Nacht schloss er ihr Kissen in die Arme, bevor er in einen unruhigen Schlaf verfiel, überzeugt davon, dass es seine Frau war, die immer noch bei ihm lag.

Doch irgendwann, nach etwa einem Jahr, verließ auch der Geist seiner Frau das Haus, und Herbert Jones blieb mutterseelenallein zurück. Er war traurig, schrecklich traurig, und das jahrelang, doch Herbert arbeitete hart daran, diese Traurigkeit mit Routine zu überwinden. Er wusste noch sehr genau, wie die alltäglichen Rituale seiner Frau ihn all die Jahre glücklich und zufrieden gemacht und sie ihnen beiden dabei geholfen hatten, auch ohne viele Worte den Alltag zu meistern. Als sie noch gelebt hatte, warteten am Morgen, wenn er aufstand, bereits eine Tasse mit dampfendem Kaffee und zwei Löffeln Zucker sowie ein Schüsselchen Haferkleie mit ein paar Rosinen und heißer Milch auf ihn. Und jeden Abend freute er sich darauf, ihr die tägliche Fußmassage zu verpassen, die sie ebensosehr genoss wie er, auch wenn ihre Füße nach dem langen Tag manchmal etwas streng rochen.

Früher hatte seine Frau die Einkäufe erledigt, und

zwar ein Mal in der Woche, ein Ausflug, von dem sie meistens etwas erhitzt und mit drei oder vier Einkaufstüten beladen zurückkehrte. Als er nun vor der Aufgabe stand, nach ihrem Tod eine Alltagsroutine aufzubauen, wurde ihm schon bald bewusst, dass die Traurigkeit in ihm überwältigend sein würde, wenn er nicht jeden Tag eine Weile das Haus verließ. Und natürlich war körperliche Bewegung, wie schon seine Großmutter ihn gelehrt hatte, die Voraussetzung für einen gesunden Geist. Und so begann er, jeden Tag die paar hundert Meter von ihrem kleinen Haus, das am Rande eines Kieferwaldes lag, bis zur Hauptstraße von Kalispell zu Fuß zu gehen. Ganz langsam marschierte er dann auf der schmalen und gewundenen Landstraße in Richtung Stadt und machte oft an einem kleinen Gemischtwarenladen halt, um eine Tasse Kaffe und einen Hotdog oder eine Teigtasche mit Hühnchen zu verzehren. Dann kaufte er in dem Laden auch noch all die anderen Lebensmittel ein, die er brauchte, oder er ging in den Supermarkt, wenn es in dem kleinen Laden das Gewünschte nicht gab. Er widerstand der Versuchung, größere Mengen auf Vorrat zu kaufen, denn dann wären seine täglichen Spaziergänge sinnlos geworden.

Nach seiner Runde in der Stadt schlenderte er nach Hause, in der Hand seine Einkäufe. In der Stadt kannten ihn alle, und viele wussten, dass man nach seinem täglichen Erscheinen die Uhr stellen konnte, denn es war stets halb eins, wenn er auf der Hauptstraße erschien, und Zeit fürs Mittagessen.

Drei Jahre lang hatte Herbert diese Routine gepflegt. Im Allgemeinen war sie angenehm, und die Glückshormone, die durch die körperliche Bewegung ausgeschüttet wurden, genügten, um düstere Gedanken zu vertreiben. Nur der laute Lärm, die Abgase einiger LKW und gelegentlich ein verrückter Motorradfahrer, der die Straße entlangdonnerte, trübten die angenehmen Seiten von Herberts täglichem Spaziergang.

Obwohl er immer noch täglich an seine liebe Frau dachte, genauer gesagt sogar mehrmals, war er irgendwie wieder glücklich geworden. Es machte ihm Spaß, seine kleinen Holztiere zu schnitzen, und die Stadt Kalispell bezauberte ihn immer noch mit ihrer herrlich würzigen Luft, ihren Bäumen und den fernen Bergen.

Auf seinem täglichen Spaziergang in die Stadt bemerkte er mehrmals die beiden kleinen Hunde. Er sah, wie sie auf dem sandigen Gelände neben der Kurve der Straße herumtollten, die ins Zentrum der Stadt führte. Einer der beiden Hunde war kurzbeinig und erinnerte ihn an den Hund, den seine Familie einmal gehabt hatte, als er in Arizona aufwuchs. Doch es war der andere Hund, der seine Aufmerksamkeit auf sich zog. Er hatte eine interessante Färbung, vor allem im Gesicht. Wenn der Hund einen ansah, schien er dem Betrachter in die Seele zu schauen, mit einem fragenden, aber freundlichen Blick, und wenn er mit seiner buschigen Rute wedelte, so sah die schnelle Bewegung von vorn aus wie ein schimmernder Heiligenschein über dem originellen Gesicht. Zuerst beobachtete Herbert die beiden Hunde nur. Doch dann, eines Tages, nahm er ein paar Reste von seinen Frühstückspfannkuchen, steckte sie in eine kleine Plastiktüte, als er sich auf den Weg in die Stadt machte, und fütterte die beiden Hunde damit. Sie fraßen alles mit Begeisterung, obwohl sie nicht so ausgehungert schienen, wie er es sich vorgestellt hatte.

Das wurde zu einem fast täglichen Ritual. Außer am Sonntag ging Herbert jeden Tag spazieren, und die Hunde waren immer entweder dort oder in der Nähe. Schon bald warteten sie geduldig an der gleichen Stelle und freuten sich auf ihre tägliche Zwischenmahlzeit. Wenn er ihnen das Futter gegeben hatte, ging er weiter, und zuerst machten die beiden Hunde Anstalten, ihm zu folgen, besonders derjenige mit der ungewöhnlichen Fellfärbung.

Als er noch ein Junge war, hatte Herbert Hunde geliebt. Nach der Hochzeit und bevor er und seine Frau Kinder bekamen, hatte Herbert gedacht, ein Hund sei eine ausgezeichnete Ergänzung zu der zukünftigen Familie, die er mit seiner Frau gründen wollte. Doch sie war sowohl auf Katzen als auch auf Hunde extrem allergisch gewesen. Es genügte schon, wenn sie ein Haus betrat, in dem ein solches Tier sich aufgehalten hatte, und sie begann zu niesen, und ihre Augen tränten. Als Jahre später gute Medikamente auf den Markt kamen, half das ein wenig, aber nicht viel. Und so hatten ihre Allergien sie immer davon abgehalten, sich ein Haustier zuzulegen. Herbert hatte das nie bedauert, denn die Liebe seiner Frau machte es mehr als wett. Jahre später, erinnerte er sich, als seine Söhne und seine Tochter mehrfach den Wunsch nach einem Tier äußerten, hatte er die Annehmlichkeiten eines Haustiers noch einmal in Betracht gezogen.

Jetzt, wo seine Frau nicht mehr da war, hätte Herbert gut und gerne einem oder zwei Hunden ein Zuhause bieten können. Manchmal ging ihm der Gedanke durch den Kopf, dass er ja tatsächlich die beiden Streuner, die er täglich fütterte, mit nach Hause nehmen könnte. Auch sahen sie so aus, als könnten sie ein gründliches Bad brauchen. Doch Herbert scheute immer wieder davor zurück, diesen Gedanken wirklich in die Tat umzusetzen. Irgendwie kam es ihm seiner Frau gegenüber respektlos vor.

Und so scheuchte er die beiden Hunde weg, wann immer sie ihm nach ihrer kleinen Mahlzeit hinterherliefen. Er war sich nicht sicher, aber irgendwie glaubte er, in Nelsons Augen sogar eine Art Verständnis dafür zu entdecken, dass es angesichts der Allergien seiner Frau einfach nicht richtig gewesen wäre, hätte Herbert die Hunde mit nach Hause genommen. Gut, sie war nicht mehr da, aber ihre Wünsche wollte er dennoch respektieren.

17

Nelson und Lucy waren glücklich miteinander. Sie waren beide Streuner, und ihr Leben war nicht leicht. Die Nächte waren kalt, und manchmal wurden die beiden krank und husteten und schnieften. Wenn das der Fall war, konnte der eine Hund die Müdigkeit, die Erschöpfung und die Traurigkeit des anderen spüren. Wären sie allein gewesen, hätten all diese Dinge genügt, um ihnen irgendwann den Tod zu bringen. Doch die beiden wärmten sich gegenseitig und spielten miteinander, wenn sich einer nicht wohlfühlte, und oft genügte es, dass sich ihre Stimmung hob, damit es ihnen besser ging. Und so waren die beiden Hunde, allen Widrigkeiten zum Trotz, glücklich miteinander.

Sie spielten, jagten einander, bellten sich an, bissen sich sanft. Ihr Spiel ähnelte sehr dem der jungen und heranwachsenden Wölfe, die nur wenige Kilometer von ihnen entfernt in den Wäldern lebten. Doch das Spielen miteinander prägte nicht nur einen Abschnitt ihres Lebens, sondern es war das entscheidende Merkmal ihres Daseins als Hund und tief in ihrer Seele verwurzelt. Nelsons und Lucys ähnliche Größe machte sie zu perfekten Spielkameraden. Keiner von beiden konnte bei ihren endlosen Kabbeleien die Oberhand gewinnen und versuchen, innerhalb ihres kleinen Rudels zum Alpha-Tier zu werden. Manchmal war Nelson für kurze Zeit der Rudelchef, doch lange dauerte das nie. Irgendwann kam etwas in Lucys Hundeherz zum Ausbruch, und sie erkämpfte sich ihre Dominanz über den Partner zurück. Nur während Lucys Läufigkeit, die alle vier Monate stattfand, erlangte Nelson eine Art wirklicher Dominanz, doch lange währte sie nicht.

Mit der Zeit wurde Lucys Geruch für Nelson so vertraut und tröstlich wie der von Katey und von Thatcher. Auch ohne wirkliches Zuhause schufen Nelson und Lucy sich eine Art tägliche Routine. Sie schliefen und fraßen jeden Tag am selben Ort. Einen großen Teil des Tages verbrachten sie auf einem sandigen Stück Brachland direkt vor der Stadt, an einer Kurve, die auf die Hauptstraße führte. Im Allgemeinen war es ruhig hier, und es war unwahrscheinlich, dass sie auf wohlwollende Menschen trafen, die sie einfangen und ins Tierheim bringen wollten. Und noch wichtiger, es war warm hier. Der Platz lag so, dass fast den ganzen Tag Sonne auf ihn schien, und weil er sandig war, verflüchtigte sich die Wärme auch nicht so schnell, wie es auf grasbewachsenem Gelände der Fall gewesen wäre. Im Sand konnten Nelson und Lucy nach Herzenslust buddeln, was vor allem die Hündin liebte, und ein geheimes Depot für die Knochen von Steakresten anlegen, die sie auf der Müllhalde des Restaurants fanden. Manchmal, nach einer besonders kalten Nacht, gruben sich die beiden Hunde in den warmen Sand ein, der sie ein wenig aufwärmte. Ganz langsam kehrte dann ihre Kraft zurück, sie krochen mit zerzaustem Fell aus ihrer improvisierten Höhle heraus, bis die Sonne tief am Himmel stand und sie in die Stadt aufbrachen, um die Nacht in der Nähe der warmen Entlüftungsrohre des Restaurants zu verbringen.

Auch der alte Mann, der ihnen jeden Tag etwas zu fressen brachte, gehörte zu ihrem festen Tagesablauf. Jeden Tag, wenn er an seinem Haus die Tür öffnete, wehte seine Witterung die Straße entlang, und die Hunde freuten sich auf das Mittagessen, das er ihnen bescherte. Es war ein warmer und nicht bedrohlicher Geruch, der von ihm ausging, obwohl Nelson auch noch etwas anderes an dem alten Mann wahrnahm. Es war ein sonderbares Aroma nach Zerfall und Alter, nach einer Krankheit, die in dem alten Mann heranwuchs. Nelson mochte den Geruch nicht besonders, und noch wusste er nicht, was er bedeuten würde.

Nelson und Lucy verbrachten einen Großteil ihrer Zeit damit, einfach nur die süße Luft von Kalispell einzuatmen und sie zu erkunden. Die alten Berge, der Wald und die Seen, die sich in einem Umkreis von Hunderten von Kilometern um die kleine Stadt erstreckten, trugen eine uralte, sich ewig wandelnde Geschichte der Gegend in sich wie ein Kaleidoskop. So wie in Albany im Gras, so steckte in der Luft von Kalispell eine lange und wunderschöne Mär vom Aufsteigen und Fallen der Berge und Flüsse, von den Pflanzen und all den anderen Geschöpfen, die an diesem schönen Fleckchen Erde aufgewachsen und dahingeschieden waren.

Nelson wusste nicht recht, was er mit dem Wolfsgeruch anfangen sollte, den seine feine Nase oft in der Luft von Kalispell erschnupperte. Zuerst dachte er, er rieche andere Hunde. Doch obwohl der Geruch eine ebenso große Anziehung auf ihn ausübte wie jeder andere Hundegeruch, war da auch etwas unbestimmt Bedrohliches an der Wolfswitterung, etwas im tiefsten Inneren dieses Dufts, das Nelson verwirrte. Manchmal drängte sich der Geruch nachts in seine Träume. Nelson wusste nicht, was er bedeutete, oder warum er immer wieder zu ihm zurückkam.

Mehrfach witterten Nelson und Lucy in den leichten Winden, die manchmal aus Montana kamen, auch Kojoten. Während der Geruch nach Wolf nur schwach und leicht muffig war wie der Duft, der einem alten Buch entweicht, war das Aroma der Kojoten wie ein geballter Angriff auf Nelsons und Lucys Geruchssinn. Kojoten rochen sehr ähnlich wie andere Hunde. Für Nelsons Gehirn war Kojote nur eine Variante von Hund. Doch es war die Art von Hund, vor dem Nelson auf der Stelle davongelaufen wäre, weil er von Aggressionen bestimmt war. Er beschwor das Bild von gefletschten Zähnen, von Blut und Schweiß und von nächtlichem Kampfgeschrei in ihm herauf.

Mindestens zehn Kojoten lebten im Umkreis von Kalispell. Wie Nelson und Lucy waren sie bis zu einem gewissen Grad abhängig von den Menschen, die in der Stadt wohnten. Deren Essensreste waren für die Kojoten die Grundlage ihrer Ernährung. Doch während Nelson und Lucy den menschlichen Kontakt immer noch mochten und des Nachts von einem Leben in einem menschlichen Zuhause träumten, waren die Kojoten wilde Gesellen. Ihr Instinkt warnte sie vor den Menschen, denn sie hätten die Kojoten getötet, wäre dies auch nur halbwegs im Bereich des Möglichen gewesen.

Bei Nacht streiften die Kojoten oft still und heimlich durch Kalispell und suchten nach etwas zu fressen. Manchmal wurden sie von einem Menschen entdeckt, doch der glaubte oft genug an ein Hirngespinst, denn Kojoten waren besonders geübt darin, wie dunkle Schemen blitzschnell wieder in der Nacht zu verschwinden, als wäre nichts geschehen.

Kojoten fraßen alle möglichen menschlichen Abfälle sowie kleine Vögel, Ratten und Eichhörnchen. Anders als für Hunde war es für sie ganz normal, kleine Tiere zu erjagen, um sie zu fressen. Manchmal beschlossen sie, sich mit einem Hund ihrer Größe zu paaren, und dann kamen Mischlingswelpen zur Welt. Doch für die kleineren Hunderassen hegten Kojoten nur wenig Verwandtschaftsgefühle. Vielleicht erkannten sie in ihnen durchaus eine Ähnlichkeit mit ihrer eigenen Art, doch das erzeugte in einem Kojoten keine brüderlichen Gefühle. Ein kleines Tier war leicht zu töten und zu verdauen. Diejenigen Menschenfamilien, die wussten, dass Kojoten kleine Hunde gerne anfielen und fraßen, beschützten ihre Haustiere bei Nacht und hielten sie tagsüber hinter undurchdringlichen Zäunen.

18

Nelson hatte einen Albtraum. Er rannte schnell durch einen dunklen Wald. Irgendwo ganz weit weg winselte und jaulte Lucy, doch er konnte sie nicht finden, konnte nicht zu ihr. Der Geruch des Todes lag in der Luft, und es war der Geruch des alten Mannes, der ihnen jeden Tag etwas zu fressen brachte. Der Wald war dicht, doch es waren keine Gerüche nach Natur da. Nelson hechelte und keuchte, während er durch den Wald lief und nach Lucy suchte. Der durchdringende Geruch, der ihm beim Laufen entgegenschlug, war der Gestank von Kojoten.

Wenn Menschen träumen, geht manchmal der Inhalt des Traumes eine Verbindung mit der Wirklichkeit ein, sobald der Mensch erwacht. Das Ticken eines Weckers oder das Knarren eines kaputten Fensters im Zimmer werden dann zu Fixpunkten in unseren Träumen, doch sie haben eine andere Bedeutung. Und so war auch der Gestank des Kojoten in Nelsons Traum nicht mit dem Bild eines solchen Tieres verbunden.

Nelson schreckte aus dem Schlaf hoch und sein Herz schlug schneller, als er von dem Gehsteig aus, auf dem Lucy und er lagen, auf die andere Straßenseite blickte und dort die schlanke, kantige Gestalt eines Kojoten sah, der ihn mit seinen kalten, blauen Augen anstarrte. Einen kurzen Moment lang kam ihm der Kojote unwirklich vor, nur eine Erscheinung in der nebligen Nacht. Während sich Nelson ans Wachsein gewöhnte, war der Kojote zuerst nur wie der Geist eines bösen Hundes, der irgendwo aus den Tiefen von Nelsons Bewusstsein hochstieg, um ihm Angst zu machen. Der kurze Moment, den sich Nelson und der Kojote anstarrten, schien viel länger zu sein als die paar Lidschläge, die er tatsächlich dauerte. Nelson wusste nicht recht, ob er nur Teil seines Albtraums war. Doch als der Kojote auf Nelson und Lucy zustürzte, bestand kein Zweifel mehr daran, dass die Kreatur mehr als real war.

Man sagt, bei den Menschen seien drei von vier Träumen schlechte Träume, obwohl man unter ihnen nur einen kleinen Prozentsatz als Albträume bezeichnen kann. Bei Hunden verhält es sich ähnlich. Während der Kojote auf Nelson zustürzte, hatte Lucy gerade einen guten Traum. Ihre Nase zuckte, doch irgendwie mied ihr Geruchssinn den Kojotengeruch. Stattdessen träumte sie, mitten in einer wunderschönen Küche zu sitzen, umgeben von der Familie ihrer großen Liebe und den herrlichen Düften guter Kochkunst.

Was sie weckte, war nicht der Geruch des Kojoten, sondern der von Nelsons Adrenalin. In einer so ungesunden Menge hatte sie es noch nie an ihm gerochen. Als der Kojote nur noch wenige Meter von ihr entfernt war, schlief sie immer noch halb. Der Kojote stürzte sich auf Nelson, der gegen die Wand taumelte, schnappte nach ihm, erwischte ihn jedoch nicht. Es war eine eiskalte, neblige Nacht, und die Hunde konnten nicht weiter sehen als zwei oder drei Meter. Doch beide rannten, so schnell sie konnten.

Der Kojote war daran gewöhnt, sich durch alle Unbilden der Nacht zu bewegen, und schlechte Sicht behinderte ihn dabei nicht. Sein Geruchssinn war aufs Feinste ausgebildet, und die Witterung der beiden Hunde war für ihn wie ein helles Licht, das ihm durch den Nebel entgegenleuchtete. Und tatsächlich kannte er den Geruch der beiden Hunde ganz genau. Seit Monaten verfolgte er ihre Duftspur bei Nacht in den Brisen aus der Stadt.

Beim Laufen schenkte das Adrenalin, das Nelsons und Lucys Körper ausschüttete, ihnen eine Kraft, die sie noch nicht kannten. Selbst im Moment der Panik stieg ihnen das Aroma dieser Substanz in die Nase, und das gab ihnen zusätzliche Kraft, eine angeborene Energie, wie sie in einem Rudel herrscht, das in Gefahr ist. Und so gelang es ihnen ein paar hundert Meter weit, der gewaltigen Gefahr zu entwischen, während sie um Straßenecken und über menschenleere Gassen rannten. Doch der Kojote hatte Übung darin, seine Beute zur Strecke zu bringen, und dabei eine schier übermächtige Fähigkeit entwickelt, die Schachzüge seines Gegners vorauszusehen. Nachdem er die beiden Hunde etwa zehn Minuten durch die Stadt gejagt hatte, schien für ihn der Moment gekommen, zuzuschlagen. Er machte einen gewaltigen Satz durch die Luft und landete mit einer solchen Wucht auf Lucy, dass ihr kleiner Körper auf den harten Betongehsteig gedrückt wurde. Nelson, dessen Sinne von der Panik überlastet waren, reagierte schnell. Er stürzte sich auf den Kojoten, um Lucy zu verteidigen, und schlug die Fänge tief in dessen Hinterlauf. Doch den Kojoten hatte der Geschmack der Beute erregt, und so bemerkte er Nelsons Angriff kaum. Er biss in Lucys Nacken. Die Hündin stieß ein herzzerreißendes Jaulen aus. Nelson sprang wie ein Wahnsinniger dem Kojoten ins Gesicht, brachte ihn kurzzeitig aus dem Konzept. Genau in diesem Moment machte ein Mann in einem nahe gelegenen Haus das Licht an und öffnete schreiend das Fenster.

Für den Kojoten stellte der Mann keine direkte Bedrohung dar, doch der Präriehund hatte gelernt, dass es im Zusammenhang mit Menschen das Beste war, schnell zu verschwinden. Manchmal, wenn er es mit menschlichen Kindern zu tun hatte, mochte er in Versuchung geraten, in ihnen ein Stück Fleisch zu sehen, doch ältere Menschen waren mit ihren Gewehren, Fackeln und Heugabeln eine deutliche Gefahr. Einen Moment lang zögerte der Kojote. Er schaute Lucy an, der aus einer Wunde, die er ihr beigebracht hatte, das Blut sickerte. Kurz zog er in Betracht, die Fänge in sie zu schlagen und mit ihr wegzulaufen, weg von den Menschen. Doch der andere Hund schnappte immer noch nach ihm, er bellte laut und würde ohne jeden Zweifel ein stilles Entkommen in die neblige Nacht verhindern. Der Kojote liebte es, Beute zu erjagen. Er lebte für den Moment des Tötens ebenso wie für den Geschmack einer frisch erlegten Beute. Doch er wusste auch, dass solche Momente manchmal flüchtig sein konnten. Sein eigenes Überleben war stets vorrangig, und so verschwand der Kojote in die Nacht hinein, ohne seine Beute mitzunehmen.

Nelson leckte Lucy, keuchend vor Sorge. Sie winselte herzzerreißend wie ein kleiner Hund, der seine Mutter verloren hat. Fast konnte der Mann in dem Haus die Umrisse der kleinen Hunde auf dem Gehsteig ausmachen, und Lucys Jaulen hörte er auch. Doch sein warmes Bett rief, und er hatte nicht die geringste Lust, sich zwei streunende Hunde aufzubürden. Wenigstens hatte das schreckliche Kläffen aufgehört. Musste ein Kojote gewesen sein. Oder ein Wolf. Doch jetzt war es wieder still. Seine Kinder waren in Sicherheit. Der Mann machte das Fenster zu, schaltete das Licht aus und ging schlafen. Die Menschen in den großen und kleinen Städten Amerikas waren sich oft nicht bewusst, dass Kojoten bei Nacht durch ihre Siedlungen streiften, stille Raubtiere, die sich ganz in ihrer Nähe aufhielten, während sie schliefen. Für die Menschen war es leichter, nicht darüber nachzudenken.

Nelson stand über Lucys warmen Körper gebeugt und roch ihr Blut, das auf den Gehsteig sickerte. Er versuchte, die Blutung der Wunde zu stoppen. Wenn sich junge Wölfe versehentlich bissen, was oft der Fall war, leckten ihre Mütter ihnen die Wunde. Der Speichel der Wölfe war wie eine natürliche Salbe für die Wunden, indem er die Blutung stoppte und Bakterien abtötete. Auf diese Art hielt auch Nelson Lucy am Leben. Stunden- und tagelang leckte er ihre Wunde und verhinderte damit, dass sie verblutete.

19

In den Tagen nach dem Angriff des Kojoten kämpfte Lucy um ihr Leben. Nelsons Wärme half ihr bei Nacht dabei, nicht zu erfrieren, und wenn es ihr am Tag schwerfiel, sich zu bewegen, brachte er ihr kleine Bissen zu essen. An dem Morgen nach dem Angriff hatte sie all ihre Kraft zusammengenommen und sich zu ihrem Schlafplatz in der Nähe der Entlüftungsrohre geschleppt, wobei sie eine Blutspur hinterließ. Doch in dieser Nacht hatte Nelson, der neben ihr Wache hielt, in der Nähe deutlich den Kojoten gerochen und sein Knurren durch den Nebel gehört. Er weckte Lucy und führte sie zur Rückseite des Restaurants, wo die Mülltonnen standen. Dort schien es ihm sicherer zu sein, weil es ein begrenzter und geschützter Platz war, obwohl Nelson dennoch den größten Teil der Nacht wach blieb und auf Lucy aufpasste.

Am folgenden Tag zogen sie zu einem kleinen Einkaufszentrum um, das ein paar Blocks entfernt lag und wo Nelson in einer ruhigen Seitenstraße die Abluftventile eines Waschsalons entdeckt hatte, die eine gewisse Wärme abgaben. Obwohl der Platz ihm sicherer schien, wurde Nelson immer wieder durch die Ausdünstungen des Kojoten geweckt, ob sie nun Wirklichkeit waren oder nicht. Manchmal roch auch Lucy ihren Peiniger und zitterte am ganzen Körper vor Angst. Nelson saß ganz still da, suchte mit Hilfe seiner Nase, aber auch mit den Augen und Ohren die Landschaft ab und beleckte Lucy dabei, um sie zu beruhigen. Denn in der Tat hatte der Kojote den Geschmack von Lucys Blut nicht vergessen, und ihn gelüstete nach mehr.

Lucy war von Nelson abhängig, was das Futter anging. Oft legte er den Weg zum Müllplatz des Restaurants mehrfach zurück und machte das Fressen zu einer Art neuem Spiel. Dann platzierte er ein Stück halb gegessenes Huhn oder Steak einen halben Meter von ihr entfernt und knurrte leise, als wollte er den Leckerbissen vor ihr verteidigen, damit sie sich bemüßigt fühlte, ihn sich zu holen. Wenn sie dann entsprechend reagierte, leistete er nur geringen Widerstand, und sie schnappte ihm das Futter weg.

Nelsons Gedanken bestanden aus Gerüchen und Gefühlen, die durch eine einzigartige Sprache in seinem Hundeherz verwoben waren. Und deshalb artikulierte er auch nie, so wie ein Mensch es getan hätte, was für ein Gefühl des Verlusts sich angesichts der Wandlung von Lucy seiner bemächtigte. Doch während die Erinnerung an den Angriff des Kojoten immer noch in ihm lebendig war, hatte sich seine Gefährtin grundlegend verändert. Ihr Spiel war weniger intensiv geworden und die Energie und Lebhaftigkeit der Hündin nur noch ein schwacher Abklatsch ihres früheren Wesens. Ihre Traurigkeit ließ Nelson nicht unberührt. Und langsam machte sich ein leises Unbehagen in ihm breit.

Des Nachts träumte er oft intensiv von Katey. Es waren Träume von ihrem Duft, von dem Geruch ihres Hauses und ihres Pianos, und so empfand er manchmal im Schlaf eine Art von Ekstase, als hätte ihn seine große Liebe zu sich gerufen. Dann spielte er endlos mit ihr und seiner hässlichen Spielzeugratte, und ihr ferner Duft waberte durch seine Sinne. Er sah ihr Gesicht direkt vor sich, ihre braunen Augen funkelten, ihr Lächeln war breit und lebhaft. Doch dann wurde die Spielzeugratte auf einmal zu einer richtigen Ratte, die sich in seinem Mund wand, so dass er sie nicht mehr in seinem kleinen Kiefer halten konnte. Wenn sie sich befreit hatte, biss sie Katey. Dann griff Nelson die Ratte an, um sein Frauchen zu beschützen, doch plötzlich waren seine Glieder wie gelähmt. Die Ratte verwandelte sich in einen riesigen, kräftigen Kojoten. Der sprang auf Katey zu und drückte sie zu Boden. Das war der Moment, in dem Nelson zitternd aufwachte. Seine große Liebe war irgendwo weit, weit weg, unerreichbar, ganz gleich, wie tief seine Sehnsucht nach ihr war. Ein Loch bildete sich in seinem Hundeherz, ein tiefes, schwarzes Loch, das um die Oberhand über seine neugierige, seine spielerische und edle Natur kämpfte und zum Teil seines Lebens wurde, ein neuer und bleibender Zug seiner Existenz.

Ein Liebesspiel würde es zwischen Nelson und Lucy nie wieder geben. Ein paar Monate nach dem Angriff des Kojoten wurde sie wieder läufig, und Nelson war gierig darauf, sich mit ihr zu paaren. Doch als er versuchte, in sie einzudringen, schnappte sie heftig nach ihm. Ihr Körper war nach dem schrecklichen Biss des Kojoten einfach noch nicht darauf eingestellt. Für Nelson war es buchstäblich unmöglich, sich während dieser Tage von ihr fernzuhalten, weil ihr Duft für ihn immer noch berauschend war, doch sie ließ es einfach nicht zu, dass er sie bestieg.

Während der wenigen Wochen nach dem Angriff auf Lucy stellten die beiden Hunde auch ihren täglichen Besuch auf der sandigen Stelle außerhalb der Stadt ein. Herbert Jones vermisste sie. An dem ersten Tag, als sie nicht auftauchten, hatte er für sie in einer kleinen Plastiktüte die Reste von ein paar Pfannkuchen mit Ahornsirup dabei. Er blieb stehen und wartete eine halbe Stunde lang, weil er damit rechnete, dass sie irgendwann auftauchen würden. In der Stadt, wo sich mittlerweile jedermann auf Herberts pünktliches Eintreffen verließ, gerieten bei vielen die Zeitpläne durcheinander. Doch irgendwann setzte er seinen Weg fort, traurig darüber, dass die Hunde verschwunden waren. Noch eine weitere Woche brachte er ihnen jeden Tag etwas zu fressen, in der Hoffnung, sie würden irgendwann auftauchen. Doch als sie das nicht taten, begann er das Schlimmste zu befürchten. Vielleicht waren sie ja überfahren worden, oder ein anderes, noch böseres Schicksal hatte sie ereilt. Herbert wusste von den Kojoten, die in den Wäldern der Gegend umherstreiften, und er wusste, dass sie gelegentlich auch kleine Tiere verspeisten. Er betete darum, dass seine kleinen Freunde ihren Fängen entkommen waren. Die beiden Hunde waren im Grunde nur ein kleiner Teil von Herberts Leben, Tiere, die er für wenige Minuten jeden Tag sah. Doch der Verlust seiner Frau hatte ihn empfindlich für jeglichen Verlust gemacht, und so lag er zu seiner eigenen Überraschung des Nachts oft wach und machte sich Sorgen um die beiden kleinen Kerle. Vielleicht hätte er sie ja doch bei sich aufnehmen und ihnen ein Zuhause schenken sollen. Und möglicherweise hätte ja auch seine Frau das gutgeheißen.

Ein paar Monate später waren die Hunde zu seiner großen Freude wieder da, ebenso plötzlich und wundersam, wie sie verschwunden waren. Doch er wusste gleich, als er die beiden in dem warmen Sand liegen sah, dass etwas an ihnen anders war. Irgendwie schien das Licht in ihren Augen gedämpft zu sein. Ein dicker brauner Schorf hatte sich an der Stelle, wo Lucy gebissen worden war, gebildet, und neues Fell war nachgewachsen und bedeckte die geschädigte Haut. Herbert konnte folglich gar nicht wissen, was genau mit ihnen passiert war, doch er spürte, dass es irgendeinen traurigen Grund dafür geben musste, dass sie verschwunden und wieder aufgetaucht waren. Rasch kehrte er in sein Haus zurück, holte übrig gebliebenen Kartoffelbrei und Soße aus seinem Kühlschrank, wärmte ihn auf und brachte ihn in zwei kleinen Schüsseln zu den beiden Hunden. Sie fraßen ganz langsam und leckten ihm anschließend dankbar die Hände, als bäten sie ihn um mehr. Herbert war glücklich, dass sie wieder da waren.

Und so kehrte sowohl für Herbert als auch für die beiden Hunde ein Stück weit die Normalität zurück. Tatsächlich versuchte Herbert mehrfach, die beiden in sein Haus zu locken, da er beschlossen hatte, sie zu einem festen Bestandteil seines Lebens zu machen. Sie würden von einem anständigen Zuhause nur profitieren, dachte er, und ihm würde es gefallen, wenn sie des Nachts an dem Fußende seines Bettes schliefen, so wie es seine Hunde getan hatten, als er noch ein Kind war. Wenn sie bei ihm lebten, würden sie vor den Kojoten sicher sein, dachte er. Doch dieses Mal waren es die Hunde, die sich widersetzten. Er spürte ihre Angst. Jeden Tag nahmen sie Futter von ihm entgegen und saßen still bei ihm, wenn er sie streichelte, leckten ihm die Finger. Doch wann immer er versuchte, sie dazu zu bringen, dass sie ihm nach Hause folgten, wichen sie aus. Der Hund mit den fragenden Augen schaute ihn direkt an, als versuchte er einzuschätzen, was dieser Mensch wohl im Schilde führte.

Etwas in Nelsons Hundeherz sagte ihm, dass es besser war, sich nicht allzu sehr an den Mann zu binden. Vor allem war es dieser Geruch an ihm, der Nelson dazu brachte, auf der Hut zu sein. Doch das tägliche Mittagessen, das der Mann ihnen brachte, wusste er sehr zu schätzen, und so wuchs in ihm eine gewisse Treue zu ihm. Und wenn Nelson Treue empfand, war das immer etwas, das Macht über ihn hatte.

Die Krankheit, die sich in dem alten Mann ausbreitete, war nicht die gleiche, die seine Frau umgebracht hatte. Eigentlich war es gar keine richtige Krankheit, sondern eine gewisse Verdickung des Blutes, an der Menschen leiden, wenn sie alt werden. Fünfundachtzig Jahre lang war Blut durch Herberts Adern gepumpt worden, und das war eine lange Zeit. Doch im Laufe der Jahre war die Pumpleistung seines Herzens immer schwächer geworden.

Eines Tages, als er Nelson und Lucy ihr Mittagessen gab, gerann das Blut in Herberts Gehirn, bildete einen kleinen Klumpen, und die Durchblutung des restlichen Gehirns geriet ins Stocken. Er streichelte gerade die beiden Hunde, als der Schlaganfall kam. Zuerst wusste Nelson nicht genau, was da passierte. Herberts Körper verströmte Panikgerüche und brach zusammen. Der weiche, warme Sand fing seinen Sturz ab, und er lag ganz ruhig da und starrte mit offenen Augen zum Wald und zum Himmel Montanas empor, die er so sehr liebte. Lucy und Nelson bellten ihn an, sprangen sogar auf ihn und versuchten, ihn durch Lecken wieder zum Leben zu bringen, doch er lag einfach nur da, hilflos. Nelson wusste, dass das ein Notfall war. Sein Gehirn sagte es ihm ebenso wie seine Nase. Er musste Hilfe holen, unbedingt.

Nelson und Lucy hatten gelernt, sich von den Straßen fernzuhalten, wenn es nicht absolut notwendig war, und diesen großen, widerlichen Dingern, den Autos, musste man aus dem Weg gehen. Doch in diesem Moment musste Nelson unbedingt Hilfe für den alten Mann holen. Während Lucy bei ihm blieb und versuchte, ihn ins Leben zurückzuholen, stellte sich Nelson stolz und aufrecht mitten auf die Straße, die in die Stadt führte, und bellte laut, um die Aufmerksamkeit auf sich zu lenken.

Ein paar Autos fuhren vorbei, ohne den Hund zu beachten, und verpassten ihn nur knapp mit ihren Fahrzeugen. Normalerweise wäre er weggelaufen, wenn ein Auto ihm so nahe gekommen wäre. Doch durch seine Adern floss in diesem Moment eine Menge Adrenalin, der Geruch des alten Mannes, der im Sterben lag, hing in der Luft, und Nelson bellte lauter und lauter.

Schließlich verlangsamte ein Wagen mit zwei jungen Leuten, Bruder und Schwester, seine Fahrt, als die Insassen den kleinen Hund sahen, der laut bellend mitten auf der Straße stand, und hielt neben ihm an. Nelson bellte sogar noch lauter, als sie die Fenster herunterkurbelten.

Er lief zu dem alten Mann zurück, und die junge Frau und der Mann aus dem Auto sahen ihn dort liegen. Er atmete kaum noch.

Doch gerade als Nelson die Straße verließ, übersah er die drei Motorräder, die aus der anderen Richtung auf ihn zukamen. Die Biker näherten sich mit hoher Geschwindigkeit der Kurve, die direkt in die Stadt führte, und waren viel zu schnell, um den kleinen Hund sehen zu können, der mitten auf der Straße stand. Einer der Motorradfahrer stieg voll auf die Bremse, als er sah, dass er den kleinen Hund anfahren würde. Doch es war zu spät. Zwar konnte er zur Seite ausweichen, doch das schwere Motorrad traf dennoch mit voller Wucht Nelsons Flanke. Nelson war überrascht, weil er so konzentriert darauf gewesen war, Herbert zu retten. Bevor er wusste, wie ihm geschah, übernahm wieder sein Körper die Führung und tat das, was am besten für ihn war. Nelson verschwand einfach in dem schwarzen Loch, das in ihm war, und begann seinen Sturz in die Dunkelheit.

Lucy verwirrte das, was geschah. Zuerst bellte sie laut. Doch als ein Krankenwagen und die Polizei eintrafen, rannte sie in den Wald. Zu Nelson konnte sie nicht, ohne Gefahr zu laufen, mit all den Menschen zusammenzutreffen, die plötzlich auf ihrem kleinen sandigen Rastplatz herumliefen. Doch da sie überall in den Fichtenwäldern rund um die Stadt Kojoten witterte, suchte sie sich auf Nebenstraßen ihren Weg zurück in die Stadt und schlief beim Waschsalon, wie sie und Nelson es immer taten. Es war kalt, weil Nelson nicht neben ihr lag. Immer wieder wachte sie auf und hoffte, ihn neben sich zu finden. Am nächsten Tag suchte sie überall in der

Stadt nach ihm, winselte immer dann, wenn sie glaubte, sie habe seine Witterung aufgenommen, nur um zu entdecken, dass es eine alte Duftspur war. Auf dem sandigen Gelände, wo sie so viele Tage miteinander verbracht hatten, war es ruhig, und Herbert war nirgendwo zu sehen. Wieder schlief sie ohne Nelson beim Waschsalon. Ganz früh am nächsten Morgen war sie sich sicher, in der Ferne das Knurren des Kojoten zu hören. Es war an der Zeit, diesen Ort zu verlassen, das sagten ihr die Stimmen in ihrem Kopf, in ihrer Hundesprache, die ganz ohne Worte auskam. Als die Sonne aufging, verschwand Lucy aus der Stadt. Nelson sah sie nie wieder.

Ihre Wunde würde sie für den Rest ihres Lebens spüren. Manchmal, bei Nacht, schmerzte sie, besonders, wenn es kalt war. Auch ihr starker Geist erholte sich nie ganz von dem Angriff des Kojoten. Manchmal, wenn sie später in ihrem Leben durch Montana kam, schnupperte sie wieder den Gestank des Kojoten in der Luft, und er rief in ihr die Erinnerung an den Tag wach, an dem sie nur knapp dem Tode entronnen war.

Dritter Teil

Verlust

20

Der Tierarzt, der Nelson nach dem Unfall in der Notaufnahme der Tierklinik untersuchte, war ein bescheidener Mann. Dougal Evans war auf einer Farm in Illinois aufgewachsen und hatte die Liebe zu den Tieren von seinem Vater geerbt. Sie hatten Rinder gezüchtet, doch überall rund um das Farmhaus, in dem sie lebten, gab es auch andere Tiere – Hühner und Ziegen, Schafe und Schweine, eine Katze zum Rattenfangen, und Hunde, darunter mehrere Border Collies. Von Kindesbeinen an hatte Dougal der Geburt zahlreicher Tierkinder beigewohnt, und oft hatte er einen kleinen Hund oder ein Ferkel mit der Flasche aufgezogen. Tag für Tag fütterte er die Tiere, und manchmal schliefen sie nachts bei ihm im Bett. Als er mit der Schule fertig war und vor der Entscheidung stand, was er werden wollte, hatte seine Berufswahl außer Frage gestanden, und so studierte er Tiermedizin an einem ausgezeichneten College in Kalifornien, der UC Davis, und war einer der besten Studenten, die dort jemals ihren Abschluss machten.

Nach dem Studium übernahm er die Nachtschicht in einer Notfallklinik für Tiere in Los Angeles, wo er tiefe Einblicke in die Abgründe tierischer Existenz bekam, besonders bei Hunden, die von ihren Herrchen oder

Frauchen manchmal ebenso geliebt wie grausam misshandelt wurden. Nach etwa fünf Jahren war er jedoch die Großstadt leid geworden, und er beschloss, wieder in einer Umgebung zu leben, die der ähnelte, in der er aufgewachsen war. Er war ein sparsamer Mensch und hatte über die Jahre eine ansehnliche Summe gespart. Schließlich fand er eine kleine Tierklinik in Montana, die zum Verkauf stand und für die er eine Anzahlung tätigen konnte.

In den zwanzig Jahren, die er dort lebte, hatte sich Dougal eine erfolgreiche Praxis aufgebaut. Viele Tiere landeten in seinem kleinen Krankenhaus, und nicht wenige kamen gesund wieder heraus. Seine Arbeit gab ihm viel zurück, aber sie war auch schmerzlich, denn er wusste, dass er nicht alle Tiere, die zu ihm kamen, retten konnte. Noch schlimmer waren für Dougal jedoch die Fälle, bei denen er wusste, dass er einem Tier zwar helfen konnte, es jedoch kein Zuhause hatte, in das es hinterher zurückkehren würde. Jedes Mal, wenn ein wohlmeinender Mensch ihm einen streunenden Hund brachte, brach es ihm schier das Herz, denn wo sollte das Tier hin, wenn er es versorgt hatte? Ja, es gab Tierheime in der Stadt, und ein paar Glückspilze kamen auch privat unter. Doch meistens brachte man nach etwa einer Woche, wenn niemand das Tier haben wollte, seinen Patienten still und heimlich in ein Tierheim mit Tötungsstation und schläferte ihn ein.

Bei jedem Streuner, der in seiner Klinik landete, war Dr. Evans in Versuchung, das Tier mit nach Hause zu nehmen. Früher, zu Beginn seiner Karriere, war das auch mehrfach vorgekommen. Doch irgendwann hatte seine

Frau begonnen, sich zu beschweren. Drei Hunde, fünf Katzen und vier Vögel waren genug Haustiere, um die sie sich kümmern musste. Und so musste er sich jedes Mal zusammenreißen, wenn ein Streuner wieder so weit aufgepäppelt war, um die Klinik verlassen zu können, und ins Tierheim gebracht wurde. Wenn er sich von einem dieser Tiere verabschiedete, dann streichelte Dougal ihn oder sie ein wenig länger als seine anderen Patienten, und obwohl er eigentlich kein sehr gläubiger Mann war, schickte er insgeheim ein Stoßgebet zum Himmel, dass das Tier doch noch ein Zuhause finden möge.

Dougal sah die Schönheit in fast jedem Tier, das er behandelte, doch Hunde mochte er lieber als alle anderen Tiere, weil ihm ihre tiefe Zuneigung zu den Menschen großen Respekt einflößte. Irgendwie mochte er sie alle: die ruhigen Hunde, die liebenswerten, die bösen und die verrückten, denn in ihrem Kern waren sie alle einzigartig und schön. Und so war auch seine Zuneigung zu Nelson für Dougal nichts Außergewöhnliches, obwohl sie während der Zeit, die Nelson in Dougals Klinik verbrachte, sehr stark wurde.

Einige Tierärzte hätten dafür plädiert, Nelson einzuschläfern, als er von den beiden jungen Leuten nach dem Unfall in die Tierklinik gebracht wurde. Auch Dougal zog diese Möglichkeit ernsthaft in Betracht, als er den Hund sah. Doch die beiden jungen Leute sagten ihm, Nelson habe einem alten Mann das Leben gerettet. Nur weil Nelson mitten auf der Straße stand und bellte, hatten die beiden angehalten, den Notarzt gerufen, und ein Krankenwagen hatte den alten Mann abgeholt. Sie wussten, dass er auf der Intensivstation lag, doch er hatte überlebt. Wie konnte man diesen Hund sterben lassen, wenn er einem Menschen das Leben gerettet hatte?

Nelson war immer noch bewusstlos, als der Arzt ihn zu untersuchen begann. Die Geschwister hatten ihn in eine alte Decke aus ihrem Kofferraum eingewickelt. Das Motorrad hatte ihn mit voller Wucht getroffen, doch eigentlich war nur der linke Hinterlauf verletzt, während der Rest des Körpers weitgehend verschont geblieben war. Doch der Schaden am Bein war beträchtlich, denn die Knochen an der kleinen Gliedmaße waren zersplittert und die Muskeln gerissen. Dougal schaute sich das Bein sorgfältig an, untersuchte es unter den gespannten Blicken der jungen Leute. Sein Röntgenapparat war gerade kaputt, doch auch ein Blick mit bloßem Auge genügte, um zu wissen, was zu tun war. Er sagte den beiden, das Leben des Hundes könne wohl gerettet werden, doch das Bein müsse er amputieren.

21

Als eine Schmerzwelle durch seinen Körper ging, wachte Nelson auf. Er war verwirrt. Verwirrt durch den fremden Tierarzt und die beiden jungen Leute, die sich über ihn beugten. Verwirrt durch diesen Ort, dessen Geruch er nicht kannte, obwohl er ihn vage an die anderen Tierkliniken erinnerte, in denen er Jahre zuvor gewesen war. Doch seine Verwirrung hielt nicht lange an, als der schlimme Schmerz von seiner Wunde ihn wieder übermannte. Er stürzte sich auf den Tierarzt und versuchte, ihn zu beißen. Dougal wurde von dem plötzlichen Angriff des Hundes überrascht, konnte jedoch dem Biss ausweichen. Er griff nach einer Betäubungsspritze, und Nelson schlief wieder ein.

Die Geschwister überlegten, ob sie noch warten sollten, bis Nelson die Operation überstanden hatte, doch nach einer kurzen Diskussion beschlossen die beiden, dass sie sich auf den Weg nach Wisconsin machen mussten, wo in drei Tagen ihr Bruder heiraten würde. Sie würden nach ihrer Ankunft in Madison anrufen und sich erkundigen, ob Nelson die Operation überlebt hatte.

Dougal brachte den Eingriff an Nelson zusammen mit seinen beiden Assistentinnen rasch über die Bühne. Fünfundvierzig Minuten, nachdem man ihn in den Operationssaal gebracht hatte, wurde Nelson schon wieder hinausgeschoben. Man hatte ihm das Bein abgenommen und den Stumpf gesäubert und bandagiert.

Während die Betäubung langsam nachließ und er wieder zu Bewusstsein kam, merkte der kleine Hund zunächst nicht, dass ihm eine Gliedmaße fehlte, denn er stand unter dem Einfluss von starken Schmerzmitteln und wollte sowieso nicht aufstehen. Er schnüffelte. Wo war Lucy? Ihr Geruch war nirgendwo. Es waren noch drei andere Hunde und eine Katze in dem Raum, alle in komfortablen Boxen, und überall roch es nach dem Desinfektionsmittel, das typisch für alle Tierkliniken war. In der Nähe arbeitete ein Pfleger an einem Tisch. Nelson winselte leise, und der Pfleger, ein junger Mann namens Juan, der erst kürzlich aus Mexiko eingewandert war, blickte auf. Er kam herüber, öffnete die Tür der Box und streichelte sanft den kleinen Hund. Schwach leckte Nelson ihm die Hand. Der Pfleger brachte ihm einen kleinen Napf mit Wasser und hielt ihn Nelson hin, der ein paar kleine Schlucke nahm. Er ließ auch eine Schüssel mit weichem Hundefutter in Nelsons Box stehen. Nelson schnüffelte daran, doch es roch überhaupt nicht gut im Vergleich zu dem Futter, an das er von dem Trucker-Restaurant gewöhnt war. Erst einige Stunden später würde er so hungrig sein, dass er das Futter doch fraß, als der Pfleger es ihm mit der Hand reichte.

Der Tag verlief wie in einem Nebel, und die meiste Zeit schlief Nelson. Ab und zu ging eine Tür auf, und er wachte auf, in der Hoffnung, dass Lucy hereingekommen war. Wenn es dann nur der Pfleger war, stieß er ein kurzes, müdes Bellen aus. Vielleicht würde Lucy ja wissen, wo er war, wenn er bellte. Doch um noch einmal zu bellen, fehlte ihm die Energie. Er hatte immer noch nicht bemerkt, dass er nur noch drei Beine hatte, und war überrascht, als sich in der Box eine warme Pfütze seines eigenen Urins ausbreitete. Der Pfleger wischte sie rasch auf.

Als Nelson am nächsten Morgen aufwachte, wimmerte er vor Schmerzen. Wo früher sein linker Hinterlauf gewesen war, quälte ihn ein dumpfes, aber heftiges Pochen. Die Tagespflegerin, eine junge Frau namens Suzi, kam zu ihm herüber und gab ihm ein Schmerzmittel. Nelson hatte Hunger und schlang gierig das Futter hinunter, das sie ihm gab, und trank alles Wasser, das im Napf war.

Nelson mochte sowohl Juan als auch Suzi sehr gerne. Dougal gab sich große Mühe, wirkliche Tierliebhaber für die Arbeit in der Klinik zu finden, und er war stolz darauf, seinen tierischen Patienten ein hohes Maß an Pflege zukommen lassen zu können. An dem Tag nach seiner Operation dachte Nelson dennoch die ganze Zeit voller Sehnsucht an Lucy. Immer wieder schaute er zu den anderen Boxen hinüber, als rechnete er damit, dass sie in einer davon auf ihn wartete. Doch als er Witterung aufnahm, wusste er, dass sie nirgendwo in der Nähe war. Während der letzten paar Jahre war sein Leben so sehr mit dem ihren verbunden gewesen, dass ihr Fehlen ihm zunächst viel mehr auffiel als die Tatsache, dass er nur noch drei Beine hatte.

Während der Schock von dem Unfall und die Wirkung der Betäubungsmittel allmählich nachließen und für Nelson der Heilungsprozess begann, spürte er irgendwann, dass etwas anders war. Als er zum ersten Mal aufstand und versuchte, sich zu schütteln, wie er es immer tat, brach er hilflos zusammen. Das war ein vollkommen fremdes Gefühl, plötzlich nur noch auf drei Beinen zu stehen. Juan beobachtete den kleinen Hund dabei, wie er versuchte, sich aufzurichten. Er holte ihn aus der Box und setzte sich hin, um eine Weile mit ihm zu spielen. Dabei versuchte er, ihn zu stützen, damit der Hund es schaffte, aufzustehen.

Nelson fiel immer wieder um. Wenn Juan ihn hielt, schaute er fragend zu ihm empor und hob die Rute, wedelte schwach damit. Juan lächelte. Doch dann fiel Nelson wieder um.

Den Verlust von Katey, von Thatcher und von Lucy konnte Nelson nie vergessen. Ihre Duftnoten hingen für immer in seiner Erinnerung, wehten ihm in unerwarteten Momenten entgegen, manchmal durch andere Gerüche und Gefühle hervorgerufen. Wenn er sich diese Menschen und seine geliebte Lucy vorstellte, empfand er Traurigkeit darüber, dass ihr Duft nirgendwo mehr zu finden war. Doch dann riss das Leben ihn wieder aus seinen duftdurchtränkten Tagträumen, und er vergaß den Verlust eine Weile. Im Laufe der Jahre wurden die Gerüche immer ungenauer, sie verloren an Schärfe, wurden dumpf, und nach einer gewissen Zeit blieb, mehr als der Duft selbst, nur noch seine Idee davon übrig, und das war es, woran Nelson sich erinnerte.

Der Verlust seines Beines war eine ganz andere Sache. Er beschränkte ihn so sehr in seinem Handlungsspielraum, dass in dem ersten Monat, den er in der Tierklinik von Dougal Evans verbrachte, das Fehlen des Beines jeden einzelnen Moment seines täglichen Lebens beanspruchte. Zuerst verwirrten die Ereignisse der vergangenen paar Tage den Hund so sehr, dass das Leben ihm irgendwie gar nicht real vorkam. Doch als dann die Betäubungsmittel reduziert wurden und der Tierarzt auch die anderen Medikamente langsam absetzte, verhärtete sich der dumpfe, pochende Schmerz an der Stelle, wo früher sein Bein gewesen war, in ein viel intensiveres Gefühl, das ihn von nun an immer begleiten würde: Er war sich seines fehlenden Beines stets bewusst, zu jeder Stunde und Minute des Tages.

Nelson hatte viele Jahre lang für sich selbst gesorgt, und davor, in seiner Zeit bei Katey, war er immer ein aktiver Hund gewesen, der nie damit aufhörte, sich mit seiner Umgebung zu beschäftigen. Dass er auf einmal nicht mehr laufen, sich nicht mehr frei bewegen konnte, war ein Angriff auf seine grundlegende Existenz als Hund. Zunächst verfiel er darüber in eine tiefe Depression. Er wurde sanftmütig, unterwürfig, lag die meiste Zeit herum, aß und trank wenig, nur genug, um sich am Leben zu halten. Es war der Gedanke an Lucy, der ihn ablenkte und ihn davor bewahrte, endgültig schwermütig zu werden. Juan merkte, wie Nelson aufblickte, wenn sich irgendwo in der Nähe eine Tür öffnete, wie er die Ohren aufstellte, als wartete er auf jemand Besonderen. Und Juan fragte sich, wer wohl die Besitzer von Nelson gewesen waren.

Jeden Tag eine Stunde lang holte der Tierarzt mit der Unterstützung des Pflegers, der gerade Dienst hatte, Nelson aus der Box und verbrachte Zeit mit ihm, versuchte, ihm dabei zu helfen, dass er wieder laufen oder zumindest auf seinen drei verbliebenen Beinen stehen konnte. Dougal war ein viel beschäftigter Mann, und er wusste, dass niemand ihm für seine Extraarbeit an diesem Patienten etwas bezahlen würde. Doch solange er mit der Klinik so viel verdiente, dass er sich selbst und seine Familie damit ernähren konnte, würde jedes Tier, das sich in seinen vier Wänden aufhielt, die bestmögliche Behandlung erhalten und hoffentlich gesund die Klinik wieder verlassen. Der Tierarzt wusste, dass es am Ende der Hund war, der darüber entscheiden würde, ob er nach dem Verlust eines Beines zurechtkam oder nicht. Er hatte schon oft geschwächte Tiere erlebt, und ganz gleich, was er als Arzt tat, gab es in manchen von ihnen einen verzweifelten Willen, zu überleben, während andere an einem gewissen Punkt diesen Willen einfach verloren. In den ersten Tagen nach Nelsons Unfall wusste der Tierarzt noch nicht, zu welcher Gruppe er wohl gehörte.

Während der Tierarzt und seine Pfleger sich bemühten, Nelson im wahrsten Sinne des Wortes wieder auf die Beine zu stellen, wuchs in dem Hund die Frustration darüber, dass er nicht laufen konnte. Trotz der Düsternis, die ihn manchmal überkam, war der Grund für Nelsons Wunsch, wieder laufen zu können, recht simpel. Wenn er gehen konnte, dann konnte er vielleicht auch Lucy finden. Sie brauchte jemanden, der sich um sie kümmerte. Jemand musste sie vor dem Kojoten beschützen. Und nur wenn er wieder gehen lernte, würde er eines Tages vielleicht auch seine große Liebe wiederfinden. In seinem Hundeherz verdichtete sich der Wunsch, sich auf seinen drei Beinen bewegen zu können, zu einer festen und unerschütterlichen Entschlossenheit.

Schon bald schien das winzige Licht, das der Tierarzt manchmal in den Augen des kleinen Hundes aufflackern sah, immer heller zu leuchten. Nelson fiel immer noch ab und zu um, manchmal winselnd, wenn der Tierarzt und einer der Pfleger versuchten, ihn festzuhalten, damit er stehen lernen konnte. Doch gelegentlich wedelte er auch mit seiner schönen Rute, und der Tierarzt dachte, das könne vielleicht ein Hinweis darauf sein, dass der Hund ein gewisses Vertrauen in seine Fähigkeit, auf drei Beinen stehen zu können, entwickelt habe. Und dann bemerkte Dougal etwas Interessantes. Der Hund begann, seinen Schwanz ganz leicht seitlich zu halten, in der entgegengesetzten Richtung zu seinem fehlenden Bein. Offenbar versuchte er, mit seinem Schwanz das Gleichgewicht wieder herzustellen.

Eines schönen Tages, etwa drei Wochen nach dem Unfall, stand Nelson aufrecht auf drei Beinen. Der große, flauschige Schwanz war leicht zur Seite gerichtet und hielt den Hund so gut im Gleichgewicht, dass sein Körper ihn tragen konnte. Dougal und Juan jubelten, und Nelson spürte, wie sehr sie sich über das freuten, was er gerade erreicht hatte. Er stand nur einen Moment lang da und versuchte herauszufinden, wie sich diese neue körperliche Situation anfühlte. An der Stelle, wo sich sein Bein befunden hatte, pochte immer noch ein dumpfer Schmerz, doch sein Herz schlug kräftig.

Er fiel immer noch oft um, aber schon bald fühlte sich Nelson in seiner neuen charakteristischen Haltung recht wohl. Indem er den Körper leicht zur Seite neigte und dabei die Rute weit zur anderen Seite hinüberzog, gelang es ihm, das Gleichgewicht zu halten. Bevor er die ersten kleinen, stolpernden Schritte machen konnte, vergingen noch mal zwei Wochen. Zuerst waren es kaum mehr als ein paar zufällige Hüpfer, doch nach ein paar Tagen bewegte sich Nelson schon recht geschickt vorwärts. Dougal, Juan und Suzi staunten über den Fortschritt des kleinen Hundes. Es dauerte nicht mehr lange, bis er sich frei auf seinen drei Beinen fortbewegen konnte, wobei er immer seine stattliche Rute zu Hilfe nahm, um das Gleichgewicht zu halten. So wurde sein Schwanz zu seinem vierten Bein. Während seine Vorderläufe sich ganz normal vorwärtsbewegten, hüpfte er mit dem verbliebenen Hinterlauf, während er den flauschigen, großen Schwanz hoch in die Luft reckte und ständig damit sein Gleichgewicht austarierte. Doch Nelson verschwendete keinen Gedanken an den Tierarzt, der ihm vor vielen Jahren, als Nelson noch in Emils Tierladen auf ein Herrchen oder Frauchen wartete, die Rute gerettet hatte, ohne die es wesentlich schwerer gewesen wäre, wieder gehen zu lernen.

Nelsons Wunsch, wieder normal gehen zu können, wurde sogar noch größer. Jeden Morgen, wenn er aufwachte, stellte er sich sofort hin und verbrachte die Zeit damit, in seiner Box zu stehen und darauf zu warten, dass der Pfleger ihn herausließ und er seine neue Gehtechnik üben konnte. Juan und Suzi versuchten, den Hund mehrmals am Tag zu einem kleinen Spaziergang mitzunehmen. Mit seinen drei Beinen, der hoch aufgerichteten, leicht zur Seite geneigten Rute und den schönen Augen war er ein beeindruckender Anblick. Sein charakteristischer Gang war zwar etwas schwerfällig, besaß aber dennoch eine einzigartige Würde und Anmut. Manchmal fiel er noch um, und oft fühlte er sich nicht wohl, da er alle Blicke auf sich zog, die manchmal erstaunt, manchmal aber auch belustigt waren. Doch es tat gut, wieder das Gras auf den Gehsteigen zu riechen und aus der Ferne den Duft der Kiefern und der Berge zu erschnuppern. Und immer suchte er in den Brisen, die ihm in die Nase stiegen, nach Lucys Fährte.

Juan und Suzi waren Cousin und Cousine. Oft redeten sie darüber, wie sie wohl unter den Familienmitgliedern, die in der Gegend wohnten, ein Zuhause für den dreibeinigen Hund finden könnten. Beide dachten auch darüber nach, den Hund selbst mit nach Hause zu nehmen, wussten jedoch, dass das nicht möglich war. Juan lebte in einem winzigen Apartment mit seiner Frau und zwei kleinen Kindern, und Suzi wohnte zusammen mit ihrer Großmutter in ähnlich beengten Verhältnissen. Für beide wäre es schwierig gewesen, sich auch noch um einen Hund zu kümmern.

Sie fragten im Familienkreis herum, ob jemand den Hund nehmen könne, doch alle lachten, als sie hörten, dass er nur drei Beine hatte. Warum sollte jemand einen dreibeinigen Hund haben wollen? Wie sollte der denn Einbrecher verjagen? Juan wurde wütend auf einen seiner Onkel, der immer gerne schauspielerte und sogleich zur großen Belustigung seiner Familie einen dreibeinigen Hund mimte. Offenbar erkannten nur Dougal, Juan und Suzi die Schönheit in Nelson. Sie wussten, dass ihre Gefühle nicht nur damit zusammenhingen, dass sie es gewesen waren, die den Hund so weit aufgepäppelt hatten, dass er wieder laufen konnte. Da war auch etwas am Charakter dieses kleinen Hundes, das sie froh machte.

Auch Nelsons körperliche Funktionen änderten sich. Er würde lernen müssen, wie eine Hundedame zu pinkeln, indem er sich hinhockte, statt das Bein zu heben, und er vermisste es auch, sein Revier zu markieren, so wie er es immer getan hatte. Zuerst war das Pinkeln unbequem, und ab und zu tropfte ihm immer noch etwas von der warmen Flüssigkeit auf die Pfoten. Doch es dauerte nicht lange, und Nelson dachte nicht mehr weiter darüber nach.

Nachts träumte er immer noch sehr viel. Lucy und Katey kamen oft in seinen Träumen vor, und meist erlebte er sie sich in gefährlichen Situationen. Er musste sie retten, vor dem Kojoten, vor Don, vor den Männern mit den Gewehren an der Müllhalde. Manchmal gelang ihm das, und manchmal nicht. In seinen Träumen hatte er immer noch vier Beine, er war schnell und voller Kraft, selbst gegenüber Feinden, denen er gar nicht gewachsen war. Doch die Sorge um Lucy und Katey, die ständig in Gefahr waren, begleitete ihn sogar bei Tage, und das gab ihm manchmal das Gefühl, hilflos und ausgeliefert zu sein. Dougal beobachtete bei dem schlafenden Hund des Öfteren, wie er plötzlich hektisch zu schnüffeln begann, und fragte sich, was er wohl durchgemacht hatte. Es war zu spüren, dass er eine verschlungene und lange Odyssee hinter sich hatte.

Nach etwa drei Monaten wurde deutlich, dass der junge Hund so weit genesen war wie möglich. Er konnte sich frei bewegen, vielleicht nicht so schnell wie früher, doch der Verlust des einen Beines machte ihn noch nicht zum Krüppel. Nelson hatte sich an seinen Tagesablauf in der Tierklinik gewöhnt – an das tägliche Futter und die

Spaziergänge. Obwohl er Dougal, Juan und Suzi noch nicht als seine Familie betrachtete, weil er immer noch so viel an Katey und Lucy und Thatcher denken musste, hatte er sie gern, und ganz gewiss gehörten auch sie zu der Routine, die er mochte.

Dougal sprach mit Juan und Suzi nicht oft über die drohende Entscheidung, die ihm bevorstand. Er wusste, dass er es war, der irgendwann beschließen musste, wann Nelson dafür bereit war, die Tierklinik zu verlassen. Eine Weile redete er sich ein, Nelson mache immer noch Fortschritte, obwohl es deutlich war, dass er in seiner Gesundung einen stabilen Zustand erreicht hatte. Oft meldeten sich Juan und Suzi zu Wort, wenn sie glaubten, ein anderes Tier sei gesund genug, um aus der Klinik entlassen zu werden, doch er hatte bemerkt, dass sie bei Nelson nichts sagten. Sie wollten der Tatsache einfach nicht ins Auge blicken, dass er bald gehen musste.

Dougal zog auch in Erwägung, den Hund als Dauergast in der Tierklinik zu behalten. Irgendwie war es ein beruhigendes Gefühl, ihn hier zu haben. Sein Schwanzwedeln, der Blick seiner Augen, sein ungewöhnlicher Gang – Dougal fühlte sich glücklich, wenn er Nelson jeden Morgen bei seiner Ankunft in der Klinik vorfand.

Doch Dougal wusste auch, dass es unfair war, ihn für immer hier zu behalten. Zweck des Krankenhauses war es, Tiere zu heilen, nicht, ihnen ein Zuhause zu geben. Andere Tiere würden von dem freien Platz profitieren, wenn Nelson nicht mehr da war. Es gab sowieso nur wenig Zeit in ihrem Tagesablauf, und die Minuten, die sie damit verbrachten, sich um Nelson zu kümmern, mit ihm spazieren zu gehen und ihn zu füttern, bedeuteten Zeit und Energie, die sie dringend für bedürftigere Tiere gebraucht hätten.

Als er eines Nachts noch lange wach lag, kam Dougal die Erkenntnis, dass er den dreibeinigen Hund entlassen und ins Tierheim bringen musste, damit man dort ein neues Zuhause für ihn fand.

22

Nelson spürte, dass sich eine Veränderung anbahnte. In den sechs Jahren seines bisherigen Lebens hatte er die Zeichen des Umbruchs immer ganz genau wahrgenommen. Dabei ging es um kleine und zuerst kaum wahrnehmbare Verschiebungen im Verhalten der Menschen in seiner Umgebung. Oft wurden diese auch von einer Änderung ihrer Witterung begleitet. Er kannte sie nur zu gut, die Gerüche von schwelendem Unmut, von Wut und von stiller Traurigkeit – kleine Duftnoten, die sich durch die Oberfläche des Alltags einen Weg bahnten und ein Hinweis darauf waren, dass schon bald noch viel größere Veränderungen bevorstehen könnten. Er hatte die Unzufriedenheit in Dons Atem gerochen, was eines Tages dazu geführt hatte, dass er vergaß, das Gartentürchen des Hauses in Albany zu schließen. Er hatte auch die Traurigkeit in Thatchers nächtlichen Tränen wahrgenommen, die in einer Schlägerei in einer Kneipe geendet hatten, welche seines und Nelsons Leben verändern würde. Und er hatte den langsam wachsenden Tod in Herbert Jones' Körper gerochen, der zum Verlust von Nelsons Bein geführt hatte.

Bei dem kleinen, dreibeinigen Hund stellten sich die Nackenhaare auf, als er die ersten Vorzeichen der Veränderung in den Brisen erschnupperte, die durch Dougals Tierklinik wehten. Von Dougal, Juan und Suzi ging eine vage besorgte Stimmung aus. Sie waren noch liebevoller zu ihm als sonst, verbrachten lange Minuten damit, ihn zu tätscheln und zu streicheln. Doch aus ihren Poren strömte mehr als nur der Duft der Zuneigung. Da war Besorgnis. Lediglich den Anlass dafür kannte der Hund noch nicht.

Eines Abends nach der Arbeit nahm Juan Nelson mit nach Hause in seine Wohnung. Er lebte zwar in sehr beengten Verhältnissen, doch bei dem einladenden Duft nach Essen fühlte sich Nelson gleich wie zu Hause. Er spielte mit Juans beiden kleinen Kindern, einem Jungen und einem Mädchen. Juan hatte ein paar Hundespielsachen aus der Klinik mitgebracht. Den Kindern machte es Spaß, sich mit Nelson und den Spielsachen zu beschäftigen. Er war nicht annähernd so wendig wie vor dem Unfall, hatte aber immer noch viel Freude daran, den Kindern spielerisch die kleinen Gegenstände aus der Hand zu nehmen oder ihnen hinterherzulaufen, wenn sie sie über den Boden der kleinen Wohnung warfen.

Juan und seine Frau begannen zu streiten. Während seines Besuchs in der Wohnung hatte die Frau keinerlei Zuneigung ihm gegenüber gezeigt, und Nelson spürte, dass der Streit irgendwie mit ihm zu tun hatte. Ganz leise setzte er sich in eine Ecke und zog zitternd die Rute zwischen die Beine. Kurze Zeit später hob Juan ihn auf seine Arme und brachte ihn in die Klinik zurück, wo er ihn eine halbe Stunde streichelte und mit ihm spielte, bevor er ihn über Nacht allein in seiner Box ließ.

Drei Tage später fuhren Dougal und Juan Nelson ins

Tierheim. Suzi hatte an diesem Tag Dienst als Pflegerin, doch Juan kam trotzdem mit, in normaler Kleidung, Jeans, T-Shirt und Pullover. Die drei verbrachten eine Weile damit, Nelson ein besonders gutes Fressen aus aufgeschnittenem Huhn und Reis zu geben, und spielten etwa eine Stunde mit dem Hund. Nelson genoss die Aufmerksamkeit und Zuneigung, doch er war auch klug genug, zu wissen, dass das die Art und Weise war, wie Menschen Abschied nahmen. Als Juan Nelson in seinem Pick-up zum Tierheim fuhr, lag Nelson ruhig auf Suzis Schoß, die ihn am Kopf kraulte, so wie Katey es oft getan hatte. Er vertraute Juan und Suzi, doch sein Geruchssinn sagte ihm, dass er sich bald von ihnen verabschieden musste.

Es gab zwei Tierheime in Kalispell. Die Einrichtung im Zentrum von Kalispell war eine, wo nicht vermittelbare Tiere nicht eingeschläfert wurden, ein Heim, das von freundlichen und warmherzigen Menschen geführt wurde. Dorthin brachte Dougal die Streuner, die eine Weile in seiner Klinik gewesen waren, am liebsten. Doch das Haus platzte aus allen Nähten und war in ständiger Geldnot, und so musste Dougal zu seiner großen Enttäuschung erfahren, dass es trotz mehrerer telefonischer Anfragen dort einfach keinen Platz für Nelson gab. Dougal wusste, dass sie jetzt nur noch das Beste hoffen konnten. Das andere Tierheim in Kalispell war ein kleines, graues Gebäude am Rande der Stadt. Juan trug Nelson hinein, tätschelte ihm sanft den Kopf. Die dicke Dame am Empfang kannte Juan, und zusammen füllten sie ein paar Formulare aus. Nelson schnüffelte. Es roch überwältigend stark nach Hund, und er konnte in allernächster Nähe die Witterung von zehn, nein, fünfzehn anderen Hunden ausmachen. Auch seine Ohren bestätigten dies, denn lautes, vielstimmiges Bellen, auch von einigen großen Hunden, begrüßte ihn und machte ihm Angst. Er zitterte. Doch es lag auch noch ein anderer Geruch in der Luft, ein dunkles und erdrückendes Aroma, das Nelson noch nie gerochen hatte. Ein wenig roch es nach Hund, doch einige böse und bedrohliche Untertöne waren sehr stark.

Nelson versuchte Dougal und Juan zu beschwichtigen, als sie sich von ihm verabschiedeten. Er spürte, dass sie ihn nicht gern zurückließen. Er leckte ihnen die Tränen vom Gesicht, als sie ihn an sich drückten und ein letztes Mal streichelten.

Die dicke Dame, Cecilia, war einer der beiden Menschen, mit denen Nelson in der folgenden Woche viel zu tun hatte. Cecilia kümmerte sich um den Papierkram und um einige der verantwortungsvolleren Aufgaben in der Führung des Tierheims. Ein Mann namens Eddie putzte das Heim täglich und gab den Hunden zu fressen. Als Nelson zum ersten Mal Cecilias Witterung aufnahm, war von einer Regung oder einem Gefühl wenig zu spüren, ob nun positiv oder negativ. Sie stand Hunden neutral gegenüber. Eddie trug irgendeinen unbekannten Schmerz mit sich herum und ging mit keinem der Hunde aus dem Heim eine besondere Bindung ein. Während der Zeit, die Nelson hier verbrachte, verspürte er in keinerlei Hinsicht eine Beziehung zu den Menschen, so wie er sie in Dougals Klinik genossen hatte. Das Tierheim war ein grauer, trauriger Ort.

Nelson zitterte vor Angst, als Cecilia mit ihm den Hauptraum des Heimes betrat, wo in sechs großen Boxen vierzehn Hunde gehalten wurden. Mindestens die Hälfte der Hunde waren Pitbulls. Oft kauften Menschen diese Hunderasse, weil sie begeistert von ihrer Stärke waren, doch dann bemerkten sie, wie schwierig die Hunde zu halten waren, und brachten sie irgendwann ins Tierheim. Die Hunde knurrten und bellten, als Cecilia mit dem Neuankömmling auf dem Arm hereinkam. Nelson winselte unterwürfig. Die Pitbulls und ein Schäferhund-Mischling fletschten die Zähne und beobachteten Nelson mit bösen Augen. Obwohl Eddie eigentlich jedes der Tiere eine Weile pro Tag nach draußen bringen sollte, drückte er sich meist um diese Aufgabe, und so äußerte sich die aufgestaute Energie der starken Hunde in Aggression.

Cecilia öffnete die Tür zu einem Käfig ganz hinten, der kleineren Hunden vorbehalten war. Dort setzte sie Nelson auf dem Boden ab, und einen Moment lang verlor er das Gleichgewicht und fiel um. Dougal und die Pfleger in der Klinik hatten Nelson immer ganz vorsichtig abgesetzt, wenn sie ihn auf dem Arm getragen hatten, doch Cecilia hatte es noch nie mit einem dreibeinigen Hund zu tun gehabt. Sie half ihm auch nicht, als er versuchte, sich wieder aufzurappeln, sondern schloss nur die Tür und verschwand. Mit diesem Hund würde sie sowieso nicht lange zu tun haben, dachte sie.

Die beiden anderen Hunde in Nelsons Käfig knurrten ihn laut an. Der eine war ein mittelgroßer, schwarzweißer Mischling mit traurigen Augen und einem räudigen Fell. Nelson roch mehrere alte Wunden an seinem klapprigen Körper. Der andere war ein Corgi-Mischling, ein junger Hund mit jeder Menge Energie, der zwei Tage später ein Herrchen finden würde. Nelson wich instinktiv vor beiden zurück und drückte sich in eine Ecke, wo eine zerfetzte alte Decke lag. Dort lag er ruhig da, während nebenan die Pitbulls immer noch bellten. Schnüffelnd hob er die Nase in die Luft, um herauszufinden, was dieser düstere Geruch in dem Tierheim zu bedeuten hatte.

Durch mehrere Fenster oben in der Wand fiel Licht in den Raum. Am Nachmittag kam Eddie herein und stellte in jede der Boxen Hundefutter und Schüsseln mit frischem Wasser. Trotz seines leckeren Frühstücks war Nelson fast am Verhungern, doch als er sich vorsichtig auf den Napf zubewegte, knurrten die beiden anderen Hunde ihn an, der Corgi-Mischling stellte sich demonstrativ zwischen ihn und den Napf und fletschte die Zähne. Erst später, als die anderen Hunde schliefen, gelang es Nelson, die bescheidenen Reste im Napf zu fressen. Er schlabberte ein wenig Wasser und legte sich dann wieder hin. Wenigstens war der Raum nachts geheizt. Wenn Nelson aufwachte, fand er sich zu seiner Überraschung in dem fremden Raum wieder statt in der längst vertrauten Umgebung der Tierklinik. Doch seine Angst hatte ihn müde gemacht, und so schlief er fast die ganze Nacht durch.

An seine Zeit als Welpe in Emils Tierladen konnte sich Nelson nicht mehr erinnern. Hätte er es gekonnt, hätte er vielleicht Parallelen zwischen seinem jetzigen Leben als Insasse eines Tierheims und dem als stürmischer Welpe in einem viel zu kleinen Käfig im Zoogeschäft entdeckt. Zu gewissen Zeiten während des Tages betraten Menschen den Hauptraum des Tierheims, in Begleitung von Cecilia oder Eddie. Sie schauten sich alle Tiere an, auf der Suche nach einem Hund, den sie mit nach Hause nehmen könnten. Manche gingen wieder, abgestoßen von der traurigen, deprimierenden Umgebung. Manche zeigten auch auf einen bestimmten Hund. Dann holten Cecilia oder Eddie eine Leine, legten sie dem Hund an, und der Interessent durfte den Hund mit nach draußen nehmen, um ihn ein wenig besser kennenzulernen. Doch so weit kam Nelson nie. Entweder übersahen die Besucher den dreibeinigen Hund ganz, oder sie lachten über ihn. Bei dem schummrigen Licht des Heimes nahm sich niemand die Zeit, seine schönen Augen oder die lebhafte Rute wahrzunehmen. Alles, was die Leute sahen, war ein dreibeiniger Hund, und wer wollte so einen schon mit nach Hause nehmen?

Nelson beobachtete, dass der Corgi-Mischling mehrfach aus dem Käfig geholt wurde. Irgendwann nahmen ihn dann ein kleines Mädchen und ihre Mutter mit nach Hause, und so blieben Nelson und der alte schwarzweiße Mischling allein in der Box zurück. Der Mischling knurrte Nelson immer noch an, wenn es Fressen gab, doch eines Tages bellte Nelson laut zurück, und danach teilten sie sich das Futter, ohne zu streiten.

Als der Corgi-Mischling noch da gewesen war, hatte niemand den schwarzweißen Mischling aus dem Käfig holen lassen. Erst als der Corgi weg war, kam eines Tages ein trauriger alter Mann an den Käfig, zeigte auf den Schwarzweißen, Cecilia legte ihm eine Leine an, und er ging draußen eine Weile mit dem Mann auf und ab. Zehn Minuten später war er wieder zurück. Cecilia setzte ihn wieder in den Käfig und nahm ihm die Leine ab. Fünf Minuten später ging der Mann wieder, ohne sich für einen Hund entschieden zu haben.

Nelson beobachtete all das Kommen und Gehen ganz genau. Er hatte viel Schönes zusammen mit Menschen erlebt, und er wäre gerne aufgesprungen und hätte mit diesen Menschen gespielt, hätte den salzigen Geschmack ihrer Haut gekostet, sie beschnuppert. Doch etwas hielt ihn zurück, und so lag er nur ruhig da. Die Wunde an der Stelle, wo früher sein Bein gewesen war, begann wieder zu schmerzen. Einmal ging Eddie mit dem schwarzweißen Mischling spazieren, doch bei seinem dreibeinigen Käfignachbarn machte er sich nicht einmal die Mühe, ihn anzuleinen und eine Runde mit ihm hinauszugehen.

Obwohl Nelson immer wieder aufstand und sich streckte, bekam er nicht die tägliche Bewegung, die er brauchte, um kräftig zu bleiben.

Nachdem Nelson fünf Tage im Tierheim war, wurde der schwarzweiße Mischling angeleint und von Eddie weggebracht. Er kam nicht zurück. Nelson war jetzt allein in der Box und hob schnüffelnd die Nase, fragte sich, wo sein Nachbar geblieben war. Später in dieser Nacht nahm er deutlich die Witterung des anderen Hundes auf, ein Geruch, unter den sich auch der düstere Gestank mischte, den er nicht zuordnen konnte. Er hatte den schwarzweißen Mischling gerochen, als er noch am Leben war, doch Nelson wusste nicht, dass es nun der Geruch des toten Tieres war, der in der Luft lag, nachdem man den Kadaver in dem kleinen Tierkrematorium am anderen Ende des Gebäudes eingeäschert hatte. Als Nelson zum ersten Mal begriff, was es mit dem düsteren Geruch auf sich hatte, ging ein Beben durch seinen ganzen Körper, und er begann unkontrolliert zu zittern. In dieser Nacht hielt ihn die Angst wach. Während die Pitbulls schliefen, ging Nelson am Rand seiner Box auf und ab, sein Körper zitterte vor Adrenalin. Als würde er einem Ritual folgen, blieb er immer wieder stehen und versuchte wie wild, ein Loch in den kalten Steinboden zu graben. Das erschöpfte ihn sehr, und so brach er schnell zusammen, raffte sich jedoch wieder auf, weil der Wunsch, ein Loch zu buddeln, durch das er entkommen konnte, einfach überwältigend war. Gelegentlich wachten die Pitbulls auf und schauten zu Nelson hinüber, schliefen aber rasch wieder ein. Sie wussten, dass die Käfige ausbruchsicher waren.

23

In den siebzehn Jahren, die er in dem Tierheim arbeitete, hatte Eddie schon Tausenden von Hunden das Leben genommen. Begonnen hatte er mit dem Job, als er neunundzwanzig Jahre alt, frisch verheiratet und sehr in seine junge Braut verliebt gewesen war. Damals war bei ihnen ein Baby unterwegs gewesen, und er hatte den Job im Heim als vorübergehende Arbeit betrachtet, etwas, das ihnen half, sich über Wasser zu halten, bis sich eine andere Möglichkeit bot. Damals träumte er davon, selbst ein Geschäft aufzuziehen, eine Autoreparaturwerkstatt oder Ähnliches, und hatte gehofft, in ein paar Jahren dem Heim den Rücken kehren zu können.

Das Baby, ein Junge, kam zur Welt, und es war vom ersten Moment an klar gewesen, dass es sich um ein schwieriges Kind handelte. Ständig schrie es, und oft musste man mit ihm ins Krankenhaus. Eddie behielt seinen Job im Tierheim und suchte sich sogar noch eine Nachtarbeit in einem Gemischtwarenladen, um über die Runden zu kommen. Das schwierige Leben mit dem Kind hatte auch in seiner Ehe deutliche Spuren hinterlassen. In der wenigen Zeit, die sie allein miteinander verbrachten, stritten Eddie und seine Frau hauptsächlich. Zwei Jahre nach der Geburt des Kindes war Eddie einmal unerwartet mitten am Tag nach Hause gekommen und hatte seine Frau in flagranti mit einem anderen Mann erwischt, während das Baby schreiend in seinem Bett lag. Sie behauptete, es sei erst das zweite Mal, dass so etwas vorgekommen war, und er glaubte ihr. Doch zwei Mal waren genug, und Eddie hatte sich nie von dem Treuebruch erholt. Die beiden versuchten, ihre Ehe zu retten, doch sechs Monate später hatte Eddie die Scheidung eingereicht.

Und so hatte er mit seiner Arbeit im Tierheim weitergemacht, und schnell waren sechs, sieben, acht Jahre vergangen. Er hatte graue Schläfen und Geheimratsecken bekommen. Andere Jobs wurden ihm nicht mehr angeboten. Abends war er oft zu müde, um auch nur in Erwägung zu ziehen, sich selbstständig zu machen. Viel Zeit in seinem Leben musste er damit zubringen, die Mittel aufzutreiben, um seinem Sohn die Dinge geben zu können, die er brauchte. Doch so sehr er es auch versuchte, eine emotionale Bindung konnte er nicht zu ihm aufbauen. Die Mutter des Jungen erzählte ihrem Sohn oft genug, wie sehr der Vater sie enttäuscht habe und dass er ein Versager sei. Junge Menschen sind leicht zu beeindrucken, und der Junge glaubte ihr.

Als er noch jung und noch nicht verletzt worden war, hatte sich Eddie schrecklich gefühlt, wenn er wie jeden Freitag diejenigen Hunde im Heim einschläfern musste, die länger als eine Woche dort waren und kein neues Zuhause gefunden hatten. Als er mit seiner Arbeit im Heim angefangen hatte, las er viele Informationen von Tierorganisationen, die erklärt hatten, warum es angesichts der begrenzten Mittel, die den Tierheimen überall in den Vereinigten Staaten zur Verfügung standen, die beste Lösung sei, herrenlose Hunde einzuschläfern. Wenn man sie sich selbst überließ, lebten Streuner ein schreckliches Leben draußen auf den Straßen Amerikas, sie froren und litten Hunger, verbreiteten Krankheiten und stellten oft genug eine Bedrohung für die Menschen dar. Es sei einfach nicht machbar, die Tiere länger als eine Woche in einem Tierheim zu behalten, oder wie auch immer die gesetzliche Regelung vor Ort lautete. Es war traurig, aber wahr: Diesen Tieren das Leben zu nehmen galt angesichts der Umstände als die beste Lösung.

Zuerst hatte Eddie die Aufgabe, die jeden Freitag auf ihn wartete, gefürchtet. Am Donnerstagnachmittag hatte man ihm eine Liste der Hunde gegeben, die eingeschläfert werden mussten. Anfänglich hatte die Liste eine forsche junge Frau namens Holly zusammengestellt, die Tiere aufrichtig liebte und das Einschläfern hasste. Doch sie hatte irgendwann geheiratet und war nach Kalifornien gezogen. Ihre Nachfolgerin Cecilia hatte Eddie nie gemocht. Doch obwohl sie keine sehr zugängliche Person war, wusste Eddie, dass Cecilia bei der Verwaltung des Hundeheims ausgezeichnete Arbeit leistete. In all den Jahren, die er mit ihr zusammenarbeitete, war kein einziges Mal ein Fehler im Papierkram aufgetaucht. Ihre Donnerstagsliste war stets akkurat. Er hatte gelernt, seine Vorgesetzte zu respektieren, sie ließ ihn dafür in seiner finsteren Stimmung allein, und er konnte schalten und walten, wie er wollte.

Generell waren es drei oder vier Hunde, die jeden Freitag eingeschläfert wurden, manchmal mehr, manchmal weniger. Am Anfang hatte Eddie versucht, das Ganze für die Tiere mit etwas Liebe und Würde über die Bühne zu bringen. Er gab den Hunden zum letzten Mal zu fressen und streichelte sie, bevor er ihnen eine Injektion mit Thiopental setzte. Im Laufe der Jahre hatte er jedoch das Gefühl gehabt, es sei einfach nur sinnlos, den Tieren, die er tötete, Liebe entgegenzubringen, denn wenn es tatsächlich einen Hundehimmel gab, würden sie dort noch genug Liebe von Gott erhalten. Und so holte er sie irgendwann einfach nur aus ihrer Box, ging mit ihnen zum Krematorium, das sich gleich neben dem Tierheim befand, und gab ihnen schnell die Giftspritze. Wenn der Hund verendet war, verstaute er ihn in einem grauen Sack, den es extra für diese Verwendung in drei Größen gab. Die großen Hunde waren manchmal etwas schwer hochzuheben.

Nachdem er alle anstehenden Tötungen hinter sich gebracht hatte, machte Eddie meistens eine halbe Stunde Pause, aß ein Brot und trank dazu eine Tasse Nescafé mit zwei Teelöffeln Zucker. Diese Routine hatte er sich gleich zu Beginn seiner Tätigkeit angewöhnt, und zuerst war sie sogar eine Reaktion auf den Tötungsakt gewesen. Dann betete er ein wenig, während er aß und trank, und ging im Kopf all die Argumente durch, die dafür sprachen, dass das, was er tat, nötig war. Doch als seine Ehe in die Brüche gegangen war, war er zunehmend unempfindlich gegen den Tod der Tiere rings um ihn geworden, und er dachte viel öfter an seine Frau und den Jungen, wenn er sein Brot aß und den Kaffee trank. Zu dem Zeitpunkt, als Nelson Insasse des Tierheims wurde, empfand Eddie für die Tiere, die er tötete, rein gar nichts mehr. Das Töten gehörte einfach zu seinem Job.

Nach seiner Pause stapelte er die Kadaver in den Ofen des Krematoriums. Es gab einen Schalter und einen Hitzeregler an der Hinterseite des Ofens, die er bediente, und innerhalb einer Viertelstunde waren die Tiere eingeäschert. Eddie machte sich für ein oder zwei Stunden im Hauptbereich des Heims zu schaffen und putzte die Boxen der Tiere. Wenn die Asche in den Öfen nicht mehr warm war, kehrte er ins Krematorium zurück und schaufelte die Asche in Müllsäcke. Den Geruch hasste er auch nach siebzehn Jahren noch, und er hatte sich angewöhnt, für diesen Teil der Arbeit Nasenstöpsel zu tragen. Ganz am Anfang seiner Zeit im Tierheim hatte er einmal einen Brief an die zuständigen Stellen geschrieben und den Vorschlag gemacht, die Asche der Tiere als Dünger zu verwenden, jedoch nie eine Antwort bekommen. Irgendwann würden die sterblichen Überreste der Tausende von Tieren, die hier getötet wurden, auf einer amerikanischen Mülldeponie landen.

24

Als Cecilia in dieser Woche Eddie ihre Donnerstagsliste überreichte, regnete es. Nelson ließ die beiden nicht aus den Augen. Er wusste nicht, dass sein Name auf der Liste der Tiere stand, die am nächsten Tag eingeschläfert werden sollten. Doch der Geruch des schwarzweißen Mischlings hing Nelson noch von der letzten Woche in der Nase. Während der vergangenen sechs Tage hatte der dreibeinige Hund kaum geschlafen, weil er wusste, dass an diesem Ort irgendetwas unaussprechlich Grauenvolles vor sich ging. Die Wunde von seinem Unfall hatte wieder angefangen wehzutun, doch der düstere Gestank überlagerte das und alles andere auch. Es gab Momente, in denen Nelson am Boden zerstört war. Dann senkte sich unaussprechliche Angst über ihn, und alles kam ihm hoffnungslos vor. Es schien ihm unausweichlich, dass der düstere Gestank des Todes bald auch ihn einhüllen würde. In der Nacht, bevor er sterben sollte, schlief Nelson schließlich doch vor Erschöpfung ein und hatte einen Traum. Er träumte, er befinde sich in einem Garten. Es war ein riesiger Garten voll herrlicher Bäume und Blumen, so wie damals bei Mrs Anderson. Seine große Liebe Katey schwebte um ihn herum, und ihr Duft durchdrang alles. Da war auch der Geruch des Holzes von ihrem Piano, der sich unter einen noch stärkeren Duft mischte – die reiche und konzentrierte Essenz der Tuberoseblüten in den Nächten, wenn sie voll aufblühten. All diese Aromen rund um Nelson waren intensiv und beruhigend. Glücklich und verzückt schwebte er dahin. Als er erwachte, befand er sich in dem trostlosen Heim. Er lag wach, schnupperte, und die Traumlandschaft stand ihm deutlich vor Augen. In diesem Moment war sein Körper von neuem Leben und neuer Kraft erfüllt.

Am nächsten Morgen kam Eddie herein, um den Hunden ihr Frühstück zu geben. Diese Routine befolgte er jeden Morgen, auch am Tag der Tötung. Nelson war hellwach und ließ ihn bei keiner seiner Bewegungen aus den Augen.

Wenn er die Türen der größeren Hunde öffnete, war Eddie immer besonders vorsichtig, weil oft einer von ihnen den Versuch machte, auszubüchsen. Manchmal griff ihn auch einer an. Doch den dreibeinigen Hund kannte er nur als einen Hund, der still dasaß, wenn Eddie den Käfig öffnete, um ihm sein Futter hinzustellen. Als er an diesem Morgen den Käfig öffnete, war er deshalb vollkommen überrumpelt, als der dreibeinige Hund aufsprang und, noch bevor er reagieren konnte, auffallend flink durch das offene Türchen flitzte, zwischen Eddies Beinen hindurch, und zu der Tür des Tierheimbüros rannte. Eddie verfluchte den dreibeinigen Hund, und die anderen Hunde bellten laut.

Als Nelson an diesem Tag aus seinem Gefängnis ausbüchste, war keine Furcht in seinem Herzen, nur das brennende Verlangen, diesen schrecklichen Ort zu verlassen. Adrenalin wurde durch seine Adern gepumpt und zuckte durch seine drei Beine, und er rannte um sein Leben. Er lief aus dem Zwingerbereich bis in den Verwaltungstrakt im vorderen Teil des Gebäudes. Von Cecilias Schreibtisch aus übersah man den gesamten Zwingerbereich, und sie rief nach Eddie, als sie den aufmüpfigen Hund ins Zimmer laufen sah. Die Haustür des Heims war geschlossen, und Nelson suchte nach einem Fluchtweg. Cecilia richtete sich auf und packte einen Besen. In diesem Moment kam Eddie atemlos aus dem Zwinger. Die beiden standen Nelson gegenüber, vollkommen überrascht von der plötzlichen und durchaus beeindruckenden Dreistigkeit des kleinen Tieres. Als sie langsam auf ihn zugingen, knurrte der dreibeinige Hund sie an und bellte dann laut. Eddie war vollkommen verwirrt, weil er das Tier als gefügig und zahm gekannt hatte. Während Nelson ihn anknurrte, bekamen beide plötzlich Angst. Es hatte schon öfter kranke Tiere hier gegeben, und einmal war Cecilia gebissen worden. Cecilia und Eddie wichen zurück. Eddie verschwand hinten im Zwinger, um ein Betäubungsgewehr zu holen. Cecilia schaute Nelson ängstlich an, der ganz in der Nähe der Eingangstür saß, knurrte und alles genau beobachtete.

In diesem Moment, bevor Eddie zurückehren konnte, traf Cecilias Schwester mit Kaffee und Krapfen für ihre Schwester ein. Nelson hörte, wie die Vordertür aufging, und noch bevor Cecilia ihre Schwester warnen konnte, schoss der dreibeinige Hund durch die Tür.

Eddie und Cecilia machten nicht einmal den Versuch, den Hund einzufangen. Draußen regnete es heftig, und sie hatten anderes zu tun. Nelson rannte durch den Platzregen um sein Leben.

25

Zitternd lief Nelson durch den wasserdurchtränkten Tag. Er hatte kein Ziel. Es war die Angst, die ihn antrieb, ein Instinkt, so weit wie möglich von dem Ort des Todes wegzulaufen, an dem er die letzte Woche verbracht hatte. Es waren nur wenige Menschen zu sehen. Da es so heftig regnete, hatten sich die meisten in ihren warmen Häusern oder Büros verschanzt und trösteten sich mit Kaffee und Kuchen, ein paar murrten über die Lecks in ihren Dächern. Nur wenige sahen den dreibeinigen Hund, der, so schnell er konnte, durch den Regen lief.

Adrenalin strömte durch die Adern des kleinen Hundes. Er zitterte vor Kälte, doch in seinem Inneren verspürte er keinen Schmerz. Seine Sinne waren wie überflutet, und er schnupperte heftig. War der Gestank des Todes immer noch irgendwo? War der Gartenduft aus dem Traum der vergangenen Nacht real? Er suchte immer noch nach beiden Gerüchen, und dabei rannte und rannte er, so schnell er konnte, in den grau verhangenen Tag hinein.

Es wurde Nacht. Nelson befand sich in einer Vorstadt irgendwo in Montana. Der Regen hatte die meisten Witterungen mit sich fortgespült. Nelson fühlte sich auf einmal sehr erschöpft. Während er langsamer wurde, wurde ihm zum ersten Mal die beißende Kälte bewusst, und sein Körper schmerzte, als hätte er Steine auf seinem Rücken. Er blickte in die herannahende Nacht und schnupperte. Ein Gemischtwarenladen ganz in der Nähe war die einzige Lichtquelle. Nelson hielt sich bei der Hintertür auf. Der Besitzer, ein Mann ausländischer Herkunft, brachte gerade den Müll hinaus und sah den kleinen dreibeinigen Hund, der mit fragenden Augen zu ihm hochblickte. Er hatte nichts dagegen, als Nelson in dem Hinterzimmer des Ladens zu Boden sank und sich zitternd vor Kälte in eine Ecke kuschelte, wobei er immer wieder zurückwich, wenn der Mann ihm zu nahe kam. Der Mann besaß selbst Hunde und warf eine alte Decke in die Nähe von Nelson. Während seiner Jugend in einem fernen Land hatte der Mann schon viele dreibeinige Hunde gesehen, und er empfand Mitleid mit dem Tier. In dem Würstchenwärmer im Laden lagen noch zwei übrig gebliebene Hotdogs, und der Mann wusste, dass sie am darauffolgenden Tag nicht mehr gut sein würden. Er schnitt sie also in kleine Stücke und legte sie auf einem Pappteller in die Nähe des Hundes, der sie herunterschlang, sobald der Mann weggegangen war. Der Mann befürchtete, der Hund würde in seinem Hinterzimmer sein Geschäft machen, doch er brachte es einfach nicht übers Herz, den kleinen Streuner wieder auf die Straße zu setzen, und so schloss er ihn in dem Zimmer ein, als er an diesem Abend nach Hause ging, und ließ in einer Ecke eine kleine Lampe brennen.

Auch nachdem er sein Essen hinuntergeschlungen hatte, zitterte Nelson noch. Doch dann riss die Erschöpfung ihn in einen langen tiefen Schlaf, und er schlummerte immer noch, als der Mann am folgenden Morgen um sechs Uhr kam, um den Laden aufzumachen. Nelson schreckte hoch, als die Tür aufging. Sein Körper fühlte sich überall wund an, aber kalt war ihm nicht mehr. Irgendwie hatten die beiden Hotdogs und die Decke ihn wiederbelebt.

Als er an diesem Morgen aufwachte, hatte Nelson nur den einen Wunsch: vor allen Menschen davonzulaufen. Das war ein neues Gefühl für ihn, denn menschliche Gesellschaft war ihm immer kostbar gewesen. Doch die Ereignisse der vergangenen Wochen hatten in dem Hund eine tiefe Verunsicherung hinterlassen. Er hatte einem Menschen das Leben gerettet, aber als Folge davon ein Bein verloren. Menschen hatten ihn geheilt, doch danach hatten sie ihn an einen Ort gebracht, wo man ihn töten wollte. Nichts davon ergab einen Sinn, besonders nicht für ein Hundehirn. Den Menschen war nicht zu trauen. Er musste so weit von ihnen weg, wie es nur ging. Wohin er sollte, das wusste er nicht, ebenso wenig, wie er dorthin finden sollte. Doch irgendwie hatte er beschlossen, menschliche Siedlungen und Städte für immer zu meiden und sich einen anderen Ort zum Leben zu suchen.

Und so hätte er zwar an diesem Morgen warten und darauf hoffen können, dass der Mann aus dem Gemischtwarenladen sich um ihn kümmerte, so wie es schon einige andere Menschen getan hatten. Aber Nelson wartete nicht. Kaum öffnete sich die Tür, lief er hinaus, so wie er einen Tag zuvor aus der Box gelaufen war. Fast wäre der Mann gestolpert, als der dreibeinige Hund zwischen seinen Beinen hindurchflitzte und verschwand. Doch er hatte zu tun und dachte schon bald nicht mehr an das Tier.

Am Himmel hingen immer noch graue Wolken, aber der Regen hatte nachgelassen, und auf einige der Bäume ringsum schien die Sonne. Ein Mensch hätte in alle Himmelsrichtungen kilometerweit sehen können, da der Regen die Luft gereinigt hatte. Die Sicht war ausgezeichnet. Nelson konnte kilometerweit riechen. Die Luft war frisch und klar, und einzelne Fährten waren für die Nase des Hundes so klar zu erkennen wie Wege oder Straßen.

Nelson befand sich in den äußeren Bezirken einer Stadt, und der Geruch der Wälder und Berge schwebte in der Ferne. In all den Jahren seines Lebens hatte sich Nelson in der Nähe von menschlichen Siedlungen immer zu Hause gefühlt. Doch als der kleine Hund an diesem Morgen auf dem kalten Boden saß und die Welt mit seiner kundigen Nase erschnüffelte, war sein Gefühl den Menschen und ihrer Welt gegenüber zwiespältig. Einst hatte er sich dort sicher gefühlt, doch jetzt kamen ihm diese Gerüche in vielerlei Hinsicht bedrohlich vor.

Von jenseits der Menschenwelt lockten ihn die uralten, steinigen, würzigen Düfte der Berge, voller Frieden. Weit außerhalb der Stadt gab es reißende Flüsse mit frischem Wasser und voller Lachse. Da gab es endlose grüne Wälder, in denen der Geruch der Menschen nicht alles überlagerte, tiefen Schlamm und fruchtbaren Boden, der, wie Nelsons Nase ihm verriet, schon seit Urzeiten dort war. Da war Gras, üppig und schön, das Nelson betörte.

Auch Insekten roch er, Ameisen in ihrem Bau, und er

roch Eidechsen und Schlangen, die sich durch das wilde Land bewegten. An diesem klaren Tag war seine Nase wie ein Fernglas. Und noch komplexer als der Geruch der Tiere, der sich in seiner Wahrnehmung einen Weg bahnte, war der Duft der Pflanzen und Blumen, die die Landschaft dort in der Ferne sprenkelten.

In der Nähe jedoch waren Menschen und ihre Häuser, Autos, Läden und Essen, dessen Duft Nelson bislang immer angezogen hatte. Und so sehr ihn die Düfte der Wildnis lockten, der Hund hatte sein Leben stets in menschlichen Siedlungen verbracht, und der Geruch der Nahrungsmittel in den Mülltonnen hielt ihn in den Randbezirken der Städte, an der Grenze zwischen menschlichem Leben und Wildnis, auf jenem grünen Streifen, nach dem die Wildnis ihre Krallen ausstreckte. Für den Hund war es ein seltsames Gefühl, in beide Richtungen gezogen zu werden. Das Trauma, das seine Zeit im Tierheim in ihm angerichtet hatte, hatte ihn zu einem verwirrten Tier gemacht, das nicht genau wusste, wo sein Platz in der Welt war und wo es sich wirklich zu Hause fühlte. In den Tagen nach seiner gelungenen Flucht aus der Tötungsstation lebte Nelson in einem ruhelosen Zwischenbereich, verstoßen aus der Menschenwelt, die er so liebte, und doch voller Furcht vor der Wildnis, die ihn lockte.

Ein oder zwei Mal nahm er in der Morgenluft die Witterung eines Kojoten auf. Es war eine Witterung, die in ihm sofort den Drang weckte, in die Sicherheit einer menschlichen Siedlung zurückzulaufen. Nur die Angst vor dem Heim hielt ihn davon ab, allzu weit in die menschlichen Siedlungen mit ihren Häusern, Straßen und ihrem Geruch nach bearbeitetem Holz zurückzukehren.

Einen Duft inmitten all der Fährten erkannte er jedoch. Er hatte ihn viele Male erschnuppert, wenn er mit dem Wind in die Straßen von Kalispell getragen wurde. Es war ein Geruch, der ihm einst Angst gemacht hatte, ein Geruch, der fremd und bedrohlich schien. Jetzt jedoch zog er ihn ebenso an, wie er ihn abstieß. Er war üppig und geheimnisvoll und gar nicht so anders als sein eigener Geruch. Ein wilder, uralter Duft. Es war der Geruch des Wolfes.

26

Die Wolfsmutter war traurig. Die Traurigkeit kam in Wellen, doch manchmal drohte sie sie zu überwältigen. Sie hatte die beiden Wolfsjungen aus ihrem Wurf nicht besonders gut gekannt, da sie nur drei Tage nach der Geburt verstorben waren. Vielleicht war also auch der Verlust nicht so stark, wie er es bei einem anderen Mitglied des Rudels gewesen wäre. Strömte eines der älteren Mitglieder des Rudels jenen gewissen Geruch aus, den Geruch, der den anderen sagte, ihr Gefährte würde sich schon bald hinlegen und nicht mehr jagen, nicht mehr töten und nicht mehr mit den anderen aus dem Rudel fressen, empfand die Wolfsmutter tiefe Trauer. Die Traurigkeit, die sie erfasst hatte, als sie ihre beiden Welpen verlor, war anders, und vielleicht wurde sie abgemildert durch die unmittelbare Notwendigkeit, sich um ihre anderen drei Neugeborenen zu kümmern. Sie verlangten ihr alles ab, mussten gesäugt werden. Ihr Körper produzierte gewaltige Mengen Milch für die Welpen, und sie selbst war immer hungrig, ständig verlangte es sie nach blutigem Fleisch, und jede Fährte eines kleineren Tieres in der Nähe, das sie leicht erlegen und fressen könnte, kitzelte sie in der Nase. Im Allgemeinen jagten Wölfe lieber bei Nacht, doch manchmal musste die Wolfsmutter in der Hoffnung auf irgendeine kleine, zusätzliche Mahlzeit, die ihren ständigen Heißhunger ein wenig stillen könnte, sogar tagsüber auf die Jagd gehen, zusammen mit ihren Jungen, die ihr nicht von der Seite wichen.

Der Wolfsvater half ihr und machte ihr die Jagd so leicht, wie es nur ging. Bei Nacht lagen die fünf in ihrem Bau. Wenn die Wolfsmutter den Geruch des Wolfsvaters und ihrer drei Kleinen in der Nase hatte, empfand sie ein tiefes Gefühl der Zufriedenheit und des Glücks. Doch dann kehrte die Erinnerung an die verlorenen Welpen zurück, und Traurigkeit senkte sich über sie wie eine schwere Decke.

Ganz in der Nähe des Wolfsbaus hielten die ausgewachsenen Mitglieder des Wolfsrudels, drei Weibchen und ein Männchen, in ihrem Revier Wache. Manchmal hörte die Wolfsmutter nachts ihr Heulen, und während ihre Welpen gierig an ihren Zitzen saugten, war sie froh darüber, dass sie alle durch ihr Rudel beschützt und in Sicherheit waren. Wenn ihr ab und zu die Fährte eines Bärs oder Kojoten in die Nase stieg, bellte sie verhalten, um dem Rudel zu signalisieren, dass sie auf der Hut sein mussten. Rasch verschaffte sich dann der Wolfsvater einen Überblick über das Terrain, teilte den anderen Wölfen mit einem knappen Bellen mit, dass die Sicherheit seiner Jungen auf dem Spiel stand und keinerlei Eindringlinge geduldet werden durften. Manchmal duckten sich die anderen Mitglieder des Rudels, wenn der Wolfsvater in der Nähe war. Er hatte sie alle schon einmal gebissen und sie dann mit seinem Speichel geheilt, indem er ihnen die Wunden leckte. Er strafte und er liebte, beides mit großer Leidenschaft. Die Wölfe wussten, dass er sie alle liebte, aber sie hatten auch gelernt, niemals seine Autorität oder die der Wolfsmutter infrage zu stellen.

Die Wolfsmutter und ihr Gefährte herrschten jetzt schon seit viereinhalb Jahren über das Rudel und hatten sich in dieser Zeit ausschließlich miteinander gepaart. Ihr Revier lag etwas näher bei den menschlichen Siedlungen, als es der Wolfsmutter und dem Wolfsvater recht war, doch als sie sich von dem Revier ihrer Eltern entfernt hatten, waren sie irgendwann hier gelandet, in einem Gebiet, wo sie sich bedenkenlos und ohne Bedrohung von anderen Wolfsfamilien ansiedeln konnten. Dabei war die Witterung des anderen für jeden von ihnen die größte Kraftquelle in ihrem kleinen Universum. Wenn die Wolfmutter läufig war, konnte der Wolfsvater seine gewaltige Begierde kaum noch zurückhalten, und zusammen hatten sie bereits über dreißig Jungen gezeugt. Von ihnen hatte mindestens die Hälfte nicht überlebt, ob sie nun erfroren waren, in den Fängen von Bären oder Kojoten geendet hatten oder an seltsamen Krankheiten, hervorgerufen durch die Mikroben, die im Pelz der Wölfe lauerten, gestorben waren. Die anderen Welpen jedoch waren zu ansehnlichen, jungen grauen Wölfen herangewachsen.

Der Wolfsvater und die Wolfsmutter waren ihren Jungen von Herzen zugetan und machten sie zum Mittelpunkt ihres Lebens, solange sie jung waren. Kaum waren sie jedoch ausgewachsen, kam immer die Zeit, dass sie das Rudel verlassen mussten, so wie auch ihre Eltern einst das heimische Rudel verlassen hatten. Kein Wolf in ihrem Rudel sollte jemals so mächtig werden, dass er die Autorität der Eltern infrage stellen könnte. Der Wolfsvater spürte es in der Regel als Erster, wenn ein Wolfjunges zu einem jungen Wolf herangewachsen war, der vielleicht bereits kräftig genug war, um ihn herauszufordern. Dann begann er mit seinem kraftvollen Gebiss nach dem jungen Wolf zu schnappen. Die Gefühlsbande der Wolfsmutter zu ihren Kindern war stark, und anfangs beachtete sie das Verhalten des Vaters seinen Kindern gegenüber nicht. Doch bald darauf schloss sie sich ihm an und versuchte, ihre Kinder wegzubeißen. Es war ihre Art von Liebe zu ihren Kindern, indem sie sie in die Wildnis davonjagten, damit sie eigene Familien gründen konnten. Ja, eine Wolfsmutter litt unter dem Verlust, wenn ihre Kinder mit den frischen Wunden, die ihnen ihr eigener Vater beigebracht hatte, in die Wildnis humpelten und nie mehr gesehen wurden. Doch wenn sie am nächsten Tag erwachte, war sie stets glücklich. Sie war eine gute Mutter gewesen, die ihre Kinder zu großen, starken Wölfen herangezogen hatte, die selbst für ihr Überleben kämpfen konnten.

In den ersten Wochen nach der Geburt ihrer Welpen fühlte sich die Wolfsmutter immer am sichersten. Die meiste Zeit verbrachte sie dann im Bau, und Milch war alles, was die Kleinen brauchten. Doch die Wolfsjungen wuchsen schnell heran, und schon bald benötigten sie mehr als nur Milch. Ein uralter Instinkt trieb sie dazu, der Mutter das Maul zu lecken und ihre kleinen Zungen hineinzuschieben. Sie wusste, was das bedeutete. Nach zwei bis drei Wochen begann sie, einige ihrer eigenen Mahlzeiten hochzuwürgen. Die Welpen fraßen dann das Hochgewürgte, das einer halb gegarten Mahlzeit bei den Menschen nicht unähnlich war, und ihre jungen Mägen wurden dadurch auf die Verdauung des frischen Fleisches vorbereitet, von dem sie sich irgendwann ernähren würden.

Etwa zeitgleich mit dieser Veränderung ihres Futters öffneten die jungen Wölfe die Augen, und schon bald begannen sie sich mit ihren schnell wachsenden Körpern in der kleinen unterirdischen Höhle, die ihnen ihre Eltern gegraben hatten, eingeengt zu fühlen. Und so begleiteten der Wolfsvater und die Mutter sie jeden Tag eine Weile nach draußen, und sie spielten auf der kleinen Hügelkuppe in der Mitte des Wolfsreviers. Die Eltern ließen sie keinen Moment aus den Augen, wenn die ungestümen kleinen Wölfe sich balgten und Bekanntschaft mit den anderen Mitgliedern des Rudels machten. Manchmal unternahm die Wolfsmutter tagsüber Streifzüge durch ihr Revier, die kleinen Wölfe nahe bei sich, in der Hoffnung, eine kleine Mahlzeit aufzutreiben.

Nacht für Nacht jagte das Rudel, und während dieser Zeit war die Wolfsmutter auf sich gestellt, wenn sie zusammen mit ihren drei kleinen Wölfen eine, manchmal zwei oder drei Stunden warten musste, bis der Wolfsvater und der Rest des Rudels mit Beute zurückkehrten. Die Welpen waren noch zu jung, um die Gefahren zu kennen, die ringsum auf sie lauerten. Es war nicht selten vorgekommen, dass ein kleiner Wolfswelpe, der sich auch nur ein paar Meter von seiner Mutter wegbewegte, einem Kojoten zur leichten Beute wurde. Und so war die Wolfsmutter während der nächtlichen Jagdstunden stets besonders auf der Hut.

Wenn das Rudel mit einem jungen Reh oder einem

großen Kaninchen zurückkehrte und ihr die Beute vor die Füße legte, empfand sie Erleichterung. Stets fraßen sie und der Wolfsvater als Erste. Am leckersten waren die Eingeweide eines Tieres, und davon fraßen die Wolfseltern besonders gern die Nieren und die Leber, die sie mit ihrem exakten Geruchssinn rasch gefunden hatten. Die anderen Wölfe im Rudel hielten sich im Hintergrund, während sie genüsslich das köstliche Fleisch verzehrten, ehe sie den anderen Wölfen gestatteten, sich an der restlichen Beute gütlich zu tun.

Die Welpen tapsten um die Beute herum, doch an rohem Fleisch hatten sie noch keinen Geschmack gefunden. Wenn ihre Mutter mit dem Fressen fertig war, scharten sie sich um sie, leckten ihr die Lefzen und tranken manchmal bis zum letzten Tropfen ihre allmählich versiegende Milch. Etwa ein oder zwei Stunden später, wenn ihre Magensäfte das rohe Fleisch genügend aufgelöst hatten, krümmte sich ihr Leib, und sie würgte einen großen Teil der Mahlzeit heraus. Ihre Welpen fraßen alles bis auf den letzten Bissen. Ebenso wie ihre Schwangerschaft und die Produktion von Milch sie müde gemacht hatten, schwächte auch der endlose Kreislauf des Würgens sie. Doch sie liebte ihre Jungen, und sie liebte es, sie jeden Tag wachsen zu sehen, und war entschlossen, sie zu beschützen.

Warum die beiden anderen Welpen in der ersten Lebenswoche gestorben waren, wusste die Wölfin nicht. Als sie aufgehört hatten zu atmen, hatte der Wolfsvater sie aufgenommen und aus der Höhle getragen. Die anderen Wölfe aus dem Rudel hatten sie gefressen, als die Wolfseltern nicht in der Nähe waren, und so waren sie nur noch eine Erinnerung für die Wolfsmutter. Doch ihre Traurigkeit war immer noch da.

Dieses Gefühl begleitete sie auch auf einem ihrer Streifzüge an einem schönen, sonnigen Morgen. Beim Aufwachen war sie hungrig und erschöpft gewesen. Still lag sie eine Weile da und kaute an dem Knochen herum, der von einem Beutetier übrig war, das der Wolfsvater und die anderen Wölfe vor zwei Tagen in den Bau gezerrt hatten. Die Nacht vor diesem Beutezug war nicht von Erfolg gekrönt gewesen, wie es oft der Fall war. Obwohl sie nichts zu fressen bekommen hatten, wuselten ihre Jungen unablässig um sie herum, ständig auf der Suche nach Milch oder hochgewürgtem Fressen. Jagen war eigentlich das Letzte, wonach ihr der Sinn stand, denn sie war schwach und müde von der Aufzucht ihrer Kinder. Irgendwann war sie dennoch aufgestanden und hatte sich, in der Hoffnung auf Beute, langsam von der Mitte des Wolfsterritoriums weg bewegt. Ihre drei Jungen sprangen um sie herum.

Menschen ging die Wolfsmutter im Allgemeinen aus dem Weg. Im Laufe der Jahre hatte sie mehrere Begegnungen mit ihnen gehabt. Einmal waren zwei bewaffnete Jäger, ohne es zu wissen, in das Wolfsrevier eingedrungen. Sie war mit gefletschten Zähnen auf sie zugesprungen, und die Männer hatten eines der großen Gewehre, das sie dabeihatten, abgefeuert.

Sie und der Wolfsvater suchten das Weite, waren jedoch nicht getroffen worden. Aus der Ferne hörte sie noch einen weiteren Schuss, und dann das laute Rascheln von Füßen, als die beiden Jäger aus Angst vor den Wölfen davonliefen. Diesen Vorfall hatte die Wolfsmutter nie vergessen.

Während Nelson wegen des Fressens immer in der menschlichen Siedlungen blieb, war es umgekehrt die Witterung von Nahrung, die auch die Wolfsmutter dazu veranlasste, sich an diesem Tag der Stadt zu nähern. Heute stand der Wind so, dass er der Wölfin ausgerechnet Fleischduft von einem Grillfest in die Nase wehte. Es war viele Kilometer entfernt, doch sie war so hungrig, dass sie sich aufrichtete und langsam auf die Quelle des Geruches zuging. Ihre Welpen folgten ihr, schnappten liebevoll nach ihren Fersen.

Als die Wölfin sich ganz allmählich der Stadt näherte, wusste sie nicht genau, was sie von dem Tier halten sollte, das etwa sechs Meter von der Straße entfernt in der Sonne lag und döste. Wäre der Rest des Rudels bei ihr gewesen, so hätte Nelson das Zusammentreffen mit der Wölfin und ihren Welpen wahrscheinlich nicht überlebt, denn in ihrem Wunsch, ihre Welpen zu beschützen, hätte der Wolfsvater oder einer der jüngeren Wölfe den Hund auf der Stelle getötet und wahrscheinlich gefressen. Für einen ausgewachsenen Wolf wäre Nelson mit Sicherheit leichte Beute gewesen.

Als die Wölfin Nelson zum ersten Mal sah, war auch ihr erster Impuls, ihn zu töten. Er war kein Mitglied des Rudels und hatte kein Recht, hier zu sein. Sie machte einen gewaltigen Satz vorwärts, landete etwa zwei Meter vor ihm und war bereit, ihn anzuspringen und ihm den Garaus zu machen. Sie knurrte, als sie Nelson in die Augen starrte. Direkt vor ihm blitzten ihre riesigen Schneidezähne, und ihre gewaltigen Kiefer schnappten nach ihm. Jeden Moment würde sie noch einmal springen und das kleine Tier töten.

Doch die Welpen hatten noch nicht gelernt zu töten, und ihr erster Impuls war es, Nelson als Spielgefährten zu betrachten. Bevor ihre Mutter den tödlichen letzten Satz auf den Hund zu machte, stupsten die Welpen ihn bereits an und beschnupperten ihn, so wie sie es mit ihresgleichen getan hätten. Die Wolfsmutter hielt einen Moment lang inne, zumal ihre Sinne durch ihre Erschöpfung etwas abgestumpft waren.

Die Witterung der Wölfe hatte schon die letzten ein oder zwei Stunden deutlich in der Luft gelegen. Etwas daran faszinierte Nelson, doch als die riesige graue Wölfin zum ersten Mal vor ihm stand, ergriff ihn eine Furcht, wie er sie noch nie empfunden hatte. Das Tier war riesig und wunderschön, doch er wusste, dass es ihn jeden Moment umbringen würde. Nelson erkannte, welche Kraft und Stärke in der Wölfin steckte, die da vor ihm stand. Einen Moment lang war er wie gelähmt, doch dann beschnüffelten ihn die Welpen, was ihm die Chance gab, zu reagieren. Voller Angst vor der Wolfsmutter rollte er sich auf den Rücken und bot ihr winselnd seine Kehle dar.

Als er vor ihr auf dem Boden lag, begriffen die Welpen seine Unterwerfung als eine weitere Aufforderung zum Spiel. Sie sprangen über Nelson hinweg, und er nahm ihre Einladung an. Die drei Wolfsjungen und der dreibeinige Hund rollten im Sand herum, bissen und schubsten sich spielerisch, spielten miteinander.

Die Mutter näherte sich dem Hund und beschnupperte ihn. Sie roch die Angst in seinen Poren, roch die Wunde an der Stelle, wo sich früher sein Bein befunden hatte. Sie gab ein leises Knurren von sich. Wie Nelson und andere seiner Art war auch der Wolf ein gefühlsbetontes Wesen, und plötzlich war die Trauer um ihre verlorenen Welpen wieder da. Sie schnüffelte an ihm, und auch wenn er kein Wolf war, so war er dem Wolf nicht unähnlich, und sie zog sich zurück. Außerdem wurde ihre Aufmerksamkeit von einem halb abgenagten Hähnchengerippe angezogen, das Nelson am Tag zuvor aus einem Mülleimer gezerrt hatte. Die Wölfin schnappte es sich und zog sich unter einen Busch zurück, um das Huhn zu fressen. Dann schloss sie die Augen und machte ein Nickerchen, froh darüber, sich ein paar Minuten von den Forderungen der Welpen nach Futter ausruhen zu können.

Die drei Wolfsjungen setzten ihr Spiel mit Nelson fort. Er hatte in etwa die gleiche Größe wie sie, und sieben Jahre lang hatte er genau wie sie gespielt, ob mit Menschen oder mit anderen Hunden. Im Spielen kannte er sich aus, und er machte es ebenso gern, wie es die Wölfe taten. Während sie einander beschnupperten und wild übereinanderpurzelten, verteilte sich ihr Geruch überall auf Nelsons Fell.

Zwanzig Minuten später erhob sich die Wolfsmutter und begann sich auf den langen Rückweg in ihr Revier zu machen. Die Welpen folgten ihr. Nelson fühlte sich zu den Geschöpfen hingezogen und schloss sich ihnen an, ohne darüber nachzudenken. Die Welpen stolperten neben ihrem neuen Spielgefährten her.

Als sie eine Stunde später in den Wolfsbau zurückkehrten, bemerkte das Rudel die Ankunft des dreibeinigen Hundes, doch er roch bereits wie einer von ihnen, wie einer der Welpen. Ein jüngeres Mitglied des Rudels, ein großer Wolf mit einem ungewöhnlichen weißen Streifen, der sich quer über seine Flanke zog, knurrte Nelson an, doch die Wolfsmutter sprang rasch nach vorn und kniff den Wolf mit dem weißen Streifen ins Bein. Er zog sich winselnd zurück. Während sich die Wolfsmutter hinlegte und ihre Jungen sich um sie scharten, leckte sie Nelson ebenso wie ihre leiblichen Kinder am Bauch. Die Botschaft an das Rudel war klar. Nelson war einer ihrer Welpen. Tut ihm nichts.

27

Zuerst fraß Nelson nur wenig von dem hochgewürgten rohen Fleisch, das die Wolfsmutter ihm und den Welpen gab, doch es war ganz natürlich für ihn, dem herrlichen Geschöpf die Lippen abzulecken, so wie ihre Jungen es taten, und ihm die Zunge zwischen die mächtigen Kiefer zu stecken. Diesen Instinkt hatte er bislang noch nicht mit Fressen in Verbindung gebracht, obwohl er all seine menschlichen Gefährten und Lucy abgeleckt hatte. Als die Wolfsmutter zum ersten Mal tief durchatmete und sich ein Schwall warmen Speichels, der mit großen Stücken halb verdauten Fleisches durchsetzt war, aus ihrem Rachen ergoss, überraschte das Nelson. Er schüttelte sich, während die Welpen begannen, das Gewürgte zu fressen, und probierte ein wenig davon, aber es war nicht nach seinem Geschmack.

Doch als die Zeit verging und sein Hunger immer größer wurde, hatte er seine Meinung schnell geändert und fraß gierig die urzeitliche Mischung, die die Wölfin ihnen gab. Es war ein wenig wie halb gegartes menschliches Essen, etwas, das zur Ernährung eines jungen Körpers gedacht und mit natürlichen Säften angereichert war, ein unappetitlicher Brei, der einen Menschen vielleicht abgestoßen hätte, tatsächlich jedoch bei einem jungen Wolf zum Aufbau von Knochen, Fell, Augen und Nase diente. Nelsons Spezies hatte einiges mit diesen Wölfen gemein. Vor vielen Jahrtausenden hatten sie sogar derselben Art angehört. Und schließlich schmeckte ihm das Fressen und roch köstlich für ihn. Es gab ihm Kraft und heilte seine Wunden. Sein Fell begann wieder zu glänzen, und seine Rute schimmerte gesund in der Morgensonne. Seine Augen funkelten, während er mit der Nase all die herrlichen Gerüche der Hügel und Wälder und des Wolfsreviers in sich aufnahm.

Nelson war sogar älter als die Wolfsmutter und der Vater, und mit seinen sieben Lebensjahren hätte er als Wolf in freier Wildbahn ein stattliches und reifes Alter erreicht. Doch innerhalb des Wolfsrudels würde er nie mehr sein als ein Welpe. Das Spiel war ein lebensnotwendiger Teil von Nelsons Charakter, und er empfand eine natürliche Zuneigung zu den anderen Jungtieren. Die erwachsenen Wölfe hatten schon lange mit dem Spielen aufgehört. In ihrem Leben drehte sich alles ums Überleben, um den Schutz des Rudels und darum, so viel Beute zu machen, dass man über den Tag kam.

Nelson wagte es niemals, sich einem der größeren Wölfe entgegenzustellen. Wann immer es auch nur die leiseste Andeutung von Aggression von einem der erwachsenen Tiere gab, ob ein Knurren, einen Blick oder ein fragendes Schnüffeln, zog sich Nelson sogleich zurück und duckte sich, oder er legte sich auf den Rücken und winselte unterwürfig. Oft starrte der junge Wolf mit dem weißen Streifen Nelson aufmerksam an und klappte dabei das Maul über ihm zu, um ihm zu zeigen, welche niedrige Stellung er in der Hierarchie des Rudels innehatte. Doch mittlerweile hatte der dreibeinige Hund den gleichen Geruch wie das Rudel, und der rangmäßig untergeordnete Wolf wusste sehr wohl, dass er ihn akzeptieren musste, wenn er sich nicht den Zorn der Wölfin oder des Wolfsvaters zuziehen wollte. In seiner ersten Nacht bei dem Rudel folgte Nelson den anderen Jungen in die Höhle, wo sie jede Nacht mit den Wolfseltern verbrachten. Diese hielten ihn nicht davon ab, sondern begaben sich ganz in seiner Nähe zur Ruhe, und die Wolfsmutter leckte ihm den Bauch. Während ihre Zunge ganz allmählich über seinen Körper wanderte, verweilte sie lange an der Stelle, wo sich einst sein viertes Bein befunden hatte, und sorgte dafür, dass sich besonders viel heilender Speichel darauflegte.

Nelson hatte es zum ersten Mal seit Monaten warm, als die Wärme der Wolfsfamilie ihn durchdrang. Während die Wölfe um ihn herum bereits schliefen, lag er noch eine Weile wach. Von draußen waren die murmelnden Geräusche der Nacht zu hören, ein gelegentliches Scharren und Rascheln der anderen Wölfe, und die fernen Schreie weiterer Tiere, die irgendwo da draußen ihr Revier absteckten. Doch das gleichmäßige Atmen der Wolfseltern schenkte ihm ein gutes Gefühl, und er fühlte sich sicher und geborgen.

Die Landkarte seiner Erinnerungen bestand für Nelson hauptsächlich aus Gerüchen, und es gab darin keine geraden Wege, keine rationalen Erklärungen, keine wirkliche Analyse der komplexen Verbindungen zwischen Katey und ihrem Piano, zwischen Thatcher, Lucy und dem Gestank des Todes im Tierheim. Er wusste nicht, was ihn hierhergelockt und dazu gebracht hatte, bei Wölfen zu leben. Doch in dieser Nacht fühlte er sich sicher und wusste, dass er am nächsten Tag nicht wieder auf Wanderschaft gehen würde. Er würde eine Weile hier bleiben. Der Hund schloss die Augen und versank in üppig duftenden Träumen. In dieser Nacht beherrschten die Wolfseltern seine Träume, sie beschützten und ernährten ihn, und sie liebten ihn wie ihr eigenes Kind.

Innerhalb von wenigen Tagen fühlte sich Nelson in der Wolfsfamilie zu Hause. Die Wölfe lebten nicht in dem sicheren Terrain eines Hauses so wie seine große Liebe. Manchmal fuhren eisige Winde in die Höhle hinein, und Nelson roch, dass die Nackenhaare der Wolfseltern aufgestellt blieben, wenn sie in der Luft der Wildnis nach möglichen Bedrohungen für ihre Kleinen schnupperten. Doch gleichzeitig wusste er auch, dass das Rudel ihn und die anderen Welpen bis auf den Tod verteidigen würde. Für die jungen Wölfe war Nelson einer der ihren, vielleicht eine Art schwächere Version ihrer selbst, einer, der leichter umfiel als sie und rascher müde wurde. Doch er spielte genauso wie sie. Er nahm ihre kleinen Gliedmaßen zwischen die Kiefer und biss sanft hinein. Er zog sie an den Ruten. Er sprang auf sie drauf. Und sie erwiderten sein Spiel. Es lag ebenso in seiner Natur wie in der ihren. Was Nelson nicht wusste, war, dass all dieses Spielen, das von der Wolfsmutter angeleitet wurde, nur ein Training für den Tag war, an dem sie andere Tiere töten würden.

Am frühen Abend zogen der Wolfsvater und die anderen erwachsenen Wölfe in der Dämmerung los. Dann knurrte die Wolfsmutter ihre Welpen leise an, und schon bald hatten sie gelernt, beim Spielen ein wenig näher bei ihr zu bleiben, während sie stets ein aufmerksames Auge auf sie hatte. Eines Nachts kam Nelson winselnd zu ihr gelaufen, weil ihm die starke und unangenehme Witterung eines Kojoten in die Nase gestiegen war. Auch die Wolfsmutter hatte ihn gerochen und schaute mit kalten, stahlgrauen Augen prüfend ins Unterholz. Ihr lautes Heulen durchdrang die Nacht, und die jungen Wölfe taten es ihr nach. Doch das konnte den Kojoten, der in der Nähe war, nicht abschrecken, denn er hatte Hunger, und ein Wolfsjunges war ein köstliches Abendessen. Nelson verbarg sich zitternd hinter dem großen, grauen Körper der Wölfin, als der zerzauste und schmutzige Kojote aus dem nahen Unterholz trat. Er war sogar mit demjenigen, der versucht hatte, Lucy zu töten, weitläufig verwandt.

Die beiden wilden Caniden starrten sich an, doch die Wolfsmutter wartete den Angriff des Kojoten nicht ab, sondern setzte zum Sprung an und landete mehr als zwei Meter näher bei dem Kojoten. Nelson fürchtete sich, als er zum ersten Mal diese wütende, wilde Kreatur erlebte, die in der Wolfsmutter steckte. Sie fletschte wild die Zähne, und ihre riesigen Kiefer öffneten und schlossen sich laut. Ohne sich beeindrucken zu lassen, knurrte der Kojote zurück und machte einen Schritt vorwärts. Die Wolfsmutter zögerte nicht, sondern machte noch einmal einen Satz und packte den Kojoten im Genick. Winselnd verschwand er im Gebüsch. Die Wölfin heulte noch einmal, und die Jungen stimmten in ihr Geheul ein. Minuten später kehrten der Wolfsvater und die anderen Rudelmitglieder zurück. Wie Sänger in einem urzeitlichen Chor hatten die Wölfe beim Heulen verschiedene Stimmlagen und schlugen so manchen uralten und leidenschaftlichen Akkord an, der weit in der Wildnis widerhallte. Ohne es zu merken, stimmte Nelson in diesen wölfischen Chor mit ein. Es war seine uralte Verwandtschaft mit diesen Kreaturen, die ihm keine Wahl ließ. Für den Kojoten, der vor den Wölfen davonlief, war die Botschaft klar, als ihr Geheul ihm in den Ohren tönte. Ein Tier, das das Revier von Wölfen mit aggressiven Absichten betrat, würde niemals eine höfliche Antwort bekommen.

Nach diesem Vorfall war Nelson immer auf der Hut, wenn die anderen Wölfe auf die Jagd gingen. Er kannte die Gefahren, vor denen sich die Wolfsmutter fürchtete. Von einem Moment auf den anderen konnten ihre Kinder gefressen werden und für immer verschwinden. Die Welpen begriffen noch nicht, was Angst bedeutete, und spielten einfach sorglos weiter. Nelson spielte mit ihnen, doch er hatte schon genug von den Schrecken der Welt gerochen und war stets von einer verborgenen Angst erfüllt. Dennoch war er der Wolfsmutter für ihren Schutz dankbar.

Etwa jede zweite Nacht kamen der Wolfsvater und die anderen Wölfe mit Beute zurück. Manchmal handelte es sich dabei nur um ein Bergkaninchen oder einen kleinen Biber, den sie nach Hause trugen. Doch es kam auch vor, dass das Rudel eine Ziege oder einen jungen oder auch kranken Elch oder ein Reh gemeinsam in den Bau zog. Zuerst taten sich dann die Wolfseltern an den Eingeweiden des Wilds gütlich, doch als die Wochen ins Land gingen, ermutigten sie allmählich auch die Jungen dazu, das rohe Fleisch zu probieren, bevor die anderen Wölfe am Festmahl teilnehmen durften. Die Welpen reagierten auf die toten Tiere, die ihre Nahrung darstellten, mit der gleichen spielerischen Unbeschwertheit, die sie untereinander an den Tag legten. Sie zerrten mit den Zähnen am Gerippe und an dem blutigen Fleisch, als wäre es etwas zum Spielen. Nach einer gewissen Zeit knurrten der Wolfsvater und die Mutter, und die anderen Wölfe übernahmen den Fressplatz der kleinen Wölfe. Ganz allmählich gewöhnten sich so die Mägen der Welpen an die neue Kost, und sie begannen den Geruch nach blutigem Fleisch dem Hochgewürgten vorzuziehen, das ihnen ihre Mutter immer seltener verabreichte.

Auch Nelson fraß von dem roten Fleisch an den Knochen der erlegten Tiere, die die Wölfe in ihren Bau brachten, doch eigentlich fand er keinen Geschmack daran. Mit sieben Jahren war er ein ausgewachsener Hund, vielleicht begann er sogar bereits ein wenig alt zu werden. Sieben Jahre lang hatte er hauptsächlich das gefressen, was Menschen zubereitet hatten, und sein Magen war daran gewöhnt. An dem Tag, als er zum ersten Mal rohes Fleisch gegessen hatte, musste er sich übergeben, und die Welpen fraßen das, was er hochgewürgt hatte. Danach probierte er immer wieder einmal kleine Stücke rohen Fleisches, doch er bevorzugte das körperwarme Halbverdaute, das die Wolfsmutter erbrach.

An den Geruch von Blut gewöhnte sich Nelson rasch. Er war überall: an den Gerippen der Tiere, die die Wölfe zu ihrem Ruheplatz zerrten, an den Zähnen der erwachsenen Wölfe. Und oft hatten sie auch Blut auf ihrem Fell. Nelson witterte die Erregung der Wölfe, wenn der Geruch von frischem Blut in der Luft hing. Woher genau die Verzückung kam, die sie dann erfüllte, verstand er zwar nicht ganz, aber er akzeptierte sie. Der Geruch von Blut war für ihn voller Leben. Das Blut eines jeden Lebewesens war anders, und es gehörte zu seiner Existenz untrennbar dazu. Es war ein Geruch, dem er während der Zeit, die er in menschlichen Siedlungen verbracht hatte, nicht oft begegnet war.

Manchmal spürte Nelson, dass Ärger in der Luft lag, wenn die anderen erwachsenen Wölfe dabei zusahen, wie ihnen die Welpen beim Fressen vorgezogen wurden. Eines Tages sprang der erwachsene Wolf mit dem weißen Streifen Nelson an, als er noch vor den ausgewachsenen Rudelmitgliedern Anstalten machte, zu fressen, doch er erntete dafür ein rasches Schnappen vom Wolfsvater. Die Rangordnung im Rudel war streng und eindeutig. Die Wölfe bildeten eine Einheit, die einwandfrei funktionierte, und ein Wolf, der es wagte, diese Hierarchie zu durchbrechen, wurde sofort in seine Schranken verwiesen. Die Wolfseltern waren im Vergleich zu einem kleinen Hund übermächtige, gewaltige Tiere, und Nelson ordnete sich ihnen stets unter, weil er wusste, den Schutz, den sie ihren Welpen angedeihen ließen, würde er nur so lange bekommen, wie er sich als solcher verhielt. Er nahm seine Stellung im Rudel ein und fühlte sich sicher.

Doch wenn die Wolfseltern nicht in der Nähe waren, fing Nelson oft genug den stählernen Blick des Wolfes mit dem weißen Streifen auf, der ihn finster anstarrte und eifrig schnüffelte. Dann kräuselte Nelson unterwürfig den Rücken oder legte sich manchmal sogar winselnd auf den Boden, um dem Wolf zu zeigen, dass er auch ihn als Überlegenen im Rudel betrachtete.

28

Während Wochen und Monate ins Land gingen, wuchsen die Wolfsjungen rasch heran. Nelson wollte nicht, dass sie wuchsen. Ihm wäre es lieber gewesen, wenn sie immer seine Größe behalten hätten und seine Spielkameraden geblieben wären, damit er hier bei ihnen bleiben konnte, in der Sicherheit, die der Wolfsbau ihm bot. Manchmal des Nachts wachte er immer noch aus Albträumen auf, in denen er wieder den düsteren Gestank des Todes aus dem Tierheim gerochen hatte, und hörte das Winseln des alten schwarzweißen Hundes, der im Ofen jenes schrecklichen Ortes verbrannt worden war. Oft sehnte er sich nach seiner großen Liebe und nach Lucy, doch da auch all die negativen Gerüche und Bilder aus dem Tierheim durch seine Träume spukten, blieb er dennoch bei seinem Entschluss, sich von dem menschlichen Leben so weit wie möglich fernzuhalten. Ihm schien, dass sein Überleben auf dem Spiel stand.

Während die Wolfsjungen heranwuchsen, begann ihr wildes Spiel Nelson zu ermüden. Sie wurden zu stark für ihn. Ihr ständiges Beißen, das einst harmlos gewesen war, begann schmerzhaft zu werden, weil sie mit ihren Zähnen seine Haut durchdrangen. Die Wolfsmutter leckte das Blut von seinen Wunden, und sie schienen auch schnell zu heilen, doch allmählich machte sich auch ein Gefühl der Hilflosigkeit in Nelson breit, denn das Wachstum der Wolfsjungen konnte er nicht aufhalten. Schon bald waren sie doppelt so groß wie er.

Nelson hatte sich an den Tagesablauf im Rudel gewöhnt. Er wusste, dass die erwachsenen Wölfe jeden Abend ein paar Stunden weg waren und oft mit Beute zurückkehrten, während die Wolfsmutter auf ihn und die Wolfsjungen aufpasste. Doch spürte er auch eine wachsende Ruhelosigkeit in der Wölfin. Eines Nachts verschwand sie mit den anderen Erwachsenen, und Nelson blieb mit den Wolfsjungen allein. Die Welpen winselten und liefen unruhig im Bau hin und her. Nelson war viel älter als die jungen Wölfe und verspürte den Drang, sie zu beschützen, obwohl er viel kleiner war als sie. Er hielt Wache, bis die Wolfsmutter kurz darauf mit den anderen Wölfen zurückkehrte.

Sie zerrte ein kleines, geflecktes Reh mitten auf ihren Lagerplatz. Sein Blut hatte ihr Fell besudelt. Nelson roch noch immer das Adrenalin, das durch die Adern der Wolfsmutter floss, und ihre Erregung. Sie stürzte sich besonders gierig auf die Eingeweide des jungen Tieres.

In den folgenden paar Nächten ging sie zwar nicht mehr mit den anderen erwachsenen Wölfen auf die Jagd, legte jedoch eine gewisse Aggressivität ihren Welpen gegenüber an den Tag. Ein paar Nächte später, als die Erwachsenen sich bereit machten, auf die Jagd zu gehen, knurrte sie die Jungen böse an. Während die anderen loszogen, knurrte sie die Welpen ein letztes Mal an, bevor sie ihnen folgte.

Zuerst wussten die Wolfsjungen nicht so recht, was sie davon halten sollten. Dann folgte ihr einer von ihnen, der Kräftigste, in die Nacht hinaus. Die beiden anderen tapsten in die Höhle zurück, und Nelson schloss sich ihnen an. Sie begannen herumzutollen und zu spielen, doch Nelson wusste nicht recht, was er mit den Veränderungen anfangen sollte, die sich allmählich in ihren Tagesablauf schlichen.

Ein paar Stunden später hörten Nelson und die beiden verbliebenen Wolfsjungen ein Heulen, und sie liefen nach draußen, wo die erwachsenen Wölfe gerade eine kleine Elchkuh auszuweiden begannen. Das Wolfsjunge, das sich mit dem Rudel hinausgewagt hatte, stand bei den Erwachsenen und zerrte an dem rohen, blutigen Fleisch, das vor ihnen lag. Nelson und die anderen Welpen bewegten sich auf die Beute zu, so wie sie es immer taten, weil sie an den Schutz der Wolfsmutter und des Vaters gewöhnt waren, während sie fraßen. Dieses Mal jedoch knurrte die Wolfsmutter sie an, als sie Anstalten machten, zu fressen. Rasch sprang der Wolf mit dem weißen Streifen nach vorn und knurrte Nelson an. Die Wölfin verteidigte den Hund nicht. Nelson zog sich winselnd zurück, während sich der weiß gestreifte Wolf auf die Beute stürzte und gierig zu fressen begann. Erneut versuchten die beiden anderen Jungwölfe, sich etwas von der Beute zu holen, doch ihre Mutter warnte sie. Erst als die erwachsenen Wölfe sich von ihrem Festmahl zurückzogen, mit aufgeblähten Bäuchen und blutigem Gebiss, konnten sich Nelson und die anderen Wolfsjungen über die Reste an den Knochen des Beutetiers hermachen. Sie fraßen ruhig. Einen Moment lang richtete der Wolf mit dem weißen Streifen sich auf und näherte sich Nelson, der fraß. Die Wolfmutter lag in der Nähe und ließ die beiden nicht aus den Augen, und ein leises Knurren stieg aus ihrer Kehle auf. Schließlich machte der Weißgestreifte einen Rückzieher und legte sich wieder hin.

Etwas hatte sich im Rudel verändert. Während der nächsten Tage wurde diese Botschaft für Nelson immer klarer. Wollte man fressen, dann musste man an der Jagd teilnehmen. Mittlerweile hatte sich auch der zweite Welpe den anderen Wölfen angeschlossen, wenn sie nachts auf die Jagd gingen. Nur der Kleinste und Nelson blieben zurück. Zitternd lagen sie in der kalten Nacht und warteten auf die Rückkehr des Rudels.

Nelson und der kleine Wolfswelpe heulten, und Nelson nahm die Witterung eines Kojoten im Wind auf. Zwei Tage später, als das Rudel erneut auf die Jagd ging, blieben Nelson und das letzte Wolfsjunge zunächst im Bau, doch während das Rudel in die Wildnis zog, wartete der Wolf mit dem weißen Streifen bei dem dreibeinigen Hund und dem Wolfsjungen. Er bleckte die Zähne, und einen Moment lang hatte es den Anschein, als wollte er sich auf Nelson stürzen. Doch die Wolfmutter war noch in der Nähe, kehrte rasch zurück und bellte den weiß gestreiften Wolf laut an, um Nelson und den Welpen zu verteidigen. Als sie sich dann erneut abwandte, um auf die Jagd zu gehen, blieb Nelson und dem Welpen nichts anderes übrig, als sich ihr und dem Rudel anzuschließen.

29

Das graue Wolfsrudel bewegte sich wie ein Schatten durch die Nacht. Ab und zu fing sich das Mondlicht in ihren kalten Augen. Doch nur ein geübtes Auge hätte sie erkennen können.

Die Wolfsjungen hielten sich hinter dem Rudel. Verschwunden waren die verspielten, liebenswerten Tiere, mit denen Nelson gespielt hatte. Die jungen Wölfe waren ruhig und ernst, weil sie bereits wussten, was kommen würde. Als der schwächste der Welpen winselte, drehte sich die Wolfsmutter blitzschnell um und knurrte ihn mit tödlichem Ernst an. Danach gab keiner der Welpen mehr einen Mucks von sich. Der stärkste Welpe hielt sich so nah wie möglich bei den Erwachsenen. Schon jetzt war ihm das Jagen zur zweiten Natur geworden. In nur wenigen Monaten, wenn er ausgewachsen sein würde, würde er aufhören zu spielen, denn das war nur eine Vorbereitung aufs Jagen gewesen, was für seine wahre Natur viel befriedigender war.

Das Rudel legte in der umliegenden Landschaft mehrere Kilometer zurück. Nelson strengte sich an, mitzuhalten, was mit seinen drei kleinen Beinen nicht ganz einfach war. Hätte er sich vom übrigen Rudel entfernt, wäre er für den Wolf mit dem weißen Streifen zur leichten

Beute geworden. Nelson hatte sich daran gewöhnt, nur selten das Gelände rund um die Wolfshöhle zu verlassen. Er war von Natur aus neugierig, doch das hier war nicht seine Art, die Umgebung zu erkunden. Etwas Bedrohliches lag in der Luft. Er kannte das Rudel als eng verbundene, liebevolle und beschützende Familie, doch an diesem Abend verströmten die Wölfe einen ganz anderen Geruch.

Plötzlich wurde das Rudel langsamer und duckte sich ins Unterholz. Nelsons Sinne waren gut entwickelt, und er hatte schnell die Witterung des Wildhasen aufgenommen, der im Unterholz saß und Gras fraß. Gerade wollte sich der Wolfsvater auf ihn stürzen, als das kleine Tier Wind von dem Wolf bekam und weglief. Einen Moment lang hatte es den Anschein, als wollte der Wolfsvater ihm nachsetzen, doch er knurrte nur leise und ging gemächlich weiter. Das Rudel folgte ihm. Enttäuschung war nicht zu spüren. Der Hase hätte als Futter für sie alle sowieso nicht gereicht.

Zwanzig Minuten später war Nelson der Erste, der in der nächtlichen Brise die Witterung einer Rehfamilie aufnahm. Er gab ein leises Knurren von sich, ein Reflex, der eigentlich dem Schutz des Rudels dienen sollte. Doch es war nicht das Rudel, das Schutz benötigte. Als Nelson knurrte, drehte sich der Rest des Rudels um und starrte ihn an. Der Wolf mit dem weißen Streifen knurrte, als wollte er Nelson davor warnen, ihr Jagdritual zu stören. Doch auch der Wolfsvater hatte jetzt die Witterung der Tiere aufgenommen, die Nelson gerochen hatte, und preschte rasch auf sie zu. Langsam setzte sich das Rudel hinter ihm in Bewegung.

Zwei erwachsene Rehe grasten ruhig im Mondlicht. Ihr braunes Fell schimmerte in dem silbrigen Licht. Hätte da nicht ein Wolfsrudel in der Nähe gelauert, wäre es ein hübscher Anblick gewesen. Die beiden erwachsenen Tiere waren Weibchen. Das männliche Tier, mit dem eines von ihnen sich ein paar Monate zuvor gepaart hatte, graste etwa dreißig Meter entfernt. Es war ein herrliches, großes Tier mit dramatisch geschwungenem Geweih und durchdringendem Blick.

Das Interesse des Wolfsvaters galt nicht den beiden erwachsenen Rehen, sondern dem kleinen Kitz, das seelenruhig in ihrem Schatten äste. Es war nur ein paar Monate alt und hatte erst kürzlich begonnen, Gras zu fressen, nachdem es die ersten Lebensmonate von der Muttermilch gelebt hatte.

Als Anführer des Rudels bewegte sich der Wolfsvater rasch vorwärts. Ein Moment des Zögerns, und die Gelegenheit könnte sich zerschlagen. Die beiden Rehe hatten während ihrer Jahre in der Wildnis schon oft Wölfe oder Kojoten gerochen. Und schon oft waren sie den kräftigen Kiefern von Wildhunden entkommen. Als ihnen nun der machtvolle Geruch nach Wolf in die Nüstern stieg, war ihr erster Instinkt, um ihr Leben zu laufen. Eines der Rehe verschwand rasch ins Unterholz. Doch es entsprach dem Instinkt des Muttertieres, sein junges Kitz zu beschützen. Rasch stupste es das Kleine mit der Schnauze an und versuchte, es dazu zu bewegen, vor den Wölfen davonzulaufen.

Doch das Kitz kannte die Gefahren der Welt noch nicht und weigerte sich hartnäckig, sich in Bewegung zu setzen. Dann war es zu spät. Die Wölfe preschten vor.

Drei von ihnen, unterstützt vom kräftigsten der Welpen, schnappten nach den Läufen des erwachsenen Rehs, der Wolf mit dem weißen Streifen biss zu, Blut spritzte in hohem Bogen aus der Wunde. Das Mutterreh schrie vor Schmerz auf. Jetzt stürzten sich die Wolfseltern auf das Kitz und zerrten es zu Boden. Es kämpfte, war jedoch nicht auf die starken Kiefer und die kraftvollen und schweren Körper der beiden riesigen Wölfe vorbereitet, die sich auf es stürzten.

Die beiden anderen Welpen liefen instinktiv nach vorn zur Beute, und Nelson folgte ihnen, hielt sich jedoch ein paar Schritte entfernt. Sein Instinkt sagte ihm, dass es sich bei dem Kitz um ein junges Tier handelte, und ein Junges war etwas, mit dem man spielte und seine Späße machte, das man jedoch nicht tötete. Bestürzt sah er dabei zu, wie die Wolfsmutter dem kleinen Reh die Kehle durchbiss. Es schrie vor Schmerz auf. Die Mutter des Rehs sah einen Moment lang zu, wobei ihr das Herz brach, doch dann verschwand sie in der Nacht, um ihr eigenes Leben zu retten. Sie wusste, dass ihr Kleines nur noch wenige Momente zu leben hatte. Ein paar hundert Meter weiter hörte der Vater des Kitzes es schreien und wusste, was geschehen war. Auch er würde nicht versuchen, den Wölfen Einhalt zu gebieten. Während das Mutterreh in die Nacht davonlief, stürzten sich die verbliebenen erwachsenen Wölfe auf das Rehkitz, aus dessen Adern die Wolfsmutter Blut trank. Die anderen erwachsenen Wölfe schnappten nach seinen Fersen, während auch das letzte Fünkchen Leben aus dem jungen Tier wich und es schlaff zu Boden sank.

Jetzt war das ganze Rudel zur Stelle. Da die Wolfsmutter und ihre Jungen mitgekommen waren, bestand keine Notwendigkeit, die Beute bis zur Höhle zu zerren. Sie würden das Tier ganz frisch fressen. Der Wolfsvater und die Mutter arbeiteten sich rasch zu seinen Eingeweiden, dann waren die erwachsenen Wölfe und die Wolfswelpen an der Reihe und begannen an dem jungen Fleisch zu zerren. Der Geruch von frischem Blut lag in der Luft.

Nelson schaute ihnen einfach nur verwirrt zu. Er spürte, dass die Wölfe, indem sie ihre Beute fraßen, etwas zum Ausdruck brachten, das tief in ihrer Natur lag. Doch seine Natur war das nicht. Während er mit ihnen im Bau lebte, hatte er sich diesen Tieren, besonders ihren Jungen, tief verbunden gefühlt. Er hatte das Gefühl gehabt, einer von ihnen zu sein. Aber im Moment des Tötens empfand der Hund etwas anderes. Er fühlte sich fremd und allein. Es lag einfach nicht in seiner Natur, wie ein Wolf zu töten. Es war nicht sein Ziel. Wäre er dem Rehkitz allein begegnet, hätte er es vielleicht eher zu seinem Spielgefährten gemacht.

Vor Jahrtausenden hatten Menschen kleine Wolfsjunge, die in der Wildnis allein waren, weil ihre Eltern von Bären oder anderen Raubtieren getötet worden waren, mit in ihre Behausungen genommen und sie an ihren Lagerfeuern gefüttert. Und die Welpen mit ihrem instinktiven Sinn für Hierarchie hatten sich ihren Platz inmitten der menschlichen Rudel gesucht und waren zu einem wesentlichen Bestandteil der menschlichen Gesellschaft geworden. Die Menschen waren erfahren darin, Tiere zu zähmen, und mit der Zeit waren bestimmte Charakterzüge einzelner Wölfe, die gut zu den Menschen passten, verstärkt worden. Obwohl die Wölfe durch ihr spezielles

Agieren mit Menschen allmählich zu Hunden geworden waren, hatten sie vieles von ihrer Wolfsvergangenheit beibehalten. Man fütterte sie mit Resten des Essens der Menschen, und weil für sie folglich keine Notwendigkeit mehr bestand, zu jagen, hatten sie das mächtige Verlangen, zu töten, das den Wolf zu dem machte, was er war, verloren. Hunde überschritten niemals die Grenze zwischen dem Spiel von Welpen und der wirklichen Jagd. Sie blieben immer eine Art von jugendlichen Wölfen, verspielt und liebevoll und definiert durch ihre Fähigkeit zu spielen.

Und so stand Nelson bestürzt vor der Szenerie, die sich ihm bot – den Wölfen, die im Schutze der Nacht ein Kitz töteten und fraßen. In genau diesem Moment erwachte in ihm zum ersten Mal der Instinkt, diese Geschöpfe zu verlassen. Die Welpen, die er geliebt hatte, wurden allmählich zu etwas anderem, etwas, das er selbst nie werden konnte. Während der Wolf mit dem weißen Streifen Nelson anstarrte, seine Augen wie stählerne Dolche, die sich durch die Nacht bohrten, die Fänge mit frischem Blut befleckt, spürte der Hund, wie ein eisiges Beben ihn erfasste.

30

Wenn ein Lebewesen spürt, dass eine Veränderung in der Luft liegt, dann wird seine erste Reaktion immer die sein, diese Veränderung zu leugnen, um so weiterleben zu können wie bisher. In seinem kurzen Leben hatte Nelson bereits viele Veränderungen erlebt, doch allmählich wurde er sie leid. Er hatte recht geschickt gelernt, mit seinen drei Beinen weiterzuleben, doch der Unfall hatte ihn Jahre seines Lebens gekostet. In seinen ersten Monaten bei den Wölfen hatte sich der Hund sicher gefühlt. Doch in der Nacht, als sie von der Jagd nach Hause kamen, scheuchten die Wolfseltern zum ersten Mal die jungen Wolfskinder und Nelson aus der Höhle. Nelson wehrte sich nicht dagegen, doch es machte ihn traurig. Er wusste nicht, dass dies nur die erste in einer ganzen Reihe von Zurückweisungen für die Welpen war, die irgendwann dazu führen würden, dass die Wolfseltern ihre Kinder aus dem Rudel verjagten, bevor diese begannen, die Rangordnung infrage zu stellen. Irgendwann würden die Jungen selbst Rudel gründen, sofern sie draußen in der Wildnis überlebten. So war das eben bei den Wölfen. Im komplexen Leben der Hunde und ihrer Herrchen oder Frauchen stand es normalerweise nicht auf dem Plan, einander zu verlassen. Ein Hund verlor nie das Bedürfnis, bei seinem Herrn zu bleiben. War die große Liebe einmal besiegelt, starb sie nie mehr.

In jener Nacht konnte Nelson kaum schlafen, obwohl die Wärme der anderen Jungtiere ihm Trost schenkte. Er war schon jetzt um einiges kleiner als sie. Die drei umgaben ihn wie eine warme Decke. Mitten in der Nacht weinte er ein bisschen, als hätte er einen seltsamen Traum gehabt, und die anderen Welpen leckten ihn und stießen ihn zärtlich mit den Schnauzen an. Doch einschlafen konnte er nicht mehr. Die anderen Erwachsenen schliefen ganz in der Nähe.

Die Wolfsmutter hatte Nelson in den vergangenen Monaten wie ihr eigen Fleisch und Blut aufgezogen. Sie wusste nicht, warum er anders aussah und am Anfang auch anders gerochen hatte als ihre eigenen Jungen. Doch sie war kein Tier, das derlei infrage stellte. Etwas in ihrem Gehirn hatte ihn an jenem Tag, als sie ihn das erste Mal gesehen hatte, als Welpen erkannt, und ihre Mutterinstinkte hatten die Oberhand gewonnen. Sie hatte ihn aufgezogen wie die anderen, hatte ihn gefüttert und ihn bei Nacht warmgehalten und vor Raubtieren beschützt.

Doch jetzt spürte sie mehr und mehr, wie sehr er sich von den anderen Jungen unterschied. Sie entwickelten sich von den weichen und verspielten Wesen, die sie einmal gewesen waren, zu starken, erwachsenen Wölfen. Sie lernten, zu jagen und zu töten. Die Wölfin spürte, dass der Tag nicht fern war, an dem sie von dem Zuhause der Wolfseltern vertrieben werden mussten. Nur aus Nelson wurde sie nicht recht schlau. Er veränderte sich nicht so stark, wie sie es bei ihren Welpen gewöhnt war. Einerseits liebte die Wolfsmutter ihn ebenso wie ihre eigenen Jungen, doch sie war kein liebendes Wesen, so wie es ein Hund war oder wie die Menschen es sein konnten. Das Rudel, die Sicherheit des Rudels und die Herrschaft von ihr und dem Wolfsvater über das Rudel – das waren die Dinge, die für sie im Vordergrund standen.

Nelson spürte die wachsende Antipathie der Wolfsmutter und des Vaters. Er kam ihnen nicht mehr so nahe wie früher, spielte aber dennoch mit den Welpen, so viel er konnte. Doch weil die Jungen immer stärker wurden, wurde es zunehmend schwieriger, mit ihnen so zu spielen wie früher. Immer öfter musste er sich auf den Rücken werfen und winseln, um ihnen seine Unterwürfigkeit zu zeigen. Ihr Spiel war aggressiver geworden, seit sie an der Jagd teilnahmen, denn es war zu einem Bild des Jagens und Tötens geworden. Nur indem er sich ständig unterwarf, vermied er es, verletzt zu werden.

Auch in der Nacht, nachdem Nelson mit den Wölfen auf die Jagd gegangen war, versammelten sich die Wölfe wieder, um auf die Jagd zu gehen. Nelson fürchtete sich davor, allein in der Höhle zurückzubleiben, aber in dieser Nacht wollte er nicht mit den anderen jagen. Er setzte sich hin und rührte sich nicht. Die Wolfsmutter schaute noch einmal zu ihm zurück, als sie sich in den kalten Abend davonschlichen, und knurrte. Zum ersten Mal ging ihr der Gedanke durch den Kopf, den dreibeinigen Hund zu töten.

Während das Rudel bereits durch die Nacht unterwegs war, kehrte sie noch einmal zu Nelson zurück und starrte ihn mit ihren ausdrucksvollen Augen an. Sie fletschte die Zähne. Er brachte die Ordnung des Rudels durcheinander und störte die Natur der Dinge. Der dreibeinige Hund rollte sich auf den Rücken, unterwarf sich in der Hoffnung, die Wolfsmutter würde ihn in Ruhe lassen. Doch sie kam noch näher an ihn heran, öffnete ihr Maul und zeigte ihm die scharfen Zähne. Nelson stellten sich die Nackenhaare auf. Die Wolfsmutter spannte den Kiefer an und machte sich bereit, ihn anzuspringen.

In der Ferne bellte der Wolfsvater. Er wollte, dass die Wolfsmutter während der Jagd bei ihm war. Im Rudel war nur die Macht des Wolfsvaters größer als ihre eigene, und so drehte sich die Wolfsmutter langsam um und rannte in die Nacht davon. Nelson rollte herum und sprang auf. Er bebte vor Angst.

Wäre Nelson in dieser Nacht geblieben, hätten ihn die Wölfe getötet, doch das würde er nie erfahren. Nachdem die Wölfe zur Jagd aufgebrochen waren, saß er eine Weile da und hob die Nase schnüffelnd in die Abendbrise. Er fror, und so kroch er in den Wolfsbau zurück, um sich aufzuwärmen. Doch auch dort war es ohne die Körperwärme der anderen Tiere kalt. Und so schnüffelte er auf dem Rastplatz rund um den Bau herum. Er grub einen Rehknochen aus, den einer der Wölfe verbuddelt hatte, und kaute eine Weile darauf herum, bis er das ganze Mark herausgesogen hatte. Für ein paar Stunden konnte das seinen Hunger stillen. Hunde denken nicht wie Menschen, und so traf Nelson niemals bewusst die Entscheidung, den Wolfsbau zu verlassen. Doch die Angst, die sich in seinem Herzen ausgebreitet hatte, nachdem die Wolfsmutter ihn fast getötet hatte, wollte einfach nicht weichen. Überall um ihn herum roch er die intensive Witterung des Wolfes mit dem weißen Streifen, der ihn drangsalierte, und obwohl Nelson in diesem Moment ganz allein war, wuchs die Angst in ihm. Zunächst entfernte er sich ganz langsam von dem Wolfsbau, lief in die entgegengesetzte Richtung, die die Wölfe an diesem Abend eingeschlagen hatten, doch ein paar Minuten später lief er um sein Leben.

Als die Wölfe in jener Nacht zurückkehrten, war Nelson fort. Sie rochen ihn noch überall im Wolfsbau, und die Wolfsmutter folgte ein Stück weit dem Weg, den er von dort eingeschlagen hatte. Doch sie war träge von der Mahlzeit, die sie gerade genossen hatten, hatte viel Wasser aus dem Fluss getrunken und wollte nur noch schlafen. Schon jetzt war Nelson in ihrem Geiste keiner der ihren mehr. Und so kroch sie in den Bau und schlief. Sie träumte von Blut.

Auch der Wolf mit dem weißen Streifen hatte bemerkt, dass der Hund weg war, und ein kämpferisches Gefühl des Triumphes stieg in ihm auf. Er hatte seine Dominanz über das kleinere Tier bewiesen. Die Welpen waren traurig über das Verschwinden ihres Bruders. Die schwächste von den dreien empfand den Verlust am stärksten. Nun war sie diejenige, die als Letzte fressen durfte und die vom Rest des Rudels zu ständiger Unterwürfigkeit gezwungen wurde. Doch eigentlich war das ein Segen für sie. Nur zwei Monate später wurden ihre beiden stärkeren Geschwister von den Wolfseltern aus dem Rudel vertrieben. Eines Nachts hatte einer der stärkeren Jungwölfe die Mutter angeknurrt, als sie sich vor ihm zu der Beute begab. Am nächsten Tag war er von seinem Vater gebissen worden und humpelte in die Wildnis davon.

Auch der mittlere Jungwolf war einige Tage später verjagt worden. Doch die beiden konnten den Härten der Wildnis keinen Widerstand entgegensetzen und waren einige Monate später gestorben, ohne vorher ein anderes Rudel gefunden zu haben, das sie anführen könnten. Die schwächste aus dem Wurf jedoch durfte ihr ganzes neunjähriges Leben lang beim Rudel bleiben, selbst als ihre Mutter und der Vater irgendwann zu alt waren und durch einen anderen Erwachsenen ersetzt wurden.

In jener Nacht waren die Wolfsmutter und der Wolfsvater noch allmächtig. Doch nur wenige Jahre später würde ein kalter Winter sie schwächen, und sie würden sich vom Rudel wegschleichen, unter einen hohen Baum legen und sterben.

31

Nelson rannte. Zuerst hatte er sich ganz langsam von dem Wolfsbau wegbewegt, ohne ein besonderes Ziel vor Augen. Doch ehe er es sich versah, war er bereits weit entfernt von dem Ort, den er in den vergangenen vier Monaten sein Zuhause genannt hatte, und hatte bereits die Witterung von Bär und Kojoten aufgenommen. Er rannte ziellos durch die Nacht, lief stolpernd an Büschen und Bäumen vorbei, manchmal ganz in der Nähe von Bauten anderer Tiere, ob groß oder klein.

Ein Beobachter hätte nur ein bemitleidenswertes Wesen gesehen: einen mageren, dreibeinigen Hund mit langem, verfilztem Fell, schmutzig und von abstoßendem Geruch. Niemand in der ganzen Welt hätte es erfahren, wenn Nelson sich in dieser Nacht unter einen Baum gelegt hätte und gestorben wäre. Im Herbst hätte der Wind ihn mit Laub bedeckt, und allerlei kleine Insekten und Würmer hätten ihn ganz allmählich von der Welt verschwinden lassen. Niemandem hätte es das Herz gebrochen. Weder Katey noch Thatcher, Lucy oder all die anderen, mit denen Nelson während seines kurzen Lebens in Berührung gekommen war, hätten jemals erfahren, dass das die Nacht war, in der er für immer der schönen Erde Lebewohl sagte.

Nelson war verwirrt, er fror und hatte Hunger. Er wusste nicht wohin. Der Wolfsgeruch bedeutete keine Sicherheit mehr für ihn, aber auch menschliche Siedlungen konnten ihm keine Geborgenheit geben. Es war seine neugierige Art, die ihn viele Jahre zuvor dazu gebracht hatte, zum Vagabunden zu werden, und bis heute hatte seine Nase riesige Duftmengen der Welt erkundet und katalogisiert. Es war ein tiefes Wissen aus sich kreuzenden und verschlingenden Düften und Gerüchen und Gefühlen und Hoffnungen und Ängsten, das er da angesammelt hatte – der stärkste Teil seines Bewusstseins, seine bröckelnde Landkarte einer feindselig gewordenen Welt. Dennoch vertraute er auch auf sie, und irgendwo in einem winzigen Winkel seines Hundedenkens wollte er nichts anderes als leben, überleben. Sich in dieser Nacht unter einem eisigen Mond zum Sterben niederzulegen, kam ihm nicht einmal einen flüchtigen Moment lang in den Sinn. Er würde seiner Nase folgen, und sie würde ihn an einen besseren Ort bringen.

32

Rick Doyle war kein typischer Hundefänger. Seit seinem achten Lebensjahr interessierte er sich für historische Themen und hatte besonders an der Geschichte des amerikanischen Bürgerkrieges Gefallen gefunden. Jahr für Jahr war sein Interesse an dem Thema gewachsen, inspiriert von guten Lehrern und dem Stapel Geschichtsbücher, die ihm sein Großvater hinterlassen hatte, und so hatte es auch überhaupt nicht infrage gestanden, welches Hauptfach er im College belegen würde. Doch als er mit seiner Ausbildung fertig war, war die Welt über ihm zusammengebrochen wie ein Haufen loser Ziegelsteine. Den Kredit für sein Studium konnte er nicht zurückzahlen, und seine Leidenschaft für Geschichte reichte nicht aus, um die Miete zu bezahlen. Damals sah er eine Stellenanzeige der Animal Services in Chico, Kalifornien, etwa sechshundert Kilometer von Los Angeles entfernt, wo er sein erstes Examen abgelegt hatte. Chico war die »Stadt der Rosen«, ein angenehmes, altes Städtchen mit schönen Parks und einer kleinen Universität mittendrin.

Rick hatte Hunde immer gemocht, und Katzen übrigens auch. Er liebte sie nicht mit derselben Leidenschaft, die er für die Geschichte aufbrachte. Doch er liebte sie genug, um den Job wenigstens so weit interessant zu finden, dass er beschloss, ihn anzunehmen, bis er ein Auskommen gefunden hatte, um seinen Master zu machen und vielleicht eine Stelle als Lehrer zu ergattern. Auch die Arbeitszeit war günstig, und er würde weitestgehend sein eigener Herr sein und nicht in irgendeinem muffigen Büro eingesperrt arbeiten müssen, was er mit allen Mitteln verhindern wollte. Ihm würde jede Menge Zeit bleiben, um über Geschichte nachzudenken, während er in der Gegend herumfuhr und streunende Tiere auflas. Innerhalb weniger Monate hatte er während seiner Fahrten im Tierfängerlastwagen eine Idee zu einem Buch entwickelt, und schon bald wurde am Abend das Schreiben an diesem Buch zu seiner Lieblingsbeschäftigung. Der Gedanke daran, weiterzustudieren, geriet in Vergessenheit, denn es würde gewiss noch ein paar Jahre dauern, bis sein Werk über das Leben unbekannter Soldaten während des Bürgerkrieges fertig war.

Rick war ein hochintelligenter Mann, der über die Konsequenzen seines neuen Jobs als Hundefänger durchaus nachdachte. Zunächst fragte er sich, ob die Tiere, die er einfing, vielleicht besser dran wären, wenn man sie auf den Straßen frei laufen ließ, doch es stand außer Frage, dass sie dort eine Gefahr für die menschliche Gemeinschaft darstellten. Als er kurz nach Antritt seines Jobs einen Tag im Tierheim verbrachte, sah er, dass einige der Tiere, die er einfing, durchaus die Chance hatten, ein neues Zuhause zu finden, wenn man sie badete und ein wenig aufpäppelte. Wenn Menschen einen Hund aus dem Tierheim abholten, sah man deutlich die Liebe in den Augen sowohl der Menschenfamilie als auch des Hundes. Chico war eine kleine Stadt, und manchmal traf er einige dieser Familien einige Wochen später wieder, wenn sie mit ihrem neuen Gefährten spielten oder in der Stadt Gassi gingen.

Auch Katzen fanden oft ein neues Zuhause, obwohl Rick daran zweifelte, dass es für wildlebende Katzen wirklich das Beste war, wenn man sie einfing. Streunende Katzen waren schließlich entweder von zu Hause weggelaufen, oder sie hatten nie bei Menschen gelebt und waren in jeder Hinsicht wieder verwildert. Sie sorgten wie ihre ungezähmten Artgenossen für sich und jagten. Sie fraßen kleine Nagetiere und Vögel, hatten Spaß daran, sie zu töten, und waren nicht von der Fütterung durch Menschen abhängig. Streunende Hunde fand Rick hingegen oft genug in der Nähe von Müllplätzen oder -tonnen in Seitengassen, wo sie nach Essensresten suchten. Sie konnten ohne diesen Müll nicht überleben, weil sie im Gegensatz zu Katzen schlechte Jäger waren.

Rick sammelte eine ganze Reihe von streunenden Hunden auf, große und kleine. Einige waren nur Tage unterwegs gewesen, andere Wochen und ein paar sogar Jahre. Manchmal schaute er einem streunenden Hund in die Augen und wünschte, das Tier könne ihm seine Geschichte erzählen, könne ihm sagen, wo es überall gewesen war, was es gesehen und wie es überlebt hatte. Einige der Hunde, die er ins Tierheim brachte, waren aggressiv, doch die meisten zeigten sich fügsam und vor allem verängstigt. Manchmal hatten sich streunende Hunde zu Rudeln zusammengerottet, doch Rick konnte meistens nicht mehr als einen Hund einfangen, und so verschwand der Rest der Streunertruppe in der Umgebung. Ein paar Tage später sah er sie dann manchmal wieder.

In Ricks kleinen Lastwagen, der mehrere eingebaute Transportboxen auf der Ladefläche hatte, passten etwa sechs Tiere. Rick fuhr jeweils drei Stunden lang durch die Gegend, auf der Suche nach Streunern, und kehrte dann am Ende seiner Schicht meist mit einem Wagen voller Findlinge ins Tierheim zurück. Oft half er dabei, die Tiere zu baden und zu impfen, was bei ihrer Ankunft im Heim als Erstes geschah. Zwar gehörte es eigentlich streng genommen nicht zu seinen Aufgaben, doch er hatte sich mit Angie, der Frau, die jeden Tag diese Arbeit machte, angefreundet, und sie freute sich, wenn er ihr dabei half. Es war immer ein befriedigendes Gefühl, zu erleben, wie ein schmutziger Hund, der monatelang auf der Straße gelebt hatte, sich in etwas verwandelte, was einem Haustier wesentlich mehr ähnelte. Oft besserte sich das Verhalten der Tiere allein dadurch spürbar, dass sie es wieder mit Menschen zu tun hatten. Sie spielten mit ihrem Wassernapf und schlangen ihre erste Mahlzeit im Tierheim hinunter. Wenn Rick dann wieder ging, war er glücklich, und es war ihm leicht ums Herz. Dann arbeitete er abends noch drei oder vier Stunden an seinem Geschichtsbuch. Er roch die Hunde an seiner Kleidung, und oft merkte er, dass die Frauen, die er manchmal mit nach Hause brachte, etwas angewidert reagierten, weil es überall in seiner Wohnung nach Hund roch. Ihn selbst störte der Geruch nicht.

Rick wusste, dass ein kleiner Prozentsatz der Tiere, die er ins Tierheim brachte, nie ein neues Zuhause fand. Die Tötungsstation, in der unerwünschte Hunde ins Jenseits befördert wurden, hatte er nie besucht. In Chico handelte es sich dabei um eine gesonderte Einrichtung, die nicht direkt mit dem Tierheim zu tun hatte. Angie hatte ihm erzählt, dass es dort sehr deprimierend zugehe, und er konnte den Gedanken, sich dort einmal umzuschauen, nicht ertragen. Manchmal, spät in der Nacht, fragte er sich, ob er vielleicht ein Mörder war, weil er streunende Tiere ins Tierheim brachte, denn einige der Tiere endeten schließlich tatsächlich in der Tötungsstation und wurden eingeschläfert. Eigentlich wusste er, dass seine Schuldgefühle nicht angebracht waren, denn viel mehr Tiere, die er im Heim ablieferte, fanden ein schönes Zuhause bei Menschen. Doch was war mit denjenigen, die nicht vermittelt werden konnten? War es für sie besser, wenn sie durch die Straßen menschlicher Städte streifen durften und wenigstens am Leben waren, auch wenn es nicht bei einer menschlichen Familie war?

Manchmal, wenn er einen besonders traurig aussehenden Hund sah, einen, der alt, krank oder verletzt war oder ein sehr aggressives oder unterwürfiges Verhalten an den Tag legte, überlegte er sich wirklich, ob er ihn nicht einfach dort lassen sollte, wo er war. Er wusste, dass die Chancen für ein solches Tier, vermittelt zu werden, sehr gering waren. Ein paar Mal hatte er einen Hund auch wirklich laufen lassen, weil er wusste, dass das Tier nur eine geringe Chance auf Vermittlung hatte. Wenn er es tat, quälte ihn der Gedanke jedoch, und irgendwann hatte er Angie gestanden, was er getan hatte, und sie war wütend auf ihn gewesen. Sie arbeite nun schon seit zwanzig Jahren in dem Tierheim, sagte sie, und sei manchmal selbst überrascht davon, welche Tiere doch noch ein Zuhause fanden. Oft würden gerade Hunde, bei denen sie es für sehr unwahrscheinlich hielt, von mitleidigen Menschen nach Hause mitgenommen, und sie warf Rick vor, er spiele sich als Allmächtiger auf, der entschied, welche Tiere er ins Tierheim brachte und welche nicht. Dieses Argument traf ihn tief, doch in der Woche danach waren sie gemeinsam zum Abendessen gegangen und hatten noch einmal ruhig und sachlich über das Thema geredet. Danach hatte Rick beschlossen, nie mehr einen Streuner absichtlich draußen auf den Straßen zu lassen.

Als Rick eines kalten Wintertages einen kleinen dreibeinigen Hund sah, der durch die Straßen marschierte, dachte er dennoch einen Moment lang darüber nach, ob es sinnvoll war, den Hund ins Tierheim zu bringen. Er war überzeugt davon, dass niemand diesen Hund zu sich nach Hause nehmen würde. Er hatte drei magere Beine, auf denen er nur langsam vorwärtskam. Rick war sich nicht sicher, um welche Rasse es sich handelte. Das Fell war lang und zottelig, und das ganze Tier war über und über mit Schlamm, Gras und Ungeziefer bedeckt. Man konnte buchstäblich die Flöhe über sein Fell hüpfen sehen, denn der Hund blieb immer wieder stehen und kratzte sich.

Rick hatte keine Ahnung, wie er wohl überlebt hatte. Am Ende war es reine Sympathie, die Rick zu dem Entschluss veranlasste, den Hund doch ins Tierheim zu bringen. Er war zwar davon überzeugt, dass der Hund nicht zu vermitteln war, aber wenigstens würde man ihn im Heim waschen, ihm ein paar gute Mahlzeiten geben und ihn warmhalten, bis zu dem Tag, an dem man ihn dann in die Tötungsstation schicken musste. Das wäre jedoch immer noch besser, als ihn draußen auf der Straße in der bitteren Kälte verenden zu lassen.

Als Rick aus seinem Lastwagen stieg und auf den kleinen Hund zuging, schaute der ihn unter seinem zotteligen Haarschopf hervor mit fragenden, traurigen Augen an, doch er lief nicht weg. Die beiden sahen sich einfach nur einen Moment lang an. Erst als Rick mit dem großen Fangnetz in der Hand auf ihn zutrat, bellte der Hund ihn laut an. Rick ging in die Hocke und versuchte ganz ruhig, sich dem Tier zu nähern. Doch der Hund bellte noch einmal laut und lief dann auf der Straße davon. Rick folgte ihm. Obwohl der Hund nur drei Beine hatte, war er sehr flink, und Rick geriet fast außer Atem, bis er das Tier schließlich in einer Sackgasse, direkt vor einer Backsteinmauer, in die Enge treiben konnte. Der Hund knurrte ihn an, schaute ihm direkt ins Gesicht und bellte ihn wütend an, doch es gelang dem Hundefänger, das Netz über ihn zu werfen, ihm eine der Betäubungsspritzen zu verpassen, die er immer dabeihatte, und Minuten später lag Nelson benommen auf dem Boden.

Rick trug ihn zum Lastwagen zurück und legte ihn hinein. In seinem halbwachen Zustand blickte Nelson Rick mit kummervollen Augen an. Nelsons Geschichte würde Rick nie erfahren, und auch Nelson selbst erinnerte sich nur an wenige Erlebnisse aus dem letzten Jahr, nachdem er die Wölfe verlassen hatte und kreuz und quer durch Amerika unterwegs gewesen war. Doch er hatte überlebt und hätte dies auch weiterhin geschafft, wenn Rick ihn an diesem Tag nicht eingefangen hätte. Mittlerweile kannte Nelson genug Tricks, sich genügend zu fressen zu beschaffen, um zu überleben.

Als Nelson im Tierheim ankam, war die Wirkung des Beruhigungsmittels verflogen, und er geriet in Panik. An den Geruch des letzten Tierheims erinnerte er sich noch gut, und obwohl in dem Heim in Chico nicht der Gestank des Todes in der Luft hing, hatte er sich unauslöschlich in sein Gedächtnis eingeprägt.

33

Nelsons Nase war sein Kompass. Sie war kein wissenschaftliches Instrument, und es gab auch keine Garantie, dass sie immer exakt funktionierte. Dennoch war sie ein Instrument voll tiefer Geheimnisse und uralter Weisheit, das manchmal ganz außergewöhnliche Ergebnisse zeitigen konnte.

Es war seine Nase, die ihn nach Kalifornien geführt hatte. Seit er das Wolfsrudel verlassen hatte, war er Tausende von Kilometern unterwegs gewesen. Dabei hatte er eine Bahn kreuz und quer über die Straßen und durch die Städte, Berge und Wälder von Amerika gezogen. Oft hatte er Hunger und Durst gelitten, doch der Überlebenswille in dem kleinen Hund war groß. Für diejenigen, die keine solch feine Nase wie Nelson haben, dürfte es schwierig sein, zu beschreiben, was ihn nach Kalifornien geführt hatte. Da war etwas an den Gerüchen, die die trockene Erde Kaliforniens verströmte, das für ihn Sonnenschein und Wärme bedeutete. Es war der Duft der Früchte, den der Wind über Tausende von Kilometern hinweg mit sich trug. Und es war der ferne Geruch nach Meer und nach Salz. Nelson wusste nicht, was es mit dieser schwach salzigen Beschaffenheit der Winde auf sich hatte, doch es war etwas, das ihn anzog. Irgendwo tief begraben in seinem Geruchsgedächtnis erinnerte es ihn an den Geruch des Meeres in Boston, der auch den Tierladen erfüllt hatte, wo Katey ihn damals entdeckte.

Nelson dachte nicht weiter darüber nach, dass seine Nase ihn auch wieder zu einem Tierheim geführt hatte. Hätte sein Gehirn die Fähigkeit gehabt, diese Verknüpfung vorzunehmen, dann hätte er sich womöglich über seine Nase beklagt, denn sie hatte es nicht geschafft, ihn an einen besseren Ort zu führen, doch er zog die Fähigkeiten seines Riechorgans nie in Zweifel. Dennoch geriet er in Panik, als er das Tierheim zum ersten Mal um sich herum wahrnahm. Auf der Route, die er seit dem Verlassen des Wolfsrudels zurückgelegt hatte, hatte er Gerüche, die ihn an das Heim in Montana erinnerten, immer zu vermeiden versucht. Doch das Heim in Chico war wärmer und heller als das in Montana. Es war auch größer, und es gab mindestens sechs fest angestellte Mitarbeiter, die den ganzen Tag dort arbeiteten. Nelson roch die Freundlichkeit an ihrer Haut. Ja, der Gestank des Todes war hier nicht zu spüren, doch ansonsten gab es allzu vieles in dem Tierheim, das Nelson sagte, an was für einen Ort er hier geraten war.

Im Tierheim trug Rick Nelson zu einem Käfig, da Angie an diesem Tag alle Hände voll zu tun hatte und ihn nicht gleich baden konnte. Nelson reagierte mit einem unkontrollierten Heulen, das ganz tief aus seinem kleinen Körper zu kommen schien und sehr hoch und durchdringend war. Es machte alle Leute in dem Heim verrückt, aber die Hunde hörten ihm zu, manche erwiderten das Geheul, als würde irgendein uralter wölfischer Instinkt sie dazu zwingen. Der geheimnisvolle Chor war auch außerhalb des Heimes noch zu hören, und Passanten blieben auf der Straße stehen, um ihm zu lauschen.

Rick stellte den Käfig ab und versuchte, den Hund zu beruhigen, indem er ihn kraulte und streichelte. Nelson hatte ganz vergessen, wie es war, von einem Menschen berührt zu werden. Zuerst wollte er nichts davon wissen und heulte einfach weiter, doch nach ein paar Minuten gelang es Rick mit seinen großen, warmen Händen und seiner leisen Stimme doch, den Hund zu beruhigen, und Nelson legte sich unterwürfig auf den Boden. Rick wollte gehen, doch da begann Nelson wieder zu heulen, und so blieb Rick, bis Angie kam, um den Hund zu baden. Sie öffnete die Käfigtür, und Nelson kroch langsam heraus. Er ließ Rick nicht aus den Augen.

Nelson hatte eine lange Zeit ohne Menschen gelebt. Angie hatte Erfahrung mit Hunden und näherte sich dem Tier mit ruhigem Selbstvertrauen. Nelson war verwildert, und er hatte Angst vor ihr, und so schnappte er nach ihr und streifte dabei ihre Hand. Sie trat einen Moment lang zurück und beobachtete ihn einfach nur, während sie ihre Hand desinfizierte. Dann legte sie sich, unter Ricks wachsamem Blick, auf den Boden und robbte ganz langsam auf Nelson zu, wobei sie leise auf ihn einredete. Sie lag etwa fünf Minuten so da, während Nelson sie genau beobachtete. Schließlich streckte sie die Hand aus, damit er an ihr schnüffeln konnte, was er auch tat. Nelson bebte vor Erregung. In dem Moment, wo er Angie roch und ihre Witterung tief in sich einsog, fühlte er sich an seine große Liebe erinnert. Es war ein machtvoller Duft, und irgendwie riss er die Mauern ein, welche die Zeit in der Wildnis in Nelsons Herz errichtet hatte.

Sanft leckte er die Hand, und Angie ließ es eine Weile zu. Als etwa eine Viertelstunde verstrichen war, hob sie den Hund hoch, und er wehrte sich nicht dagegen, dass sie ihn in warmem Wasser badete. Etwas Derartiges hatte er seit Jahren nicht mehr erlebt, und es beruhigte ihn. Nach all seiner Zeit in der Wildnis fühlten sich seine Knochen und Gelenke immer kalt an. Während das warme Wasser langsam über ihn hinwegfloss, massierte ihn Angie ganz behutsam. Sie musste das Wasser drei Mal auswechseln und benutzte verschiedene Shampoos. Sowohl sie als auch Rick waren erstaunt darüber, wie viel Dreck aus dem Fell des Hundes kam. Nach dem dritten Badegang hatte Angie schließlich das Gefühl, dass der kleine Hund allmählich sauber wurde. Sie rubbelte ihn mit einem Handtuch trocken und brachte ihn in den Käfig zurück. Sein Haar war lang und verfilzt und brauchte dringend eine Schur, doch damit würde sie warten, bis er ganz trocken war.

Nelson lag mucksmäuschenstill da. Rick war gegangen, das hatte er bemerkt, doch bei Angie fühlte er sich wohl. Genüsslich atmete er den frischen Duft seines Fells ein und war schon bald eingeschlafen. Kurze Zeit später weckte ihn Angie, und er begann wieder zu heulen, doch sie beruhigte ihn und setzte ihn auf den Tisch, auf dem sie die Hunde schor. Langsam rasierte sie das dicke, verfilzte Fell von seinem Körper. Als sie die Haut sah, musste sie schlucken. Sie hatte in ihrem Leben schon viele magere Hunde gesehen, doch der hier war wirklich nur noch Haut und Knochen. Sie konnte sogar noch die Umrisse der Wunde erkennen, dort, wo sich früher sein Bein befunden hatte. Sanft streichelte sie ihn und fragte sich, was er wohl für eine Geschichte hatte.

Der dreibeinige Hund blickte zu ihr auf, und sie schauten sich in die Augen. Natürlich liebte Angie Hunde, doch bislang war es nur selten vorgekommen, dass sie wegen einem der vielen, vielen Vierbeiner, die im Tierheim in ihrem kleinen Hundesalon landeten, Tränen vergossen hätte. Doch da war etwas im Blick dieses Hundes, das sie berührte. Als sie vorsichtig die Haare aus seinem Gesicht wegrasierte, schauten seine Augen sie mit noch größerer Intensität und Traurigkeit an als zuvor. Zum ersten Mal sah sie die einzigartige Färbung von Nelsons Fell. Seine Augen blickten traurig, doch in ihnen lag noch immer die schier unbändige Neugier, die Nelson den Menschen schon immer vermittelt hatte.

Von Nelsons Rute nahm Angie nicht viel Fell weg, denn es war nicht besonders verfilzt und nach drei Badegängen auch recht sauber. Sie streichelte ihm über den Kopf, und als er ihr mit seinem schönen großen Schwanz zuwedelte, gab sie dem kleinen Hund einen Kuss. Sie wusste, dass Rick ihm bei seiner Ankunft einen Napf mit Trockenfutter hingestellt hatte, doch heute brach Angie die Regeln des Heims und fütterte Nelson die Hälfte ihres eigenen Mittagessens, das sie in der Mikrowelle aufgewärmt hatte, aus der Hand. Für Nelson waren das Huhn und die Nudeln mit Käse eine herrliche Mahlzeit.

In den zweieinhalb Wochen, die er im Tierheim verbrachte, bekam Nelson gut zu fressen und nahm stetig zu. Wie alle anderen Hunde hier bekam er Hundefutter, doch Angie und einige der anderen Angestellten des Heims brachten ihm regelmäßig kleine Leckereien von ihrem eigenen Tisch. Nach nur wenigen Tagen bemerkte Angie voller Erleichterung, dass Nelson nicht mehr die Rippen durch die Haut stachen.

Als er gebadet hatte, wurde Nelson in den Hauptaufenthaltsraum gebracht, wo die Hunde von Besuchern besichtigt und gegebenenfalls mitgenommen werden konnten. Es war ein viel größerer Raum als der in dem Heim in Montana, und es waren jederzeit etwa dreißig Hunde zur Vermittlung bereit. Nelson kam in eine Box für kleinere Hunde, zusammen mit drei anderen, die etwa seine Größe hatten. Zum Spielen war Nelson nicht aufgelegt, und so lag er die meiste Zeit ruhig da und knurrte gelegentlich einen der anderen Hunde an, wenn dieser allzu aufdringlich den Kontakt zu ihm suchte. Er schlief viel. Die Geräusche der anderen Hunde in dem großen Raum und die Schritte und das Murmeln der Menschen, die fast ständig an dem Käfig vorüberzogen, störten ihn nicht. Weil er so lange in der Wildnis unterwegs gewesen war, hatte er gelernt, immer wachsam zu sein, und er war stets auf der Suche nach Nahrung gewesen. Nun jedoch, wo er zwei Mal am Tag eine Mahlzeit bekam, konnte er sich ein wenig entspannen. Die vergangenen Jahre hatten ihm körperlich schwer zugesetzt, und so schlief er immer wieder ein.

Die Träume, die er in dieser Zeit hatte, waren die intensivsten seines Lebens. Seit er aus dem Heim in Montana entkommen war, hatte seine Nase ständig neue Gerüche in sich aufgenommen, doch in seinem Wunsch, zu überleben, hatte Nelson sie im Grunde noch gar nicht richtig verarbeitet. Als sein Gehirn nun spürte, dass sich ihm die Möglichkeit bot, sich auszuruhen und zu erholen, begann es endlich damit, all die Gerüche und Witterungen, die es in seinem Unterbewusstsein gespeichert hatte, zu ordnen und Verbindungen zu knüpfen. Und so waren Nelsons Träume wie eine Melange aus Gerüchen in einzigartiger Gestalt.

Nelsons Gehirn war das Ergebnis einer Entwicklung von Millionen von Jahren, die der Hund durchlaufen hatte, und in den Träumen, die es hervorbrachte und in Nelsons Denken vordringen ließ, während er schlief, lag eine einzigartige Logik. Sie alle waren auf sein Überleben und auf die Perfektionierung seines Geruchssinnes ausgerichtet.

Über diesem angenehmen Tierheim in Kalifornien hing kein Todesgestank. Manchmal war Nelson trotzdem wachsam, weil die anderen Merkmale des Heimes in Montana durchaus vorhanden waren – viele Hunde in Einzelboxen, die in einem großen Raum zusammengepfercht waren, und die Menschen, die Tag für Tag hindurchgeschleust wurden, auf der Suche nach einem Tier, das sie mit nach Hause nehmen konnten. Das alles war Nelson vertraut, und manchmal fuhr ihm eine eisige Angst durch die Knochen. Doch er musste sich ausruhen und war einfach zu müde, um sich vor dem zu fürchten, was kommen würde.

Einige der Menschen, die im Tierheim von Chico nach einem geeigneten Hund Ausschau hielten, bemerkten Nelson. Einige sahen die wunderschöne Färbung seines Fells und die beeindruckende Neugier, mit der er sie ansah. Manche hielten ihn sogar für einen schönen kleinen Hund. Doch sobald sie feststellten, dass er nur drei Beine hatte, kamen sie von dem Gedanken wieder ab, ihn mit nach Hause zu nehmen. Niemand wollte einen dreibeinigen Hund als Haustier.

34

In dem Tierheim in Montana durfte jeder Hund eine Woche bleiben, bevor die Entscheidung getroffen wurde, ihn einzuschläfern. In Chico gab es eine Gnadenfrist von einer weiteren Woche, bevor die übrig gebliebenen Tiere in die Tötungsstation geschickt wurden. Vor einigen Jahren hatte ein Hollywood-Schauspieler, der aus Chico stammte, dem Heim eine großzügige Spende zukommen lassen. Man hatte das Geld gut verwaltet, und so standen diesem Heim mehr Mittel zur Verfügung als anderen. Zwei Wochen waren eine gute Zeit für viele der Hunde, die im Tierheim landeten, um einen passenden neuen Besitzer zu finden. Die Vorgehensweise war Nelson vertraut. Ein Mensch oder eine Gruppe von Menschen gingen im Präsentationsraum von Box zu Box und schauten sich die Hunde an. Wenn ihnen einer gefiel, zeigten sie darauf, und einer der Mitarbeiter des Heims holte den Hund aus der Box und brachte ihn in einen nahe gelegenen Garten, wo der Mensch eine Weile mit ihm spielen konnte. Manchmal wiederholte sich das mit mehreren Tieren. Wenn ein Mensch sich für ein Tier entschieden hatte, wurde es aus der Box geholt, kam an die Leine und durfte mit seinem glücklichen neuen Besitzer ins Büro gehen, wo der Papierkram erledigt wurde. Nelson sah dabei zu, wie ein Hund nach dem anderen schwanzwedelnd weggeführt wurde.

Nelson war ein Hund, und so war immer Hoffnung in seinem Herzen. Wenn die Menschen durch den Präsentationsraum gingen, schaute er sie mit seinen leuchtenden Augen an und wedelte leicht mit seinem flauschigen Schwanz. Manchmal erkannte er ein Lächeln auf ihren Gesichtern, doch sie liefen immer an ihm vorbei. Er wusste nicht, warum. Erst als die Tage vergingen und sich sein Körper allmählich von den Strapazen seines Streunerlebens erholte, erfasste ihn eine leise Beklommenheit.

So wie Rick hatte auch Angie, als sie Nelson sah, sofort gewusst, dass es extrem schwierig sein würde, einen Menschen zu finden, der den dreibeinigen Hund zu sich holen würde. Sie sprach nicht mit Rick darüber, da sie fürchtete, der alte Streit zwischen ihnen könnte wieder aufkommen, ob es nicht besser sei, manche Hunde laufen zu lassen. Doch wenn sie nachts neben ihrem schlafenden Mann im Bett lag, sah sie oft das Gesicht des kleinen Hundes. Wie so viele, die in einem Tierheim arbeiteten, wurde auch sie immer wieder mit der Frage konfrontiert, ob sie einen bestimmten Hund zu sich nach Hause nehmen sollte, wenn klar war, dass er kein neues Herrchen oder Frauchen finden würde. Doch sie wohnte in einem Apartment, in dem Haustiere nicht erlaubt waren. In Gedanken ging sie all ihre Verwandten durch, die vielleicht in Betracht ziehen könnten, ein so ungewöhnliches Haustier bei sich aufzunehmen.

Rick befand sich in einer ähnlichen Situation. Er konnte Nelson nicht nehmen, weil er allein in einer Wohnung lebte. Wer sollte sich tagsüber um den Hund kümmern?

Zur Arbeit konnte er ihn nicht mitnehmen. Familie hatte er keine, doch er fragte ein paar Freunde, ob sie Nelson nehmen könnten.

Auch die anderen Mitarbeiter des Heims entwickelten eine besondere Zuneigung zu dem Hund, doch als sich das Ende der Zweiwochenfrist näherte, hatte sich immer noch niemand gefunden, der ihn haben wollte. Angie wusste das, und Rick auch. Nelson selbst hatte keine Ahnung davon, dass ihm nur noch wenige Tage zum Leben blieben. Und doch machte sich in seinem Inneren langsam ein eisiges Gefühl breit. Sieben lange Jahre als Streuner hatten seine Sinne geschärft, und so spürte er, wenn sich eine Bedrohung näherte. An seine Flucht aus dem Tierheim in Montana erinnerte er sich nicht mehr. Ihm war nur der Gestank des Todes in Erinnerung geblieben, der jenen Ort des Grauens durchdrungen hatte. Manchmal hätte es auch in Chico die Möglichkeit gegeben, rasch aus dem Käfig zu schlüpfen und wegzulaufen. Doch das Heim war größer, es gab mehr Angestellte, und Nelson sah nie eine Lücke, durch die er hätte entkommen können.

In Nelsons kurzem und ereignisreichem Leben hatte es so manches Elend und viele Abenteuer gegeben, einige, an die er sich gerne zurückerinnerte, und andere, die schmerzlich waren. Im Heim gab es Hunde, die einfach nur auf dem Boden lagen und des Lebens müde waren. Man hatte sie zu oft geschlagen, oder sie hatten zu lange gehungert. Vielleicht würde es ihnen Erleichterung bringen, wenn man sie in der Tötungsstation einschläferte. Doch für Nelson galt das nicht. Ganz gleich, welch finstere Zeiten er in seinem Leben erlebt hatte und welch schlimme Erinnerungen ihn bedrückten, er empfand immer noch unbändige Freude, wenn er Gras roch, und beim Duft guten Essens schlug sein Herz höher. Liebevolle Momente mit Menschen waren und blieben etwas, an dem der dreibeinige Hund große Freude hatte. Und er war noch immer neugierig auf die Welt da draußen, die er noch nicht erkundet hatte. Es gab Momente, in denen Nelson ganz allein war, sich mit geschlossenen Augen ausruhte und spürte, wie er langsam ein- und ausatmete. Dabei betrachtete er das Wunder des Lebens nicht mit denselben Augen wie ein Mensch, und er philosophierte auch nicht über Gott und die Welt. Doch das Atmen war dennoch eine mächtige und tiefgreifende Erfahrung für das kleine Tier, und es besiegte die Angst. In Momenten wie diesen war sich Nelson sicher, dass er eines Tages seine große Liebe wiederfinden würde. Und deshalb geriet Nelsons Lebenswille niemals ins Wanken.

An dem Tag, bevor Nelson an der Reihe war, zum Einschläfern geschickt zu werden, schaute Angie in ihrem Computer nach, um sich zu vergewissern, dass der Termin stimmte. Sie hatte sich mit dem Gedanken abgefunden, dass der Hund sterben würde. Sie wusste, dass sie ihn nicht unbegrenzt im Tierheim behalten konnten, weil auch andere Hunde die Chance auf ein besseres Leben erhalten sollten. Doch sie wollte dafür sorgen, dass er einen würdigen Abschied bekam. Mit Rick hatte sie bereits darüber gesprochen, und sie hatten beschlossen, dass sie Nelson noch einmal in warmem Wasser baden würden, bevor er in die Tötungsstation kam, weil sie wussten, dass er das gerne hatte. Angie wollte ihm ein Festmahl aus Steak und Eiern zubereiten, das er am letzten Morgen im Heim bekommen sollte. Rick kam der makabre Gedanke, dass es fast so etwas war wie eine Henkersmahlzeit.

Als Angie Nelson an diesem Morgen aus seiner Box holte, spürte er auf der Stelle, dass etwas nicht stimmte. Er wusste, dass sie eine sanfte Frau war, doch heute war sie besonders behutsam und liebevoll zu ihm und strich ihm immer wieder über den kleinen Kopf. Im Hundesalon des Heimes beobachtete Rick Angie dabei, wie sie Nelson sanft wusch und ihn trocken föhnte. Nelson liebte die Wärme; nach Hunderten von kalten Nächten war sie immer noch ein neues Gefühl für ihn. Doch er spürte auch die Traurigkeit in Rick und Angie, und kannte nicht den Grund dafür.

Nachdem sie ihn gebadet hatten, hielt Rick den kleinen Hund in den Armen, und Angie fütterte ihn mit dem Steak und den Eiern, die sie ihm in kleine Häppchen geschnitten hatte. Das Essen war köstlich, und Nelson genoss es sehr. Rick strich ihm über den Kopf. Als Nelson seine Mahlzeit beendet hatte, spielten Rick und Angie noch eine Weile ruhig mit ihm. Er leckte ihnen das Gesicht und wedelte mit dem Schwanz, und sie balgten sich spielerisch um ein kleines Plüschtier. Nelson wusste nicht, warum Ricks und Angies Augen so glitzerten.

Angie brauchte den Hundesalon für ein paar andere Hunde, die getrimmt werden mussten. Rick hatte sich den Morgen freigenommen und spielte eine Weile mit Nelson. Schon bald war der kleine Hund in seinen Armen eingeschlafen. Warum er so viel Aufmerksamkeit erhielt, war ihm zwar ein Rätsel, doch er freute sich darüber. Während er langsam in den Schlaf hinüberglitt und Ricks charakteristisch menschlichen Geruch einatmete, empfand Nelson ein tiefes Gefühl des Trostes. Er war vor den Menschen davongelaufen, und dann hatte er bei Wölfen gelebt, seinen eigenen Vorfahren aus alter Zeit. Doch in diesem Moment, nur wenige Stunden, bevor er getötet werden sollte, verspürte er in seinem Herzen ein tiefes Glücksgefühl und begriff, wo als Hund sein Platz auf der Welt war. Seine Verbindung zu den Menschen war unwiderruflich. Ein Hund zu sein bedeutete, dass er auf immer und ewig mit den Menschen verbunden war. In diesem Moment gab es in seinem kleinen Hundeherz nur den einen Wunsch: für immer in Ricks Armen zu liegen.

Noch zwei weitere Hunde sollten an diesem Tag eingeschläfert werden. Da war ein alter Pitbull, der bereits mit dem Leben abgeschlossen hatte, dann ein kräftiger Mischling, halb Labrador, halb Schäferhund, der einfach nur ein wenig zu lebhaft für die Menschen war, die in dem Heim nach einem Haustier suchten. Und Nelson. Um halb zwölf kam der Mann aus der Tötungsstation, um die Hunde abzuholen. Zuerst lud er die größeren Hunde in seinen Lastwagen. Als Nelson an der Reihe war, gab es einige Verwirrung, weil er nicht in seiner Box war und niemand wusste, wo er sich befand. Erst einer der Tierheimmitarbeiter erinnerte sich daran, dass Rick und Angie ihn bei sich im Hundesalon des Heims hatten.

Der Mann aus der Tötungsstation ging zum Hundesalon und klopfte an die Tür. Nelson war auf Ricks Schoß fest eingeschlafen. Rick sagte leise zu dem Mann, er würde Nelson zum Lastwagen tragen. Der kleine Hund war immer noch nicht wach, als Rick ihn langsam den Flur entlang zu dem Büro am Eingang brachte, um sich um die Formalitäten zu kümmern. Der Mann aus der Tötungsstation füllte die Papiere aus, die nötig waren, um die drei Hunde mitnehmen zu dürfen. Während er das tat, streichelten Rick und Angie Nelson, der wieder aufgewacht war und sich mit einem bangen Schnüffeln im Raum umsah. Rick und Angie versuchten, ihn ruhig zu halten.

Dann sagte der Mann, er sei mit allem fertig und wolle fahren. Rick übergab ihm Nelson, und Rick und Angie küssten den Hund noch einmal zum Abschied. Nelson war immer noch schläfrig, als man ihn in den Lastwagen setzte. Der Mann aus dem Zwinger war nicht böse, doch er zeigte auch keinerlei Zuneigung zu dem Hund. Er hatte schon vor langer Zeit gelernt, keine emotionale Bindung zu den Hunden einzugehen, die er regelmäßig in den Tierheimen der Stadt abholte.

Auf der Ladefläche des LKW standen sechs Transportboxen, und sie waren alle belegt. Nelson wurde zusammen mit einem anderen kleinen gesprenkelten Mischling in eine Box gesteckt, der leise vor sich hinwinselte. Langsam fuhren sie in Richtung Tötungsstation, die nur zehn Minuten entfernt war.

Schon bei der Ankunft roch Nelson den Gestank des Todes und geriet in Panik. Er begann mit all seiner Kraft heftig in der Box hin und her zu springen und heulte laut. Der Mann aus der Station hatte dergleichen schon oft erlebt, doch er tröstete die Hunde nicht, indem er sie streichelte. Er hatte Beruhigungsmittel in seinem Handschuhfach und gab Nelson eine Injektion. Kurz darauf sank der kleine Hund zu einem schlaffen Bündel zusammen, dessen Augen nur einen Spaltbreit offen standen. Alles um ihn herum verschwamm.

Es war ein starkes Beruhigungsmittel, und obwohl Nelson den Todesgeruch immer noch wahrnahm, hatte er kaum eine Wirkung auf ihn. Nelson und die anderen Hunde wurden in das kleine Wartezimmer im vorderen Bereich der Station gebracht. Ruhig wartete Nelson in der Nähe des Krematoriums, während die anderen Hunde einer nach dem anderen abgeholt wurden. Er hörte das letzte Bellen des traurigen Pitbulls und den lebhaften Labrador-Mischling, während sie ihren letzten Gang antraten.

Nelson merkte nicht, wie Rick Doyle das kleine Wartezimmer betrat, zusammen mit einem anderen Mann und einem kleinen Jungen. Zwischen Rick und einem der Angestellten des Zwingers wurden ein paar Worte gewechselt, Formulare wurden ausgefüllt. Nelson wusste kaum, wie ihm geschah, als Rick, der Mann und der Junge auf ihn zukamen und ihm über den Kopf strichen.

Der kleine Junge hob Nelson etwas unbeholfen hoch und trug ihn hinaus in die Freiheit. Nelson fiel in einen tiefen Schlaf.

Vierter Teil

Daheim

35

Es war Oliver, der Nelson das Leben rettete, denn sein Vater war dagegen gewesen, das Tier zu ihnen nach Hause zu holen. Doch als der Junge um zwei Uhr nachts zu seinem Vater ins Schlafzimmer kam, weil er nicht schlafen konnte, und ihm unter Tränen sagte, er müsse ständig an den dreibeinigen Hund denken, gab sein Vater schließlich nach und versprach ihm, am nächsten Tag ins Tierheim zu gehen und den Hund zu holen.

Olivers Vater Jake war von seinen Eltern, Immigranten aus Mexiko, die ihrem in den USA geborenen Sohn unbedingt einen biblischen Namen geben wollten, auf den Namen Jacob getauft worden. »Jacob« war damals eine eher ungewöhnliche Wahl, doch seine Mutter wollte einen besonderen Namen für ihn, mit dem er sich von anderen abheben würde, und seit er zehn Jahre alt war, hatte man ihn dann »Jake« genannt. Die große Liebe seines Lebens war eine Amerikanerin halb irischer und halb deutscher Abstammung namens Laurie gewesen, mit der er schon auf der Highschool zusammen war. Nach der Schule war sie woanders aufs College gegangen, jedoch vier Jahre später, schöner denn je, zurückgekehrt. Nur wenige Wochen nach ihrer Heimkehr hatte Jake ihr einen Heiratsantrag gemacht, den sie ohne

Zögern angenommen hatte. Innerhalb eines Jahres war Laurie schwanger geworden und hatte bald darauf einem gesunden kleinen Jungen das Leben geschenkt. Er wurde Oliver getauft, nach Lauries Großvater, der in der Normandie gefallen war. Laurie hörte zu arbeiten auf, um sich um das Kind zu kümmern, und Jake trug fortan die ganze Last, seine Familie durchzubringen. Bald hatte seine Autowerkstatt einen festen Kundenstamm, weil er für seine schnellen Reparaturen zu vernünftigen Preisen bekannt war. Seine männlichen Kunden fühlten sich aufgrund seiner ruhigen Art immer gut aufgehoben bei ihm, und die Frauen schätzten sein jungenhaft gutes Aussehen.

Jake war ein praktisch veranlagter Mensch, konnte jedoch zunächst nicht begreifen, dass seine Frau mit achtundzwanzig Jahren gestorben war. Das war in Jakes Lebensplan nicht vorgesehen. Er liebte Regeln und Routine und hatte sich darauf eingestellt, ein langes glückliches Leben mit einer großen Familie zu verbringen. Doch die ersten Anzeichen einer Veränderung kamen, als Laurie über ständige Müdigkeit klagte. Jake schob es auf die Erschöpfung, die das Leben mit einem Kleinkind mit sich brachte, doch dann brach Laurie eines Tages zusammen. Sie rief Jake an, der sofort nach Hause kam und sie ins Krankenhaus brachte, wo die Ärzte sie endlosen Tests unterzogen und irgendwann zu dem Schluss kamen, dass sie an einer sehr seltenen Immunkrankheit litt, die auf eine genetische Fehlentwicklung zurückging. Einen Monat später war sie gestorben.

Jake war am Boden zerstört. Ihr kleiner Junge, Oliver, war zunächst vor allem verwirrt. Als Jake ihm sagte, seine Mutter sei fortgegangen, fragte er, wann sie denn wieder zurückkomme. Jake erwiderte, es tue ihm furchtbar leid, aber sie werde nie zurückkommen. Dann überlegte er es sich anders und beschloss, dass Oliver es verdiente, die Wahrheit zu erfahren. Er gestand ihm, seine Mom sei tot. Allerdings begriff er bald, dass Kinder nicht verstehen, was der Tod ist. Eigentlich ging es ja Erwachsenen auch nicht anders. Oft lag Jake nachts wach, weil er lange Zeit einfach nicht glauben wollte, dass seine Frau nicht mehr da war. Es war schlichtweg unmöglich, zu begreifen, wie eine so temperamentvolle, schöne und liebevolle Frau einfach aus seinem Leben verschwinden konnte.

Oliver schien mit der Situation zurechtzukommen, doch er schlief nachts schlecht, hatte Albträume. Zwei Jahre nach dem Tod seiner Mutter kam er immer noch manchmal mitten in der Nacht zu Jake ins Zimmer, voller Angst, weil er von Schlangen und Tigern geträumt hatte. Jakes Mutter Norma kümmerte sich tagsüber um ihn, und Jake versuchte, weniger in seiner Autowerkstatt zu arbeiten, um möglichst viel Zeit mit dem Jungen zu verbringen. Wie es innerlich um den Jungen bestellt war, wusste er nicht genau. Er machte sich Sorgen um ihn, befürchtete, der Verlust seiner Mutter könnte ihn geschädigt haben. Und so beunruhigte es ihn auch, als der Junge ihm in jener Nacht gestand, er habe um den dreibeinigen Hund geweint.

Der Tag zuvor war ein Sonntag, und sie waren bei Freunden zum Grillen gewesen. Jake und Oliver aßen Burger und plauderten, als Jake bemerkte, wie Oliver aufmerksam ein Gespräch am Nachbartisch verfolgte. Ein Mann redete über seine Nichte, die in einem Tierheim arbeitete und jeden in der Familie zu überreden versucht hatte, einen kleinen dreibeinigen Hund bei sich aufzunehmen. Der Mann schilderte, der Hund solle in nur wenigen Tagen in die Tötungsstation gebracht werden, wo man ihn einschläfern würde. Scherzhaft fügte er noch hinzu, ja, es sei eine traurige Geschichte, aber wer würde schon einen dreibeinigen Hund wollen? Der Mann war ein guter Pantomime und ahmte die Bewegungen des dreibeinigen Tieres, wie er sie sich vorstellte, so gut nach, dass alle am Tisch vergnügt kicherten.

Urplötzlich hatte Oliver begonnen, den Mann anzuschreien, ihn als bösen, grausamen Menschen zu beschimpfen. Jake versuchte, ihn zu beruhigen und entschuldigte sich bei dem Mann für Olivers Verhalten. Als seine Tränen getrocknet waren, sagte Oliver, er wolle den dreibeinigen Hund aus dem Tierheim retten, und um die Situation zu entschärfen, gab Jake nach und ließ sich von dem Mann die Adresse des Heimes geben, wo seine Nichte arbeitete. Dabei war er sich alles andere als sicher, dass sie den Hund wirklich bei sich aufnehmen würden, doch er wollte seinen Sohn beruhigen. Eigentlich hatte Oliver den gleichen sanften Charakter wie Jake, und dass er von der Idee mit dem Hund so besessen war, kam für den Vater überraschend. An diesem Tag redete Oliver von nichts anderem als von dem Hund, und als er abends zu Bett ging, weinte er, weil ihm das Schicksal des dreibeinigen Tiers so nahe ging. Und so hatte sein Vater ihm schließlich versprochen, gleich am nächsten Morgen den Hund aus dem Heim zu holen.

Als sie an dem Morgen, als Nelson eingeschläfert werden sollte, ins Tierheim kamen, stellte sich heraus, dass der Hund nicht mehr da war, und Oliver war am Boden zerstört. Er fing laut und herzzerreißend zu schluchzen an, so heftig, wie er es seit dem Tod seiner Mutter nicht mehr getan hatte. Wieder und wieder schrie er: »Der Hund ist tot, der Hund ist tot.«

Jake ging in die Hocke und nahm den Jungen in die Arme. Da er damit beschäftigt war, seinen Sohn zu beschwichtigen, bemerkte er nicht, wie einer der Mitarbeiter des Heims einen Anruf tätigte, in dem es um den dreibeinigen Hund ging. Und so erfuhr Jake kurz darauf zu seiner großen Erleichterung, dass der Hund immer noch am Leben war und sie ihn in der Station abholen könnten.

36

Nelson träumte von seiner großen Liebe. Er war wieder ein Welpe. Katey fütterte und badete ihn, und sie spielte mit ihm. Er lag unter ihrem großen Flügel und spürte, wie die Musik sie durchdrang. Bald würden sie miteinander spazieren gehen. Die duftdurchtränkten Erinnerungen an seine Welpenzeit schwappten über ihn hinweg und trösteten ihn. Es waren diejenigen Erinnerungen, die immer am stärksten in ihm sein würden. All die Momente mit seinem ersten Frauchen hatten Nelson zu dem gemacht, was er heute war. Und sie würde seine große Liebe bleiben. So war das bei allen Hunden.

Als er aufwachte, war er immer noch benommen von den Nachwirkungen des Beruhigungsmittels. Er befand sich in einem warmen, sonnendurchfluteten Zimmer und lag auf einem bequemen Bettchen voller alter Kissen. Seine Augen öffneten sich, und er bemerkte das Kind, das ganz in seiner Nähe saß. Der Junge kam zu ihm herüber, hob ihn hoch und nahm ihn in die Arme. Kinder verströmten einen Geruch, der reiner war als der von Erwachsenen, und Nelson fand ihn tröstlich. Der Junge rief etwas, und ein paar Augenblicke später kam der Mann zur Tür herein, der mit dem Jungen zusammen Nelson aus der Tötungsstation gerettet hatte. Der

Junge legte dem Mann Nelson in die Arme, und er hielt ihn eine Weile fest und streichelte ihm den Kopf.

Nelson konnte sich nicht an das erinnern, was am Tag zuvor geschehen war. Doch in Jakes Armen fühlte er sich vollkommen sicher und geborgen. Jake legte den Hund auf die Kissen zurück. Nelson war immer noch ziemlich benommen, und so blieb er einfach liegen, während der Mann aus dem Zimmer verschwand und mit einer kleinen Schüssel Milch wiederkam, in der ein paar Stücke zerschnittener Pfannkuchen schwammen. Nelson stand auf und fraß aus dem Napf. Er hatte einen Bärenhunger.

Später an diesem Tag nahm Oliver Nelson mit in den kleinen Garten. Ein Teil davon war mit Steinen ausgelegt, der Rest war Rasen. Optisch betrachtet war es ein armseliger Garten, doch wenn man nach dem Geruch ging, war er üppig wie ein Paradies. Es gab einige kleine eingetopfte Rosenbüsche, und Nelson schnüffelte glücklich an ihnen herum. Oliver wollte mit ihm spielen, und Nelson tat ihm den Gefallen und holte ein paar Mal das Bällchen, das Oliver im Garten herumwarf. Das alles war so einfach im Vergleich zu den Dingen, die er in den vergangenen Jahren hatte tun müssen, um zu überleben.

Es beeindruckte Jake, wie beweglich der Hund auf seinen drei Beinen war, und er war stolz auf den Instinkt seines Sohnes, dem Hund das Leben zu retten. Den Gedanken, dass dieser kleine dreibeinige Mischling mittlerweile tot wäre, hätten sie ihn nicht aus der Tötungsstation gerettet, fand er bereits am Ende dieses Tages unerträglich. Nelson schaute mit seinen neugierigen, leuchtenden Augen zu Jake empor, wedelte mit seinem großen, flauschigen Schwanz, und sowohl Oliver als auch Jake wussten, dass der Hund zu ihnen gehörte. Olivers Traurigkeit und seine Ängste schienen wie weggeblasen, und dafür war Jake Nelson dankbar.

Oliver und Jake versuchten, sich einen Namen für den Hund auszudenken, und einigten sich schließlich auf Jupiter, was Olivers Lieblingsplanet war. Jake hatte dennoch das Gefühl, dass der Name nicht recht passte, aber sie blieben dabei, da sein Sohn so begeistert davon war. Und schon bald hörte Nelson auf diesen Namen.

Während der ersten Wochen in Jakes und Olivers Haus schlief Nelson viel. Die Erholungsphase, die für ihn im Tierheim begonnen hatte, setzte sich fort. Er nahm an Gewicht zu und bekam schon bald ein kleines Bäuchlein, wie es bei älteren Hunden oft der Fall ist. Jake versuchte, ihn an nasses und trockenes Hundefutter zu gewöhnen, doch das wollte Nelson nicht fressen. Der Vorteil eines Streunerlebens draußen auf der Straße war gewesen, dass er meistens Essensreste von Menschen bekommen hatte. Manchmal war es ein schrecklicher Kampf gewesen, überhaupt etwas zu finden, doch seine Geschmacksknospen waren mittlerweile auf das ausgerichtet, was vom Tisch der Menschen übrig blieb. Hundefutter roch und schmeckte nach nichts, und irgendwie hatte Nelson beschlossen, es unter keinen Umständen mehr zu fressen. Jake hatte zuerst Fertigfutter besorgt, weil er einige Freunde hatte, die ihren Hunden niemals Essensreste verfüttert hätten. Sie behaupteten, das sei schlecht für den Magen der Tiere. Andere wiederum behaupteten jedoch, Hundefutter sei eine menschliche Erfindung, nicht älter als hundert Jahre, während der Hund sich über die

Jahrtausende weiterentwickelt habe, indem er menschliche Essensreste fraß. Jake befürwortete das letztere Argument, doch eigentlich hatte er auch keine andere Wahl, denn Hundefutter fraß Nelson nicht mehr.

Jake und Oliver gaben ihm Reste von Hühnchen und anderem Fleisch zu fressen, außerdem Reis und Tortillas. Jake hatte gehört, Karotten seien auch bei Hunden gut für die Augen, und Nelson liebte sie. Er kaute gerne auf Möhren oder Apfelstückchen herum. Jake vermutete, dass sie ihn an Knochen erinnerten. Oft gaben sie ihm auch Reste ihres eigenen Essens, allerdings nichts allzu stark Gewürztes. Jake achtete darauf, alles gut zu garen, damit keinerlei Keime mehr darin waren, und Nelson fraß mit Begeisterung. Oliver liebte Pizza und entdeckte schon bald, dass Nelson diese Vorliebe mit ihm teilte. Am Anfang gaben sie ihm oft kalte Pizzareste vom Vortag, doch schon bald bekam er am Wochenende seinen Teil, solange sie noch warm war. Oliver riss ein Stück in kleine Teile, die Nelson voller Genuss verspeiste.

Jeden Nachmittag, wenn Oliver aus der Schule kam, gingen seine Großmutter Norma und er mit dem Hund spazieren. Norma war bereits über achtzig Jahre alt und hatte eine neue Hüfte. Deshalb ging sie eher langsam, doch das machte Nelson nichts aus. Er nahm sich die Zeit, alles in der Nachbarschaft genauestens zu beschnüffeln. Jake und Oliver lebten in einem Viertel, das irgendwo zwischen einem Arbeiterviertel und einem Mittelklassevorort lag, eine Gegend mit kleinen Häusern, einer gemischten Bevölkerung und einer gutnachbarschaftlichen Atmosphäre. Hier lebte eine ganze Reihe von Hunden, und Nelson lernte sie alle nach ihrem Geruch zu unterscheiden. Manche beschnüffelten ihn eifrig, wenn er sie auf der Straße traf. Die Großmutter, der Junge und der dreibeinige Hund wurden zu einem wohlbekannten Anblick in der Nachbarschaft. Manchmal glotzten die Menschen Nelson wegen seiner drei Beine an, doch viele waren auch beeindruckt davon, dass er seine Behinderung eigentlich gar nicht wahrzunehmen schien.

Auch Norma entdeckte bald ihre Liebe zu dem Hund, den sie unter dem Namen Jupiter kannte. Sie war eine einfache Frau, die in einer kleinen Stadt in Mexiko aufgewachsen und mit sieben Jahren in die USA ausgewandert war. Fast jeden Morgen saß sie mit dem Hund auf einer kleinen Schaukel in Jakes Garten. Der Hund schlief auf ihrem Schoß, bellte ab und zu, wenn er Geräusche hörte oder ein paar Vögel vorbeiflogen. Sobald er aufwachte und herumzuschnüffeln begann, ging sie manchmal eine Weile ins Haus, wo sie beim Geschirrspülen Radio hörte. Norma liebte die alten Songs und summte mit.

Norma wohnte nicht bei Jake, sondern in einer kleinen Wohnung in der Nähe, und an den Tagen, wenn die Zipperlein des Alters ihr allzu sehr zu schaffen machten, kam sie erst zu ihm, wenn Oliver aus der Schule nach Hause zurückkehrte. An solchen Tagen blieb Nelson allein draußen im Garten, dessen Türen Sicherheitsschlösser hatten, oder an kälteren Tagen in einer kleinen Waschküche im hinteren Teil des Hauses. Von seiner eigenen Verletzlichkeit hatte er nur wenig Ahnung, und so übernahm er schon bald die Rolle des Beschützers des Hauses, wenn Oliver, Jake und Norma nicht da waren. Morgens bellte er den Postboten oder auch andere Besucher an, die zum Haus kamen, wenn niemand da war –

Zeugen Jehovas, Vertreter oder Freunde. Jake schnalzte vor Freude mit der Zunge, wenn er von den Nachbarn hörte, was für ein großer Beschützer des Hauses der kleine Hund war.

Wenn Oliver oder Jake nach Hause kamen, sprang Nelson aufgeregt umher und wedelte mit dem Schwanz. Seine Rückverwandlung in ein Haustier war schnell vonstattengegangen, denn nach genau diesem Leben hatte er sich immer zurückgesehnt. In seinem Gehirn waren die Erinnerungen an Tausende und Abertausende von Gerüchen abgespeichert, die ein durchschnittlicher Haushund niemals in die Nase bekommen hätte. Sie erfüllten bei Nacht seine Träume, und manchmal nahm er sie ganz schwach in den Brisen wahr, die aus der Nachbarschaft kam. Doch nach der Wildnis oder einem Leben als Streuner sehnte er sich nie zurück.

Nachts durfte Nelson zu Oliver aufs Bett. Mittlerweile schlief der Junge wieder von neun Uhr abends bis morgens um halb sieben. Zuerst war seine Großmutter Norma nicht besonders begeistert von der Tatsache gewesen, dass der Hund bei ihm im Bett schlief, weil sie es für unhygienisch hielt. Doch als sie Nelson mehr und mehr lieben lernte, hörte sie schon bald auf, sich darüber zu beschweren. Meist verbrachte Oliver mindestens eine halbe Stunde damit, mit Nelson auf dem Bett zu spielen, nachdem sie ihn ein letztes Mal aus dem Haus gelassen hatten, damit er sein Geschäft machen konnte. Von Zeit zu Zeit setzte sich auch Jake zu Oliver aufs Bett und spielte mit ihnen. Eines Samstags hatte er in einem Großmarkt eine große Plüschratte gefunden, die fortan zu Nelsons abendlicher Routine gehörte. Er stürzte sich gerne auf die Ratte und balgte mit ihr, und Oliver tat dann so, als wollte er sie ihm abnehmen, woraufhin der Hund spielerisch knurrte. Oliver und Jake amüsierten sich köstlich über die Kapriolen des kleinen Hundes, obwohl sie nicht wissen konnten, dass er vor vielen Jahren mit seinem Frauchen ein ähnliches Ritual gehabt hatte. Auch wussten sie nicht, dass er einmal zugesehen hatte, wie Wölfe andere Tiere töteten, und dass die Entscheidung, lieber mit Plüschtieren zu spielen, Ausdruck von Nelsons friedfertigem Charakter war. Wenn Jake seinem Sohn gute Nacht sagte, nahm er ihn in die Arme, und Oliver schloss die Augen, Nelson dicht bei ihm. Er fand das leise Schnarchen des Hundes tröstlich. Oft fragte er seinen Vater, was denn Hunde wohl träumten, und Jake sagte ihm, anders als Menschen träumten Hunde in Gerüchen.

Manchmal träumte Nelson schlecht, doch seit er bei Jake und Oliver leben durfte, waren es meist glückliche Träume, die er hatte. Noch immer träumte er von Katey, seiner großen Liebe, und wenn er dann aus einem solchen Traum aufwachte, war die Sehnsucht nach ihr groß. Er liebte Jake und Oliver und Großmutter Norma, doch er war ein Hund mit treuem Herzen, und selbst nach all diesen Jahren wäre er am liebsten wieder bei seiner großen Liebe gewesen, um sie zu beschützen, ihr zu dienen, sie glücklich zu machen, sie zu lieben. Dieser Wunsch war so groß, wie er es immer gewesen war. Manchmal träumte er, sie sei zusammen mit ihm und Oliver und Jake im Haus, doch so sehr er später nach ihr suchte, er konnte sie nicht finden. Auch träumte er manchmal, dass Don versuchte, ihr wehzutun, und er war der Wolfsvater, der sie vor Dons Schlägen schützte. Oder da war der Todesgestank aus dem Tierheim in Montana, der Katey einhüllte, und er konnte das Adrenalin in ihren Adern riechen, wenn sie um ihr Leben rannte. Dann bellte Nelson laut im Traum, doch der Gestank des Todes ging einfach nicht weg. Wenn er dann aufwachte, war die Sehnsucht nach ihr besonders groß. Er schnüffelte in Olivers Zimmer umher, hörte das gleichmäßige Atmen des Jungen, roch seinen Atem. Und er leckte ihm mit sanfter Zuneigung das Gesicht. In dem Zimmer war es still und warm, Nelsons Aufregung legte sich wieder, und er schlief ein. Dennoch kehrten die Träume immer wieder zurück.

37

Den ersten großen Kummer seines Lebens hatte Jake erlebt, als er einige Jahre, bevor Nelson zu ihnen kam, seinen Vater verloren hatte. Davor war der Tod für ihn etwas Abstraktes gewesen. Wenn Freunde oder Bekannte jemanden aus ihrer Familie verloren, hatte er mit ihnen getrauert, doch erst nach dem Verlust seines Vaters lernte er wirklich Schmerz und Kummer kennen. Dieses Gefühl des Verlusts zu beschreiben, war schier unmöglich. Einer seiner Freunde hatte einmal gesagt, es sei eine so einzigartige Erfahrung, ein Elternteil zu verlieren, dass andere sie nicht nachvollziehen könnten, bevor sie ihnen selbst widerfuhr. Jake hatte das als sehr präzise Beschreibung empfunden. Die Trauer war eher eine körperliche als eine mentale Erfahrung. Ja, die Gefühle waren gewaltig, aber viel schlimmer war, dass man sich auch körperlich ausgeliefert und hilflos fühlte und einem zum Beispiel zu den unmöglichsten Zeiten Tränen in die Augen stiegen. Trauer war eine schmerzliche und heftige Erfahrung, die sich wie etwas Archaisches anfühlte.

Seine Frau Laurie hatte ihm nach dem Tod seines Vaters beigestanden und ihn getröstet. Bevor er seinen Vater verloren hatte, hatten ihm oft die Worte gefehlt, wenn er bei einem Todesfall jemandem sein Beileid aussprechen wollte. Doch als er seinen eigenen Vater verlor, war ihm bewusst gewesen, dass ein Trauernder gar keiner Worte bedurfte. Was er brauchte, war ein Mensch, der bei ihm blieb und ihm zeigte, dass er nicht allein auf der Welt war. Viel mehr als Worte halfen ihm die sanfte Berührung einer Hand oder eine Umarmung. Worte hingegen waren in Zeiten tiefster Trauer ziemlich nutzlos.

Verlust ist Verlust, und Trauer ist Trauer, hatte er sich gesagt, als auch seine Frau Laurie gestorben war. Er versuchte, sich einzureden, dass der Verlust seines Vaters und dann der von Laurie sich qualitativ nicht allzu sehr voneinander unterschieden. Und doch fühlte es sich anders an. Bei Laurie war zu seiner Trauer auch noch das Gefühl hinzugekommen, betrogen worden zu sein, betrogen um all die Jahre, die er noch mit ihr hätte verbringen können, um die Kinder, die sie noch hätten bekommen können, und um das gemeinsame Altwerden. Dieses Gefühl, betrogen worden zu sein, war stark und tief, und es bildete zusammen mit seiner Trauer eine ungesunde Mischung. Monatelang waren die Gefühle in ihm immer wieder Amok gelaufen, bevor sie sich endlich beruhigten, und obwohl seine Mutter und seine Freunde ihr Bestes taten, um ihn zu trösten, erinnerten ihre Versuche ihn nur ständig daran, dass es eben nicht Laurie war, die da war, um ihn zu trösten, so wie sie es beim Verlust seines Vaters getan hatte.

Das Einzige, was Jake davor bewahrt hatte, zusammenzubrechen, war sein Sohn gewesen, denn er war entschlossen, ihm in jeder Minute, die er mit ihm verbrachte, ein starker Vater zu sein. Ohne Oliver hätte sich Jake vielleicht aufgegeben, doch so hielt er um der Liebe zu seinem Kind willen alles zusammen, so gut er konnte. Als Nelson zu ihnen kam, ließ einiges von dem Druck nach, den Jake empfunden hatte, um seinem Sohn bei der Bewältigung des Todes seiner Mutter zu helfen. Nelsons Liebe war unerschöpflich, und er sah deutlich, wie glücklich und gelöst Oliver durch den kleinen, dreibeinigen Hund war.

Etwa ein Jahr nach Lauries Tod begann Jakes Mutter ihn zu bedrängen, er sollte doch wieder beginnen, sich nach anderen Frauen umzuschauen. Auf Vernunftebene begriff Jake, dass dies wahrscheinlich richtig gewesen wäre. Er war ein gut aussehender Mann, und es gab jede Menge Frauen, die gerne mit ihm ausgegangen wären. Ein oder zwei Mal versuchte er es auch. Einmal hatte er sogar eine Frau über Nacht nach Hause mitgenommen. Doch er hatte es nicht über sich gebracht, mit ihr zu schlafen, und sie war wieder gegangen. Er hatte ein schlechtes Gewissen gehabt, weil er der Frau, die recht nett gewesen war, etwas Derartiges zugemutet hatte. Und so hatte er beschlossen, mit der Partnersuche aufzuhören, bis er sich wirklich bereit dafür fühlte. Für Norma, die am liebsten eine ganze Schar von Enkelkindern gehabt hätte, war das eine Enttäuschung. Doch Jake sagte ihr, so werde es gehen und nicht anders.

Nelson war etwa sechs Monate bei Oliver und Jake, als sich der Todestag von Laurie zum ersten Mal jährte. Zufällig war es ein Sonntag, und so zogen Jake und Oliver ihre besten Kleider an und besuchten das Grab von Jakes Vater. Lauries Asche war am Fluss in alle Winde verstreut worden, doch Jake hatte das Gefühl, er brauche einen besonderen Ort, wo er an diesem Tag sitzen könnte.

Er kaufte einen großen Strauß bunter Blumen und legte sie auf das Grab. Dann setzte er sich auf die Grabsteinkante, und Nelson hüpfte ihm auf den Schoß, als wollte er ihn trösten. Oliver weinte ein wenig, doch Nelson leckte ihm die Hände, und so war er bald abgelenkt. Nelson und Oliver spielten miteinander, während Jake etwa eine Stunde am Grab saß.

Nelson dachte nicht besonders oft über den Verlust seines Beines nach. Gelegentlich erinnerte ihn eine bestimmte Duftnote in der Luft an die Zeit, als er noch auf vier Beinen gegangen war. Jetzt jedoch hatte er nur noch drei, und für ihn fühlte sich das ganz natürlich an. Manchmal, in kalten Nächten, juckte die Narbe von seiner Amputation ein wenig, oder ein dumpfer Schmerz pochte darin. Dann bemerkten Jake und Oliver, wie er sich an der Stelle leckte, und gaben ihm das Schmerzmittel, das die Tierärztin ihm auf ihre Bitte hin verschrieben hatte. Als eher kleiner Hund hatte Nelson eine deutlich höhere Lebenserwartung als größere Tiere seiner Art und würde noch viele gesunde Jahre genießen können, bevor ihn einige der Zipperlein ereilten, an denen größere Hunde schon viel früher litten. Eine der größten Hunderassen, die Dänische Dogge, lebte nur etwa so lange wie Wölfe, nämlich sechs oder sieben Jahre, selbst wenn sie ein gutes, liebevolles Zuhause hatte. Jake und Oliver wussten nicht genau, wie alt Nelson war, obwohl ihre Tierärztin ihnen gesagt hatte, er sei ein ausgewachsener, reifer Hund. So kam es, dass sein zehnter Geburtstag sang- und klanglos vorüberging. Doch Jake bemerkte durchaus eine gewisse Versteifung seiner Gelenke, die etwa um diese Zeit begann. Nelsons Gang und auch seine Art, zu laufen, wurden etwas behäbiger. Ein- oder zweimal im Monat fiel er auch um, was Jake in den ersten Monaten, die er bei ihnen verbrachte, nie erlebt hatte.

Jake machte es Angst, als er die ersten Anzeichen des Alters an Nelson wahrnahm. Eines der gesundheitlichen Probleme bei Hunden mit drei Beinen, sagte die Tierärztin, sei es, dass sowohl Arthritis als auch Gelenkversteifungen, die bei älteren Hunden immer auftraten, bei ihnen etwas früher kamen, weil auf den verbleibenden Gliedmaßen mehr Belastung lag. Manchmal, bei Nacht, massierte Jake Nelsons kleinen Körper und zeigte Oliver, wie man das machte. Dem Hund schien es sehr gut zu gefallen.

Eines Morgens, als Jake sich für die Arbeit fertig machte, hörte er, wie Oliver erschrocken aus dem Erdgeschoss rief. Er war gerade dabei, Nelson sein Frühstück zu geben, als Nelson sich urplötzlich hinsetzte und nicht wieder aufstehen wollte. Als beide versuchten, ihn hochzuziehen, damit er ein paar Schritte ging, knurrte er sie an. Er schien große Schmerzen zu haben. Oliver war aufgeregt, doch Jake schaffte es, ihn in den Schulbus zu verfrachten, und versprach ihm, Nelson würde es wieder besser gehen, wenn er von der Schule nach Hause kam.

Nelson vertraute Jake und ließ es zu, dass er ihn vorsichtig hochhob und in eine kleine Decke wickelte. Dann trug Jake Nelson zum Auto und legte ihn auf den Rücksitz. Der kleine Hund winselte vor Schmerz. Wann immer er versuchte, seine Beine zu bewegen, fuhr ihm ein scharfer Schmerz durch den Körper. Die Fahrt zur Ärztin war nur kurz, und Jake trug Nelson behutsam hinein und streichelte ihm über den kleinen Kopf.

Sowohl Jake als auch Nelson mochten die Tierärztin, Dr. Richards. Sie war eine junge Frau, erst Mitte dreißig, und strahlte sowohl Kompetenz als auch eine wirkliche Zuneigung zu Tieren aus. Sie sagte zu Jake, Nelson leide wahrscheinlich an einer Verkalkung der Gelenke, doch zuerst wolle sie eine Röntgenaufnahme machen, um diese Diagnose zu bestätigen. Die Kosten würde eine spezielle Tierkrankenversicherung tragen, die Jake erst wenige Monate zuvor abgeschlossen hatte. Wenn sich die Diagnose dann bestätigte, würde sich Nelsons Zustand nach einer Kortisonspritze schlagartig verbessern.

Jake ging ein paar Stunden zur Arbeit. Nelson sah ihm mit kummervollen Augen hinterher, und Jake musste auf einmal mit einem so intensiven Gefühl der Trauer an seine Frau denken, wie er es schon seit Monaten nicht mehr verspürt hatte. Zu seiner Erleichterung schien die Tierärztin jedoch guter Dinge zu sein, als sie bei seiner Rückkehr am Nachmittag das Sprechzimmer betrat. Ja, und nicht nur das: Nelson war an ihrer Seite, an der Leine und etwas langsam, doch mit einem glücklichen Schwanzwedeln, als er Jake erblickte.

Die Tierärztin sagte zu Jake, die Röntgenaufnahme habe bestätigt, dass Nelson unter einer Verkalkung der Gelenke litt, dass man seine Schmerzen aber mit einer Kortisonspritze deutlich lindern und es Nelson ermöglichen könne, ohne Probleme zu laufen. Abgesehen von seinen Gelenkproblemen, erfreue sich der Hund sehr guter Gesundheit, meinte die Ärztin. Nelson blickte zu ihnen auf, als wüsste er, dass von ihm die Rede war, und wedelte wieder mit der Rute. Die Ärztin empfahl, ihn in den nächsten Wochen im Haus zu behalten und sorgfältig zu beobachten.

Oliver war überglücklich, dass es Nelson wieder besser ging, obwohl er ein wenig langsamer war, als sie an diesem Nachmittag miteinander spielten. Auch Norma hing sehr an dem Hund und beschloss, in den kommenden Wochen besonders gut auf ihn aufzupassen, so, wie es die Tierärztin empfohlen hatte.

Jeden Morgen, wenn sie zu Jake kam, massierte sie den Hund am ganzen Körper, während sie zusammen im Wohnzimmer saßen und Radio hörten. Sie zog es vor, sich im warmen Haus aufzuhalten, weil das besser für Nelsons Gelenke war. Nelson schien es gutzutun, und Norma hoffte, auf diese Weise das Leben des Hundes verlängern zu können. Trotzdem war sie nicht vorbereitet auf das, was nur eine Woche nach dem Tierarztbesuch geschah.

38

Norma liebte Musik. Als sie noch ein junges Mädchen in Mexiko gewesen war, hatte sie sich oft gegen den Willen ihrer Eltern aus dem Haus geschlichen, um heimlich den Mariachi-Spielern zuzuhören, die in einem exklusiven Club auftraten. Für sie war das ein Gefühl, als spielten sie an einem ganz besonderen Ort in einem anderen Universum, einer Welt endlosen Glücks. Als ihre Familie dann nach Amerika übersiedelt war, hatte die enorme Vielfalt der amerikanischen Popmusik sie ungeheuer fasziniert, einer Musik, die in vielerlei Hinsicht ihr Leben bestimmte. Wenn sie den Sendungen ihrer Oldies-Station lauschte, wusste sie oft genug noch ganz genau, wo sie einen bestimmten Song zum allerersten Mal gehört hatte. Sie erinnerte sich an die guten und an die schwierigen Zeiten in ihrem Leben zurück, an die vielen Veränderungen, die in ihrem Land vorgegangen waren. Schon in jungen Jahren hatte sie bemerkt, dass sich in den meisten Liedern alles um die Liebe drehte. Es war das Wort, das in den Texten am häufigsten vorkam, und sie dachte oft, Liebe sei wohl auch das Thema, über das die Menschen am liebsten sangen.

Es kam tatsächlich nicht oft vor, dass im Radio ein Song gespielt wurde, in dem es nicht explizit um Liebe ging. Die Beatles hatte Norma immer besonders gemocht. Ihre Lieder waren humorvoll und gefühlvoll zugleich und die Texte oft ungewöhnlich und intelligent. Und so freute sich Norma, als eines schönen, sonnigen Nachmittags in Kalifornien einer ihrer liebsten Beatles-Songs im Radio kam: »Here Comes the Sun«.

Doch Norma hatte nicht lange Freude an dem Lied, denn die Reaktion des dreibeinigen Hundes riss sie aus ihrer allmorgendlichen Radiorunde. Unerklärlicherweise sprang er von ihrem Schoß und begann langsam, aber zielgerichtet im Kreis zu laufen, als hätte er nie ein Problem mit den Gelenken gehabt. Es sah aus wie eine Art Tanz. Und dann fing er an zu heulen. Es war ein lautes und durchdringendes Heulen, ein erschütterndes Geräusch. In Normas Ohren klang es so, als habe der Hund große Schmerzen. Sie rief ihn, doch er reagierte nicht, sondern sprang weiter umher und heulte dabei sogar noch lauter. Als sie das Radio ausschaltete, hörte er abrupt damit auf. Einen Moment lang stand er nur da, als würde er aus einer Trance erwachen. Dann kam er langsam auf sie zu und leckte ihr die Füße.

An diesem Abend erzählte Norma Jake von Nelsons ungewöhnlichem Verhalten. Während Jake beunruhigt war, meinte Oliver nur, Nelson habe der Song offenbar gut gefallen. Nach dem Abendessen folgte Jake einer Eingebung, stieg auf den Dachboden und durchsuchte seine Sammlung mit alten Vinylschallplatten, die er als Teenager wie einen Schatz gehütet hatte. Dazu gehörten auch viele Beatles-Platten, darunter Abbey Road, die LP, auf der das Lied »Here Comes the Sun« war. Jake besaß immer noch seinen alten Plattenspieler und hatte schon seit einer Weile vorgehabt, Oliver etwas über die besonderen Qualitäten der Analogtechnik zu erzählen. Er trug den Plattenspieler nach unten, zusammen mit der LP.

Nelson schlenderte im Haus umher, wie immer neugierig auf alles, was die Familie gerade machte. Jake nahm den Plattenspieler in Betrieb. Er funktionierte noch, obwohl er sieben oder acht Jahre auf dem Dachboden gewesen war. Er wischte die LP sorgfältig ab und legte sie auf den Plattenteller. »Here Comes the Sun« war das erste Lied auf der zweiten Seite. Die ersten bekannten Akkorde auf der Ukulele erklangen. Alles blickte wie gebannt auf Nelson. Einen Moment lang schaute er zu ihnen hoch, als wollte er sich vergewissern, dass er ihre Aufmerksamkeit hatte. Doch dann klopfte Jake den Takt mit dem Fuß und klatschte mit. Oliver fiel mit ein. Und es geschah genau das Gleiche wie am Morgen: Auf einmal waren wieder die Erinnerungen an Katey da, die Nelson das Lied vorgesungen hatte, und er erkannte in seinem einfachen musikalischen Verständnis den Rhythmus und die Harmonien des Songs. Und genau wie am Morgen stieg in Nelson das tiefe und überwältigende Bedürfnis hoch, wieder bei Katey zu sein. Für ihn gab es keine andere Art, dies auszudrücken, als zu heulen. Er musste sie einfach wissen lassen, wo er war, damit sie ihn vielleicht finden konnte. Er musste ihr mitteilen, dass er sie nicht vergessen hatte, musste ihr zeigen, wo sein Revier war, so wie es die Wölfe auch getan hatten, damit Katey wusste, wo sie bei Nelson Wärme und Sicherheit finden konnte.

Wie Norma war Jake wie gebannt von dem traurigen und klagenden Geheul, das der Hund ausstieß, doch er machte sich auch Sorgen, dass Nelson mit seinem seltsamen Tänzchen seinen Gelenken zu viel zumuten könnte. Oliver jedoch fand Nelsons einzigartigen Tanz auf drei Beinen einfach nur lustig. Er konnte nicht mehr aufhören zu lachen, als der Hund auf dem Boden herumhüpfte, und tanzte mit, wobei er versuchte, Nelsons Geheul nachzuahmen. In diesem Moment jedoch hob Jake den Tonarm von der LP, und die Musik brach ab. Oliver fragte, warum er sie ausgeschaltet hatte, während Jake sich hinkniete und Nelson über den kleinen Kopf strich. Der Hund beruhigte sich wieder und blickte voller Trauer zu seiner Familie empor. Jake sagte zu Oliver, der kleine Hund sei traurig und dass es sicher besser sei, ihn nicht mehr tanzen zu lassen.

In dieser Nacht konnte Jake nicht schlafen. Er lag wach und grübelte über das Verhalten des Hundes nach. Dass Hunde auf Musik reagierten, wusste er, doch es war eine bemerkenswert intensive Reaktion gewesen. Jake hatte sich schon oft gefragt, was der Hund wohl für eine Geschichte erlebt und was er alles durchgemacht hatte. War er vielleicht misshandelt worden? Jake hoffte, dass das nicht der Fall war. Der dreibeinige Hund hatte seinem Sohn dabei geholfen, über den Tod der Mutter hinwegzukommen, und er würde ihn mit allen Mitteln verteidigen.

Schon bald verblassten die Erinnerungen an die seltsamen Ereignisse jenes Tages. Nelson schien sich von seiner Gelenksteife etwas zu erholen, und das Leben ging weiter. Erst drei Monate später wurde Jake wieder an die Auswirkungen des Beatles-Songs auf Nelson erinnert.

Auf Normas Beharren hin hatten sie am Nationalfeiertag einen Grillabend veranstaltet. Norma ließ einfach nicht locker, was seine fehlenden Kontakte anging, und allmählich fragte schon die ganze Familie, warum man sich denn nicht mehr traf. Irgendwann gab Jake nach und lud alle ein, die ihm in den Sinn kamen. Und tatsächlich tat es gut, viele seiner Familienmitglieder, die er seit Lauries Begräbnis nicht mehr gesehen hatte, wieder einmal um sich zu versammeln. Was ihm allerdings etwas peinlich war, waren die Frauen, die einige seiner Verwandten mitgebracht hatten und mit denen man ihn ganz offensichtlich verkuppeln wollte. Einmal musste er sogar seinen Cousin zurechtweisen, als dieser sich, ein wenig betrunken und wie immer sehr laut, mit einer Videokamera vor ihm aufbaute und wissen wollte, was er denn von einer gewissen rothaarigen Freundin seiner Frau halte, die er zu dem Barbecue mitgebracht hatte.

Jake stand gerade am Grill, als er von drinnen die Klänge von »Here Comes the Sun« hörte. Und wie nicht anders zu erwarten, ertönte kurz darauf Nelsons Geheul. Jake warf rasch das Fleisch auf den Grill und lief ins Haus. Als er ins Wohnzimmer kam, standen vier oder fünf seiner Angehörigen im Zimmer, stampften im Takt mit den Füßen und klatschten, während Nelson herumhüpfte und seine sonderbare Heul- und Tanznummer zum Besten gab. Jake war klar, dass Oliver die Platte aufgelegt haben musste, weil er fand, Nelsons Tänzchen sei bestimmt eine gelungene Showeinlage für die Gäste. Alle waren etwas beschwipst und lachten über den Hund. Einen Moment lang war Jake wütend auf Oliver, doch er wusste, der Junge hatte es nicht böse gemeint. Ganz ruhig hob er den Tonarm von der Schallplatte, und die Musik verstummte. Alle stöhnten entrüstet auf. Einen Moment lang verlor Jake die Fassung und schrie alle an, sie sollten den Hund in Ruhe lassen. Er ging in die Knie und nahm Nelson in die Arme. Schuldbewusst hockte sich Oliver neben ihn, schaute seinen Vater an und streichelte gleichzeitig dem Hund den Kopf. Nelson hatte sich schnell wieder beruhigt, blieb aber den Rest des Tages traurig und teilnahmslos. Als Jake an diesem Abend seinem Sohn einen Gutenachtkuss gab, blickte der kleine Hund mit besonders kummervollen Augen zu ihm empor.

39

Sieben Monate später erhielt Jake einen seltsamen Anruf von seinem Cousin Tony. Er sprach nicht oft mit Tony, und wenn, dann hatte es mit Geld zu tun, das Tony sich von ihm für eine neue Geschäftsidee borgen wollte. Und so zögerte Jake, als er auf dem Display seines Handys Tonys Nummer sah, beschloss jedoch, es hinter sich zu bringen und den Anruf anzunehmen. Nach dem üblichen Geplänkel trat ein unbehagliches Schweigen ein, und Jake rechnete damit, Tony würde gleich mit der üblichen Bitte um Geld an ihn herantreten. Jake wappnete sich dafür, ihm diesmal zu sagen, er würde ihm nichts geben, weil er bereits zu oft sein Geld nicht mehr zurückbekommen hatte. Doch Tony ging es nicht ums Geld. Er sagte zu Jake, er habe endlos viele Mails von einer Frau erhalten, die mit Jake Kontakt aufnehmen wollte, und ob es in Ordnung sei, wenn er ihr seine Adresse gab. Einen Moment lang dachte Jake, es handele sich wieder um einen der üblichen Kontaktvermittlungsversuche von Norma, und er sagte barsch zu Tony, er sei nicht interessiert. Doch Tony erklärte, die Frau, über die er rede, sei nicht aus romantischen Gründen an ihm interessiert. Sie wolle ihn kontaktieren, weil sie behauptete, Jakes Hund gehöre in Wirklichkeit ihr.

Jake holte tief Luft. Was, zum Teufel, redete Tony da? Tony quatschte noch ein paar Minuten weiter und setzte Jake erst dann ins Bild, als der ihn recht rüde dazu aufforderte, Klartext zu reden. Tony gab zu, bei dem Grillabend ein paar Videoaufnahmen von dem Hund gemacht zu haben, wie er herumhüpfte und zu dem Beatles-Song mitheulte. Und nicht nur das: Zu Jakes großem Unmut hatte er das Video ins Netz gestellt. Zuallererst wollte Jake wissen, ob Oliver auf dem Film zu sehen war. Tony bejahte. Wütend wollte Jake wissen, was er sich eigentlich dabei gedacht habe, ein Video von einem Kind ins Netz zu stellen, wo jeder es sich anschauen könne, doch Tony plapperte weiter, es gebe jede Menge lustige Tiervideos im Internet zu sehen und dass er glaube, die Aufnahmen von dem tanzenden und heulenden dreibeinigen Hund könnte der Knüller sein. Mittlerweile hatte sich Jake jedoch in Gedanken der Frau zugewandt, von der Tony geredet hatte. Wer sie sei, fragte er. Tony meinte, er wisse nur wenig über sie, außer dass sie in Los Angeles lebte. Sie versuche verzweifelt, Jake zu erreichen, und wolle gerne den Hund sehen, von dem sie behauptete, er gehöre ihr.

Jake brauchte einige Tage, um das zu verarbeiten, was Tony ihm gesagt hatte. Er hatte keine Ahnung, was diese Person, die behauptete, Nelsons frühere Besitzerin zu sein, im Schilde führte, und ob sie den Hund zurückhaben wollte. In dem guten Jahr, das er mit Nelson verbracht hatte, war ihm klar geworden, dass es sich bei ihm um ein ganz besonderes Wesen handelte. Wer hätte ein solches Tier nicht zurückhaben wollen, wenn sich die

Gelegenheit dazu bot? Doch Jake wusste, wenn das passierte, würde Oliver am Boden zerstört sein. Wenn Jake manchmal nachts noch einmal nach ihm schaute, fand er den Jungen tief schlafend vor, und mit einem friedvollen, ja seligen Ausdruck auf dem Gesicht. Nelson schlief manchmal auch, doch es kam vor, dass er mit seinen lieben, neugierigen Augen zu Jake aufblickte. Manchmal stellte sich Jake vor, wenn der Hund sprechen könnte, würde er ihm bestimmt sagen, Oliver gehe es gut, und das würde auch so bleiben, solange er da war.

Mit seiner Mutter besprach Jake die Angelegenheit nicht, denn ihm war klar, was sie sagen würde. Er wusste, dass auch sie den Hund liebte, doch sie war eine Frau mit strengen Prinzipien, die zur gläubigen Katholikin erzogen worden war. Gewiss würde sie ihm sagen, das einzig Richtige sei, herauszufinden, wer die Frau war und ob ihr der Hund wirklich gehörte. Wenn sie den Hund wollte, dann müsse er ihn auch zurückgeben.

In seinen geschäftlichen Angelegenheiten hatte Jakes Korrektheit ihm immer genützt, und so kam es, dass er zwar einige Tage mit der Entscheidung rang, dann jedoch beschloss, die Frau anzurufen. Auf dem Anrufbeantworter war eine Männerstimme, und Jake hinterließ eine Nachricht und erklärte die Situation.

Etwa drei Minuten später rief eine Frau zurück. Sie klang vollkommen ungläubig, fragte, ob Jake ihr den Hund beschreiben könne, was er dann in allen Einzelheiten tat. Er schilderte ihr, was für Augen, was für einen Körperbau und Fell Nelson hatte, und dann sagte er ihr, dass der Hund nur noch drei Beine habe. In diesem Moment hörte er, wie die Frau am anderen Ende der

Leitung nach Luft schnappte. Kurz darauf sagte sie, das klinge ganz und gar nach dem Hund, den sie einmal besessen habe, wenn man einmal von dem fehlenden Bein absah. Auf das Video im Netz sei sie durch Zufall gestoßen. Zwar waren die Bilder verschwommen und ziemlich dunkel, und der tanzende und heulende Hund sei auch nur ein paar Sekunden zu sehen, doch sie habe das deutliche Gefühl, das sei der Hund, der ihr einmal gehört habe. Jake fühlte sich mutlos, denn er wusste, was nun wegen Oliver auf ihn zukam.

Die Frau erkundigte sich nach Jakes Familie und wie lange er den Hund bereits habe. Immerhin beruhigte es Jake ein wenig, dass sie sich der Schwierigkeit seiner Lage durchaus bewusst zu sein schien. Sie fragte, ob sie ihn besuchen und den Hund anschauen könne, und dann könnte man vielleicht gemeinsam entscheiden, was zu tun sei. Sie fragte, ob sie am Wochenende, vielleicht am Sonntag, also in fünf Tagen, Zeit hätten. Jake stimmte zu. Von L. A. aus war es eine etwa fünfstündige Fahrt, weshalb sie etwa um die Mittagszeit eintreffen würde. Jake erklärte sich einverstanden. Sie dankte ihm und legte auf.

In den darauffolgenden Tagen witterte Nelson das Unbehagen auf Jakes Haut ganz genau. Er zeigte ihm deshalb besonders deutlich seine Zuneigung, als wollte er die Wogen glätten. Immerhin schien wenigstens bei Oliver alles beim Alten zu sein.

Obwohl Nelson deutlich spürte, dass Jake etwas bekümmerte, trafen ihn die Ereignisse des folgenden Sonntags vollkommen unvorbereitet. Am Tag zuvor, das hatte er bemerkt, hatte man ihn mit Aufmerksamkeit förmlich überschüttet. Jake hatte zum Mittagessen für alle etwas für den Grill gekauft und Nelson extra einen Teller mit ungewürztem Fleisch gegeben, das er in kleine Stücke geschnitten hatte. Jake hatte Norma von dem besonderen Besuch erzählt, den er für den kommenden Sonntag erwartete, und auch sie hatte Nelson besonders viel Aufmerksamkeit geschenkt.

Am Nachmittag beobachtete Nelson, wie Jake Oliver in sein Zimmer rief und die Tür hinter ihm zumachte. Nelson lag auf Normas Schoß und spitzte die Ohren. Zuerst hörte man die beiden nur laut reden, doch schon bald fing Oliver zu weinen und zu schreien an. Als er aus dem Zimmer kam, hatte er Tränen in den Augen und lief in sein eigenes Schlafzimmer. Jake folgte ihm. Nelson sprang von Normas Schoß und rannte zu Oliver ins Zimmer, wo der Junge auf dem Bett lag und in seine Kissen schluchzte, während Jake ihm den Kopf streichelte. Nelson kletterte auf das Bett und leckte dem Jungen das Gesicht, doch Oliver wandte den Kopf zur Seite. Und so saßen die drei eine halbe Stunde lang da.

Schließlich stand Oliver auf und ging langsam und mit trauriger Miene ins Wohnzimmer hinüber. Jake und Nelson folgten ihm. Am Abend schauten sie sich zusammen ein Video an. Nelson war verwirrt, weil Oliver so distanziert zu ihm war. An diesem Abend kuschelte er sich beim Gutenachtsagen auch nicht an ihn, so wie er es sonst tat. Als Nelson mitten in der Nacht aufwachte, hörte er den Jungen wieder leise weinen.

Jake lag lange wach. Irgendwann merkte er, dass er sich nichts sehnlicher wünschte, als dass die Frau doch nicht die frühere Besitzerin des dreibeinigen Hundes war. Vielleicht würde sie am nächsten Tag ja wirklich kommen, den Hund sehen und ihnen sofort mitteilen, dass er nicht ihr gehörte. Sicher standen die Chancen nicht schlecht, dass es nicht ihr Hund war. Schließlich hatte sie nur ein verschwommenes Video gesehen.

Genau zur Mittagszeit am folgenden Tag klingelte es an der Tür. Jake lag auf der Couch und las. Norma machte ein Mittagsschläfchen, und Oliver spielte in seinem Zimmer. Nelson lag ruhig da und schien die Entscheidung des Jungen, ihm aus dem Weg zu gehen, zu respektieren.

Jake machte die Tür auf. Die Frau, die auf seiner Schwelle stand, war ihm auf Anhieb sympathisch. Sie war Ende dreißig und hübsch, aber es war vor allem ihre höfliche Art, die ihm gefiel. Sie trat von Anfang an mit großem Respekt auf.

Nelson hatte gehört, wie es an der Tür klingelte. Er wollte Oliver nicht allein lassen, empfand es aber auch als seine Pflicht, das Haus vor Eindringlingen zu beschützen, und so hüpfte er vom Bett und rannte zur Haustür. Jake sprach mit einer Frau.

Nelson schnupperte. Die Witterung, die ihm in die Nase stieg, war überwältigend und stark. Ein paar Sekunden lang waren die Synapsen seines Gehirns wie blockiert, doch dann sprang er auf die Frau zu. Sie war es. Es war Katey. Seine große Liebe. Irgendwie war sie wieder da.

Der kleine dreibeinige Hund war vollkommen aus dem Häuschen. Er sprang an Katey hoch, zeigte ihr mit allem, was er hatte, wie sehr er sich freute, bellte wild, während ihr Geruch ihn einhüllte wie ein starker, süßer Duft. Er umschloss sein ganzes Wesen und erfüllte seinen Körper mit Verzückung. Der weiche Klang ihrer Stimme, mit der sie zum ersten Mal seit neun langen Jahren wieder seinen Namen sagte, wusch endlich den düsteren Todesgestank weg, der sein Herz eingehüllt hatte.

Katey legte sich neben ihn auf den Boden, und der kleine Hund überschüttete ihr Gesicht mit Küssen. Sie war ein wenig gealtert, aber sie roch immer noch so wie früher. Sie nahm ihn in die Arme, doch er war einfach nicht zu beruhigen. Als sie den Stumpf an seinem Bein streichelte, schmeckte Nelson zum ersten Mal seit Jahren wieder das Salz ihrer Tränen. Ihre Wiedervereinigung dauerte mehrere Minuten. Katey kraulte ihm den Kopf, so wie sie es früher so oft getan hatte. Er schaute ihr tief in die Augen, nur wenige Zentimeter von dem Gesicht entfernt, von dem er in all den Jahren draußen in der Kälte immer geträumt hatte. Die neugierigen Augen des kleinen Hundes beobachteten, wie sich die Sonnenstrahlen funkelnd in den Augen seiner großen Liebe brachen, und ein tiefer, warmer Frieden erfüllte seine Seele. Und all das beobachtete Jake, auf den Lippen ein bittersüßes Lächeln.

Wie Nelson war auch Katey überwältigt, als sie ihn zum ersten Mal nach all diesen Jahren wiedersah. Es war ihr schwergefallen, sich Nelson auf nur drei Beinen vorzustellen. Doch als der kleine Hund an diesem Tag aus Jakes Haus kam und sie in seiner Begeisterung schier überrannte, empfand sie nur noch die Liebe, die sie vor all diesen Jahren für ihn empfunden hatte, und eine unglaubliche Erleichterung darüber, dass es ihm gut ging. Er hatte noch dieselben schönen Augen, das weiche Fell und die buschige Rute wie damals, und sein Charakter war der gleiche geblieben. Sie schaute ihm in die Augen und fragte sich, wo er wohl in all diesen Jahren gewesen war, was er durchgemacht hatte. Wie, um alles in der Welt, war er von Albany nach Kalifornien gekommen? Etwas Schreckliches musste ihm widerfahren sein, als er sein Bein verlor, doch an diesem Sonntag war ihm keinerlei Traurigkeit anzumerken, sondern nur die unbändige Freude darüber, dass sie zu ihm zurückgekehrt war. Während Nelson sie küsste und voll überschäumender Liebe an ihr hochsprang, war auch Katey überglücklich.

Der Verlust von Nelson war für Katey sehr schlimm gewesen. Monat um Monat hatte sie in der Gegend nach ihm gesucht, hatte überall und im Umkreis von vielen Kilometern Zettel aufgehängt. Nachts hatte sie wachgelegen, weil sie wütend auf Don war, da er die Gartentür offen gelassen hatte. Doch als die Monate ins Land gingen, war ihr bewusst geworden, dass die Chancen, den Hund zu finden, immer geringer wurden. In den Tierheimen sagte man ihr, wenn der Hund nicht innerhalb von vierundzwanzig Stunden gefunden würde, bestehe nur eine sehr geringe Möglichkeit, dass man ihn überhaupt noch finden würde. Vor allem jedoch hatte sie sich schreckliche Sorgen um Nelson gemacht. Was fraß er? Wo schlief er? Fror er? Lebte er überhaupt noch? Sie hatte Angst bekommen, der Hund sei auf immer verloren. Monatelang war sie wütend auf sich selbst gewesen, weil sie ihn nie hatte chippen lassen, wie es mittlerweile gang und gäbe war. Noch Jahre später wachte sie manchmal nachts auf und vermisste Nelsons Körper an ihrem Bauch. Lange Zeit beendete sie ihre Klavierübungen immer noch mit »Here Comes the Sun«, ehe ihr bewusst wurde, dass Nelson gar nicht da war, um seinen Lieblingssong zu hören. Irgendwann hatte sie ganz aufgehört, das Lied zu spielen.

Erst Jahre später, Nelson immer noch im Sinn und mit der vagen Erinnerung an ihren Vater, in dessen Arme sie sich bei dem Song so gerne geschmiegt hatte, suchte sie eines Tages im Internet nach Aufnahmen des Liedes durch verschiedene Künstler. Als sie dabei einen kleinen Hund sah, der zu dem Lied heulend durch die Gegend sprang, spürte sie die Traurigkeit in dem schrecklichen Gejaule, das der Kleine von sich gab. Als sie genauer hinschaute und Nelsons Gesicht sah, das in die Kamera blickte, brach ihr der Schweiß aus. Sie zitterte am ganzen Körper, als sie merkte, dass das Tier nur noch drei Beine hatte. Es war ein Gefühl, als stocherte jemand mit einem scharfen Messer in ihr herum. Wieder und wieder schaute sie sich den verschwommenen Videoclip von dem kleinen Hund an, der sein seltsames Tänzchen vollführte, während sie im Geiste endlose Szenarien heraufbeschwor, wie er wohl sein viertes Bein verloren hatte. Was war geschehen?, fragte sie sich. Hatte er schreckliche Schmerzen erlitten?

Nachdem sie sich ein wenig beruhigt hatte, versuchte sie den Mann zu erreichen, der das Video ins Netz gestellt hatte. Nur seine E-Mail-Adresse war aus der Website zu ersehen, und wochenlang antwortete er nicht.

Doch sie überschwemmte ihn geradezu mit Mails, und irgendwann schrieb er zurück, es sei zwar nicht sein Hund, aber er würde versuchen, Kontakt mit dem Besitzer aufzunehmen und ihm mitzuteilen, dass sie nach ihm suche.

Als Katey an diesem Sonntag von Los Angeles nach Chico gefahren war, erstreckte sich die kahle kalifornische Wüste vor ihr, so weit das Auge reichte. In früheren Jahrhunderten waren viele Reisende bei dem Versuch, die Wüste zu durchqueren, zu Tode gekommen, weil sie dem Irrglauben anhingen, irgendwo auf Gold zu stoßen. Eine Weile hörte Katey Mozart, schaltete jedoch irgendwann die Musik aus und fuhr in Gedanken versunken weiter. War es nicht vollkommen idiotisch, sich auf diese aberwitzige Fahrt quer durch Kalifornien zu begeben, nur um einen längst verloren geglaubten Hund zu finden? Wie konnte denn das Tier aus dem Video ihr gehören? Der Hund war fast fünftausend Kilometer von dem Ort entfernt, wo er verschwunden war. Er hatte drei Beine. Er heulte. Nelson hatte nie geheult, solange er bei Katey gelebt hatte. Saß sie einer Täuschung auf? Es war doch nur ein verschwommener Videoclip aus dem Internet. Nelson war längst nicht mehr da. An einer Autobahnraststätte hielt sie an und holte sich etwas zu essen. Als sie sich auf der Toilette im Spiegel betrachtete und sich Wasser ins Gesicht spritzte, rechnete sie damit, endlich wieder zur Vernunft zu kommen. Doch in diesem Moment wusste sie, dass sie nicht wieder nach Los Angeles zurückfahren würde. Sie liebte Nelson immer noch von ganzem Herzen. Und wenn auch nur die geringste Chance bestand, dass es sich bei dem dreibeinigen Hund um ihn handelte, dann musste sie ihre Fahrt nach Chico zu Ende bringen.

Und da saß sie jetzt auf einer Veranda in einer kleinen Stadt in Kalifornien mit dem Hund, der vor vielen Jahren aus ihrem Garten ausgebüchst und viele tausend Kilometer unterwegs gewesen war. Als sie den Blick hob, sah sie, dass Jake sie anschaute. Ein wenig peinlich berührt, stand Katey auf. Von der anderen Seite der Veranda starrte ein kleiner Junge sie trotzig an. Doch im selben Moment war er wieder im Haus verschwunden.

Nelson wich Katey keine Sekunde lang von der Seite und überschüttete sie immer wieder mit Liebesbezeugungen. Glück strömte durch jede Pore seines kleinen Körpers.

Jake bot ihr Kaffee und ein paar Kekse an, und Katey dankte ihm herzlich für seine Gastfreundschaft. Sie begrüßte Norma, die sich sofort nach Kateys Familienverhältnissen erkundigte. Als sie Norma erzählte, sie sei liiert, seufzte Norma. Die beiden saßen schweigend da und nippten an ihrem Kaffee. Jake rief nach Oliver, doch der Junge weigerte sich, aus seinem Schlafzimmer zu kommen. Nelson hockte zu Kateys Füßen. Jake gab ihm ein paar Hähnchenreste und freute sich, als Katey seine Futterwahl guthieß.

Jake hörte mit Interesse, wie Nelson wirklich hieß. Jupiter hatte ihm nie so recht gefallen, und er fand, Nelson passe viel besser zu dem Hund und seinem Charakter. Jake erzählte Katey, wie er Nelson aus dem Tierheim gerettet hatte, kurz bevor er eingeschläfert werden sollte, und sah, wie ihre Augen feucht wurden. Leise erkundigte sie sich nach Oliver, und Jake war so ehrlich, ihr von der festen Bindung des Kindes zu dem Hund zu erzählen. Jake fragte sie nach Nelsons früherem Leben, und sie schilderte ihm, wie sie ihn in einem Zooladen gekauft hatte und wie er als Welpe gewesen war. Dann sei eines Tages zufällig das Gartentor offen geblieben, und Nelson sei ausgebüchst. Und sie erzählte ihm, wie traurig es für sie gewesen war, ihn zu verlieren.

Sowohl Jake als auch Katey begriffen, wie komplex die Situation war, und umgingen eine Weile geschickt die Frage, was denn nun aus Nelson werden sollte. Tief in seinem Herzen wusste Jake, dass diese Frau das Tier über alles liebte. Ihm war auch klar, dass er ihr den Wunsch nicht abschlagen konnte, das Tier zurückzubekommen. Katey wiederum wusste sehr wohl, wie viel Nelson sowohl dem kleinen Jungen als auch Jake bedeutete und dass es ihnen das Herz brechen würde, ihn zu verlieren. Wie weh es tat, ein geliebtes Haustier zu verlieren, kannte sie aus eigener Erfahrung, und diesen Schmerz wollte sie anderen eigentlich nicht antun. Doch zur gleichen Zeit war sie überglücklich, Nelson nach all den Jahren wiedergefunden zu haben.

Sie spürte die große Kraft der Liebe, die der Hund immer noch für sie empfand, und sie fragte sich, was sich wohl Nelson wünschte. Würde er lieber mit ihr nach Hause kommen? Momentan wich er nicht von ihrer Seite, nicht eine Sekunde lang. Er folgte ihr sogar auf die Toilette, und selbst als Jake Nelson zu sich gerufen hatte, damit er sie in Ruhe ließ, solange sie im Bad war, hatte der Hund ihn ignoriert. Ständig blickte er zu ihr auf. Sie hätte sich so sehr gewünscht, er könne sprechen, doch aus seinem Verhalten sprach nur das eine: dass er bei ihr bleiben wollte.

In seinem kleinen Hundeherz wollte Nelson in der Tat nichts anderes, als bei Katey zu sein. Sie war seine große Liebe, und er wollte für immer bei ihr bleiben. Auch Oliver und Jake liebte er, doch seine Liebe zu Katey war so groß, dass sie alles überstrahlte.

Katey ertappte Oliver dabei, dass er sie von dem Flur aus heimlich beobachtete. Sie bat darum, mit ihm reden zu dürfen. Jake seufzte und meinte, es sei wahrscheinlich besser, wenn sie das nicht tat, weil es die Dinge nur durcheinanderbringen würde. Sicher würden sie Nelson schrecklich vermissen, doch er wisse, das einzig Richtige sei, dass sie ihn mitnahm. Nelson war ihr Hund, und sie war seine rechtmäßige Besitzerin.

Katey war sehr gerührt von dem Anstand dieses Mannes, denn sie wusste, wie schmerzlich die Entscheidung für ihn sein musste. Sie dankte ihm und versprach, mit ihm in Verbindung zu bleiben. Jake lächelte sie traurig an und fragte, ob er mit Nelson zu Oliver gehen dürfe, damit er sich von ihm verabschieden konnte. Natürlich, sagte sie.

Er hob den Hund hoch und trug ihn zu Olivers Zimmer. Nelson blickte ängstlich zu Katey zurück, weil er befürchtete, dass sie wieder getrennt würden.

In Olivers Zimmer sprach Jake ruhig mit seinem Sohn, der auf seinem Bett lag und so tat, als würde er schlafen. Nelson spürte, wie traurig er war, und kuschelte sich an ihn. Fast widerwillig streichelte ihm Oliver über das Fell, als Jake ihm bestätigte, dass der Hund heute mitgenommen würde. Oliver umarmte Nelson, und der kleine

Hund leckte ihm das Gesicht, denn ihm war nicht klar, dass er Oliver gleich verlieren würde.

Während Katey an diesem Tag zurück nach L. A. fuhr, saß Nelson neben ihr auf dem Sitz und ließ sie die ganze Fahrt über nicht aus den Augen, sog ihren Duft in sich ein.

Oliver weinte an diesem Tag nicht mehr. Seine Traurigkeit wurde zu einem kalten, harten Gefühl in seinem Bauch, das einfach nicht mehr wegging. In dieser Nacht wünschte er sich sehnlichst, seine Mutter wäre noch da.

40

Als Katey vor ihrem Haus in einer Vorstadt von Los Angeles vorfuhr, war es fast dunkel. Die Sonnenuntergänge in Los Angeles waren oft spektakulär. Nelson roch die Luftverschmutzung, die dazu beitrug, dass der Himmel sich am Abend so herrlich verfärbte. Als der Wagen anhielt, reckte er die Nase aus dem Fenster, um die Umgebung zu erkunden. Das Gras war ziemlich trocken, doch es gab jede Menge angenehmer Bäume und Blumen in der Nachbarschaft. Und überall waren Hunde. Er roch sie und hörte sie irgendwo bellen. Katey nahm Nelson auf den Arm und küsste ihn auf den Kopf. Dann legte sie ihm die Leine an und ging mit ihm die kurze Auffahrt zum Haus hoch. Es hatte in etwa dieselbe Größe wie das Haus, das sie in Albany bewohnt hatten. Nelson bemerkte sogleich, wie üppig der Garten war, genau wie der, den Katey damals in Albany gehegt und gepflegt hatte. Es machte ihn glücklich, zu sehen, dass Katey auch ein großes Beet mit Tuberosen gepflanzt hatte. Da es gerade Nacht wurde, lag bereits der betörende Duft der Blüten in der Luft. Nelson sog ihn tief ein, und Katey konnte deutlich erkennen, dass er sich wirklich daran erinnerte. Einen Moment lang schnupperten die beiden zum ersten Mal seit neun Jahren wieder gemeinsam an den Blumen.

Als die Haustür aufging, stieg Nelson der Geruch eines Mannes in die Nase. Instinktiv bellte er. Irgendwo im Tresor seiner Geruchserinnerungen war da noch die Witterung von Don, die negativ auf seine Gefühle gewirkt hatte. Doch es war nicht Don, der da aus der Tür kam und den Katey mit einem Kuss begrüßte. Es war ihr Freund Evan. Nelson blickte zu dem Mann empor und schnupperte an ihm. Er war über vierzig, leicht übergewichtig und hatte ein freundliches Lächeln. Nelson spürte auf der Stelle, dass Katey sich bei ihm wohlfühlte, und so ließ er es zu, dass Evan ihn zur Begrüßung tätschelte, und leckte ihm die Finger. Evan ging sehr sanft mit ihm um, und Nelson mochte ihn.

Katey und Evan ließen Nelson im ganzen Haus herumschnüffeln. Für den Hund war es ein seltsames Gefühl. Er war noch nie hier gewesen, doch überall roch er Kateys Duft. Viele Dinge aus dem früheren Haus waren immer noch da – eine Couch, Kissen und natürlich das Piano. Sein Duft war in den vergangenen acht Jahren intensiver und reicher geworden. Das Holz war gealtert und hatte seinen individuellen Geruch mit anderen Gerüchen gemischt, und die Wärme und die trockene Luft von Kalifornien hatten tiefe, erdige Töne in den Holzschichten des Flügels zum Vorschein gebracht.

Kateys Klavierspiel war mit den Jahren reicher und nuancierter geworden. Nach einem herzhaften Abendessen aus Hackfleisch und Reis, das Katey für ihn zubereitet hatte, lag Nelson zum ersten Mal seit Ewigkeiten, wie es ihm schien, wieder unter dem Piano und sog all die Düfte in sich ein, während sie spielte. So viele, viele Nächte hatte er davon geträumt, wieder unter ihrem

Flügel zu liegen, und die Wirklichkeit war ebenso berauschend wie seine Träume. Er entspannte sich und wurde ruhig und gelassen, als sie einige langsame Nocturnes anstimmte. Dann jedoch konnte sie einfach nicht widerstehen und spielte »Here Comes the Sun«. Nelson heulte nicht mehr, als er das Lied erkannte. Er sprang auf ihren Schoß und küsste wieder und wieder ihr Gesicht.

Danach trug Katey ihn zum ersten Mal nach so vielen Jahren die Treppe hoch und legte ihn aufs Bett, während sie sich die Haare bürstete. Dann drückte sie ihn fest an ihre Brust, und der kleine Hund schloss die Augen, eingehüllt in Kateys herrlichen Duft wie in eine Decke. Sie kraulte ihm den Kopf, und er fiel sogleich in einen tiefen Schlaf, bemerkte nicht einmal, wie Evan später zu ihnen kam.

In den darauffolgenden Tagen genoss er es sehr, viele der alten Gewohnheiten wieder aufzunehmen, die sein Leben als junger Hund geprägt hatten. Er fand es herrlich, wenn Katey ihm zu fressen gab und ihn badete. Er genoss es, mit ihr in der ruhigen Vorstadt Gassi zu gehen. Und er liebte es, mit ihr auf der Couch zu liegen und ihr in die lieben Augen zu schauen, wenn sie mit ihm spielte. Katey kaufte ihm eine neue Spielzeugratte, weil die alte beim Umzug nach Los Angeles verloren gegangen war, und so verfiel er rasch wieder in das alte Abendritual, zusammen mit Katey damit zu spielen. Auch Evan war lieb zu Nelson. Er gab ihm Knochen und Essensreste, und manchmal ging er auch mit ihm spazieren.

Nelsons Glück darüber, wieder mit Katey vereint zu sein, wurde nur dadurch getrübt, dass er auch ein wenig

Heimweh nach Jake und Oliver hatte. Es vergingen nur ein paar Tage, und er schnüffelte bereits in Kateys Haus umher und suchte nach ihnen. Wenn es an der Tür klingelte oder Schritte die Auffahrt entlangkamen, bellte Nelson freudig, weil er hoffte, es sei Oliver. Manchmal spürte Katey, wie sich eine leise Traurigkeit auf den Hund legte, und sie wusste, dass er dabei an Oliver dachte.

In den ersten Wochen nach seiner Rückkehr roch Nelson deutlich das Glück auf Kateys Haut. Während all seiner Jahre unterwegs hatte sich Nelson nie Sorgen gemacht, Katey könnte ihn nicht mehr so lieben wie früher, wie es vielleicht ein Mensch getan hätte. Sie liebte ihn noch genauso wie früher, vielleicht sogar mehr. Und das stimmte: In Wirklichkeit hatte sie keinen einzigen Tag, während er unterwegs war, nicht an ihn gedacht.

Das Verschwinden von Nelson war mitten in Kateys Ehekrise gefallen, die schließlich zur Trennung geführt hatte. Nachdem Nelson zwei Tage verschwunden gewesen war, hatte Don ihr gestanden, dass er wieder mit seiner Geliebten geschlafen hatte. Katey hatte sich fest vorgenommen, wenn Don sie ein zweites Mal betrüge, wäre für sie ihre Ehe beendet, doch das war leichter gesagt als getan. Zwei Monate gingen ins Land, bevor Don endgültig das Haus verließ. Die gefährliche Mischung aus großer Wut und der tiefen Liebe, die sie immer noch füreinander empfanden, war einfach zu komplex, um rasch eine Lösung zu finden. Don erklärte seine Untreue damit, dass er das Gefühl gebraucht habe, männlich und stark zu sein, etwas, von dem er behauptete, Katey habe es ihm nicht gegeben. Dabei liebte er sie immer noch über alles, behauptete er. Während er vor ihr saß, wünschte sich

Katey nichts so sehr, wie ihm glauben zu können, dem Mann, in den sie sich erst vor ein paar Jahren so unsterblich verliebt hatte. Katey wusste, der Mann, den sie geheiratet hatte, wäre stark gewesen, ganz gleich, was ihm widerfuhr, doch Don hatte trotz ihrer Liebe und Unterstützung einfach das Handtuch geworfen. Als sie ihn schließlich bat, auszuziehen, war die Leere ohne ihn und Nelson anfangs ganz schrecklich gewesen.

Und so waren der Verlust Nelsons und das Scheitern ihrer Ehe untrennbar miteinander verbunden. Katey hatte ihr Haus in Albany geliebt, doch nach etwa einem Jahr hatte sie das Gefühl, wegen all der unschönen Erinnerungen an Don dort einfach nicht mehr leben zu können. Dabei fürchtete sie, Nelson könne eines Tages nach Hause kommen, und sie wäre nicht mehr da, weil sie weggezogen war.

Während ihre Ehe in die Brüche gegangen war, hatte Kateys Karriere als Pianistin geboomt, und im Grunde hatte das eine mit dem anderen zu tun. Oft, wenn sie abends allein zu Hause war, übte Katey für ihre Konzerte, weil sie nichts anderes zu tun hatte, und so wurde das Klavierspiel noch viel mehr als früher zum Ventil ihrer Gefühle. Diejenigen, die ihre Musik hörten, bemerkten das, auch wenn sie die Ursache der Leidenschaft in ihrem Spiel nicht kannten.

Immer öfter hatten Kateys Auftritte sie nach Kalifornien geführt, wo es in San Francisco und Los Angeles eine besonders lebhafte Kulturszene gab, die sie mit offenen Armen empfing. Als ihr Agent den Vorschlag gemacht hatte, an die Westküste zu ziehen, war sie zunächst gegen die Idee gewesen. Insgeheim wusste sie, dies lag daran, dass sie immer noch befürchtete, Nelson würde nach Hause zurückkehren und sie nicht mehr vorfinden. Doch nach sechs Monaten der Unentschlossenheit und einiger Überzeugungsarbeit ihrer Freunde hatte sie die Entscheidung getroffen, umzuziehen. Sie liebte das sonnige Wetter in Kalifornien, weil es ihr gute Laune machte, und so hatte sie all ihre Kraft zusammengenommen und den großen Schritt gewagt.

Und es war eine gute Entscheidung gewesen, nach L. A. zu ziehen, denn ganz gewiss war sie ohne die ständigen Erinnerungen an ihre gescheiterte Ehe glücklicher. An einem sonnigen Tag war das Licht in Los Angeles strahlend und weiß, ein Farbenspiel, das Katey sonst nirgendwo gesehen hatte. Manchmal, wenn sie durch die riesige Stadt fuhr, konnte sie allein durch das Licht, das alles durchflutete, in einen Zustand der Verzückung geraten. Regentage gab es hier selten. Jeder, der hier lebte, schien immun gegen all die Belastungen des Lebens zu sein, und so klang auch in Katey der Schmerz, den sie nach dem Verlust von Don und Nelson empfunden hatte, allmählich ab.

Nelson hätte am liebsten ununterbrochen an Katey geschnuppert, als sie endlich wieder zusammen waren. In vielerlei Hinsicht roch sie genauso wie früher. Doch da war auch ein Baustein in dem komplexen Gebäude ihrer Duftmoleküle, der neu war. Er konnte nicht genau erkennen, was es war. Seine Nase zuckte, als sich dieser Geruch, der ganz tief aus ihrem Körper zu kommen schien, über die anderen Bestandteile legte, als wollte er sie abrunden. Es war ein Duft, den er an einem Mann noch nie gerochen hatte, erst recht nicht an Evan, der in etwa so alt war wie Katey.

Was Nelsons bemerkenswerte Nase erschnüffelte, war etwas, das Katey selbst nicht riechen konnte und das doch Ausdruck der Gefühle und Gedanken war, die Katey in jenen Jahren fast ständig durch den Kopf gingen. Als sie Don geheiratet hatte, hatte sie angenommen, sie würden schon bald Kinder bekommen. Damals hatte sie daran nicht allzu viele Gedanken verschwendet, weil sie ihre leidenschaftlichen Gefühle für ihren Ehemann genoss und in der Zeit ihre Karriere eine erste Blüte erlebte. Doch für Katey hatte gar kein Zweifel daran bestanden, dass sie eines Tages Kinder von Don zur Welt bringen würde. Mit seiner Untreue hatte er all das zunichtegemacht. Nachdem er ausgezogen war, war das Thema zunächst für sie nicht mehr aktuell gewesen, doch während sie allmählich auf die vierzig zuging und sich in Los Angeles niederließ, fielen ihr mehr als je zuvor die vielen Babys und Kleinkinder auf, denen sie auf der Straße begegnete. Oft hörte sie das Kichern von Kindern in dem Park, wo am Wochenende ihr Aerobic-Unterricht stattfand. Ihr war bewusst, wie sich das Leben ihrer Freundinnen veränderte, als sie, eine nach der anderen, Babys bekamen. Auf einmal war der Kinderwunsch eine sehr konkrete und bewusste Überlegung für Katey.

Kurz war ihr sogar die Idee gekommen, allein ein Kind großzuziehen, doch sie machte sich Gedanken darüber, wer dann auf ihren Nachwuchs aufpassen sollte, wenn sie auf Tournee war. Die Erinnerungen an eine Kindheit, die sie teilweise ohne Vater erlebt hatte, brachten sie von dieser Idee wieder ab. Nach ihrem Umzug nach

Los Angeles war sie mit einigen Männern ausgegangen, doch es dauerte, bis sie wirklich jemanden gefunden hatte, von dem sie glaubte, er könnte der Richtige sein. Sie hatte Evan eines Morgens in dem Postamt kennengelernt. Er wartete hinter ihr in der Schlange und wollte einen Brief aufgeben. Als sie merkte, dass sie nicht genügend Geld dabeihatte, bot er ihr an, ihr etwas zu leihen, damit sie ein paar Briefmarken kaufen konnte, und so waren sie ins Plaudern gekommen. Evan war witzig und liebenswert, und er schrieb Drehbücher. Kurz darauf lud er sie zum Essen ein, und innerhalb von ein paar Monaten hatte sie ihn liebgewonnen. Schließlich tranken sie an einem Memorial Day zusammen eine Flasche Pinot und schliefen miteinander. Beide hatten eine Weile ohne Partner gelebt und genossen es sehr, wieder einmal mit jemandem ins Bett zu gehen, was jedoch die Tatsache verschleierte, dass die sexuelle Chemie zwischen ihnen eigentlich nicht stimmte. Sie mochten sich jedoch, und keiner von beiden wollte allein sein, und so waren sie ein Paar geworden und zogen einige Monate später zusammen.

Zu Don hatte Katey sich hingezogen gefühlt wie zu einem Magneten, als er ihr zum ersten Mal begegnet war, und der Sex zwischen ihnen war befriedigend und genussvoll gewesen, bevor alles schiefging. Als kleiner Welpe hatte Nelson die Duftexplosion miterlebt, die von ihnen ausging, wenn sie sich liebten. Wenn er nun nachts mit Katey und Evan im Bett lag, bemerkte er, dass die Gerüche, die die beiden dabei abgaben, ganz anders waren. Doch der Hund wog die Bedeutung dieser Unterschiede nicht gegeneinander ab, sondern stellte sie nur fest. Noch Jahre nach ihrer Trennung war Katey wütend auf Don, doch an die Momente der Leidenschaft, die sie miteinander erlebt hatten, erinnerte sie sich noch immer sehr lebhaft. Nach dem ersten stillen Glück, das sie empfunden hatte, als sie die ersten Male mit Evan schlief, fiel ihr auf, wie sehr sich dieses Gefühl von dem intensiven sexuellen Genuss unterschied, den sie in der ersten Zeit ihrer Ehe mit Don erlebt hatte. Doch sie redete sich ein, das alles sei gut genug, und ihre Gefühle seien einfach nur ein wenig schwächer, weil sie älter geworden war.

Sie lebten bereits acht Monate zusammen, als Nelson zu ihnen kam. Noch immer spukte der Kinderwunsch Katey im Kopf herum, aber aus irgendeinem Grund wollte sie mit Evan kein Kind in die Welt setzen. Wenn sie kreuz und quer in den Staaten unterwegs war, um ihre Konzerte zu geben, oder wenn sie im Garten arbeitete, dachte sie oft darüber nach. Mit Evan führte sie eine ruhige, liebevolle Beziehung, und sie wusste, er wäre ein liebevoller und aufmerksamer Vater. Warum wollte sie dann nicht mit ihm ein Kind bekommen? Sie wusste einfach nicht, was sie auf diese Frage antworten sollte. Manchmal saß sie mit Nelson im Garten und schaute ihn an, und dann wünschte sie von ganzem Herzen, er hätte ihr eine Antwort darauf geben können. Doch wie töricht war das eigentlich, dachte sie dann – wie konnte ein Hund eine Frage beantworten, die so sehr eine menschliche Angelegenheit war?

Dabei wusste Nelson tatsächlich die Antwort auf die Frage, die Katey in ihrem Herzen bewegte.

41

Oliver war noch lange verstört, nachdem Nelson weg war. Jake hatte damit gerechnet, dass der Junge die Ereignisse schlecht verarbeiten würde, doch dass Olivers Gefühle für so lange Zeit aus dem Lot geraten würden, kam für ihn dennoch überraschend. Der Junge zog sich zurück und verbrachte viel Zeit auf seinem Zimmer, wo er oft weinte. Das glückliche Kind, das Jake in der Zeit mit Nelson erlebt hatte, schien aus ihrer beider Leben verschwunden zu sein. Auch Jake vermisste den kleinen Hund, doch er war viel mehr um die Gefühle seines Sohnes besorgt als um seine eigenen. Noch schwieriger wurde die Sache dadurch, dass Oliver nur wenig darüber reden wollte.

Jake versuchte alles, um seinen Sohn aufzumuntern. Er ging regelmäßig mit ihm ins Kino, spielte im Garten Ball mit ihm und kaufte ihm eine Playstation, von der er gewusst hatte, dass der Junge sie sich wünschte. Er bot Oliver sogar an, dass sie sich nach einem anderen Hund umsehen würden, doch der Junge war strikt dagegen, einen Ersatz für Nelson zu finden. Nichts schien zu funktionieren, damit es Oliver besser ging. Nachdem er lange darüber nachgedacht hatte, beschloss Jake, Katey anzurufen und sie zu fragen, ob sie etwas dagegen hätte, wenn sie Nelson an einem Wochenende besuchten, vielleicht sogar ein paar Mal, damit Oliver mit eigenen Augen sehen konnte, dass es dem Hund gut ging. Vielleicht würde ihn das ja aufmuntern.

Als Jake anrief, ging Evan ans Telefon und sagte ihm, Katey sei ein paar Tage auf Tournee. Jake erklärte, worum es ging, und Evan meinte, sicher ginge das mit dem Besuch in Ordnung, und er würde Katey bitten, Jake zurückzurufen, wenn sie wieder da war. Tatsächlich meldete sie sich ein paar Tage später und wirkte aufrichtig besorgt, als sie von Olivers Kummer hörte. Sie machte den Vorschlag, sie sollten gleich am nächsten Wochenende zu Besuch kommen.

Als Jake Oliver sagte, sie würden Nelson in Los Angeles besuchen, wandelte sich Olivers Laune schlagartig. Jake konnte sehen, wie er vor Freude schier platzte, und war darüber sehr erleichtert. Oliver war bisher nur ein Mal in Los Angeles gewesen, und auf der vierstündigen Fahrt in die Stadt sah er interessiert alles um sich herum an. Jake dachte an seine eigene Kindheit und daran, dass einem als Kind alles immer viel größer vorkommt. Sie hielten an, um einen Hamburger zu essen, und Oliver bestand darauf, Nelson einen kleinen mitzubringen.

Sie verbrachten etwa zwei Stunden bei Katey. Nelsons Freude beim Wiedersehen mit Oliver und Jake stand dem begeisterten Willkommen, das er Katey in Chico bereitet hatte, in nichts nach. Als die Haustür aufging und Nelson sie dort stehen sah, sprang er vor Freude hoch, bellte und japste. Oliver ging in die Hocke und umarmte ihn, und der kleine Hund gab ihm viele kleine Küsschen aufs

Gesicht. Jake wurde warm ums Herz, als er seinen Sohn endlich wieder lächeln sah. Der Hund brauchte ein paar Minuten, bis er sich wieder beruhigt hatte. Er lief zwischen Katey und ihren Besuchern hin und her und zeigte ihnen die ganze Liebe, die er für alle empfand.

Katey bot Limonade und die Schokokekse an, die Oliver am liebsten mochte. Sie saßen im Garten. Evan kam kurz vorbei, um ihnen Hallo zu sagen, und schüttelte Jake die Hand. Dann entschuldigte er sich, weil er am nächsten Tag einen wichtigen Abgabetermin habe, und verschwand in seinem Arbeitszimmer.

Ganz wie früher verlor Oliver vollkommen das Zeitgefühl, während er mit Nelson spielte. Katey und Jake beobachteten ihn dabei. Jake dankte Katey für die Einladung. Sie dachte einen Moment lang nach und sagte dann, sie seien jederzeit willkommen und könnten so oft kommen, wie sie wollten. Es sei deutlich zu sehen, dass Nelson sie über alles liebte, und darüber sei sie glücklich.

In den Monaten, die folgten, besuchten Jake und Oliver sie fast regelmäßig. Nie vergingen mehr als drei Wochen, bis sie Nelson wiedersahen. Jake war es anfangs unangenehm, dass sie sich so aufdrängten, doch offenbar hatte Katey sie gern bei sich zu Besuch, und er wusste ihre Gastfreundschaft sehr zu schätzen. Eigentlich war es jedoch Oliver, der für die regelmäßigen Besuche sorgte. Kaum war ein Treffen vorüber, erinnerte er seinen Vater innerhalb weniger Tage daran, wieder einen Termin auszumachen. Die Fahrt von Chico nach Los Angeles war ziemlich lange, doch Jake machte dies nichts aus, weil er sah, wie glücklich sein Sohn war.

Manchmal waren Evan und Katey beide da, wenn Jake

und Oliver kamen. Einmal war Katey auf Konzerttour, und Jake saß ganz allein in Kateys Wohnzimmer, während Oliver mit dem Hund spielte und Evan im ersten Stock arbeitete. Oft war Katey allerdings auch allein mit Jake, Oliver und Nelson. Oliver wurde vertrauter mit ihr und lud sie irgendwann ein, mit ihm und Nelson zu spielen, und so kickten sie manchmal zu viert im Garten. Katey merkte dem Jungen an, wie glücklich er war, und sah die Freude auf seinem Gesicht noch lange, wenn die beiden nach Hause gefahren waren. Wenn sie dann Nelson an ihre Brust drückte, dachte sie voller Mitgefühl an das Kind, das zuerst seine Mutter und dann auch noch seinen Hund verloren hatte. Auch sie hatte beides erlebt.

Der Anruf, den sie einige Wochen später von Katey bekamen, überraschte Jake. Ob denn er und Oliver sich eine Woche um Nelson kümmern könnten, während sie weg war? Katey klang recht gestresst am Telefon, und so fragte Jake nicht, warum nicht Evan Nelson hüten könne, wie er es sonst immer tat, wenn Katey weg war. Zufällig musste Jake sowieso nach Los Angeles, um ein paar Ersatzteile für seine Reparaturwerkstatt abzuholen, und so bot er sich an, den Hund am nächsten Morgen mitzunehmen. Kateys Flug nach New York ging am Abend. Er bemerkte, dass Katey ein wenig traurig wirkte, als er bei ihr ankam, und Evan war nirgends zu sehen. Jake stellte ihr jedoch keine Fragen, und Katey war sehr dankbar dafür, dass Nelson in guten Händen sein würde, während sie weg war.

Während Katey im Flieger nach New York saß, dachte sie über die Ereignisse der vergangenen Tage nach.

Vor zwei Tagen hatte Evan sie um ein Gespräch gebeten und sie mit einer überraschenden Neuigkeit konfrontiert. Er habe wieder Kontakt zu einer früheren Freundin, mit der er vor ein paar Jahren zusammen gewesen war. Es falle ihm sehr schwer, ihr dies zu sagen, doch er habe beschlossen, es noch einmal mit der anderen Frau zu versuchen. Sie sei die große Liebe seines Lebens gewesen, meinte er, und in ein paar Tagen würde er ausziehen. Es sei schrecklich für ihn, Katey wehzutun, sagte er, aber auf lange Sicht scheine es das Beste zu sein. Zuerst war Katey sehr aufgewühlt gewesen, doch als sie nun im Flugzeug nach New York saß, fühlte sie sich erleichtert. Sie hatte die Zeit mit Evan genossen, doch etwas an ihrer Beziehung hatte nie gestimmt. Tief in ihrem Herzen wusste sie, dass sie ihn nicht vermissen würde. Sie hätte sich gewünscht, er hätte einen besseren Zeitpunkt für seine Entscheidung gewählt, doch immerhin war Nelson in guten Händen, solange sie weg war.

Oliver war begeistert davon, Nelson eine ganze Woche wieder bei sich zu Hause zu haben. Alles drehte sich um den Hund. Großmutter Norma hatte das Tier schon seit Monaten nicht mehr gesehen und freute sich sehr. Nelson lief in Haus und Garten umher, schnüffelte und war glücklich darüber, wieder einmal in seinem alten Revier zu sein. Nachts kuschelte er sich bei Oliver ins Bett so wie früher. Jake bemerkte jedoch, wie der Hund jedes Mal, wenn jemand an die Tür kam, hoffnungsvoll schnupperte, und schloss daraus, dass Nelson Katey vermisste.

Eine Woche später holte Katey ihn ab. Ihre Konzertreise war ein Erfolg gewesen, doch sie war glücklich, wieder zu Hause zu sein. Es war nicht zu übersehen, dass Oliver traurig war, den Hund wieder weggeben zu müssen, doch sie machten Pläne für einen Besuch in Los Angeles zwei Wochen später. Sie nahm den Jungen in die Arme und versprach ihm, dass er Nelson bald wiedersehen würde. Während sie sich umarmten, hielt Katey Nelson auf dem Arm, und er leckte ihnen glücklich die Gesichter. Jake lächelte vor sich hin.

Die Besuche in Los Angeles alle zwei Wochen setzten sich fort, und manchmal fanden sie sogar öfter statt. Als die Monate ins Land gingen, begann sich Katey auf die Treffen zu freuen. Sie bestimmten ihre Wochenenden. Sie vermisste Evan nicht besonders, doch manchmal war sie einsam, und Olivers lächelndes Gesicht und Jakes warmherzige Art waren stets eine Freude für sie.

Bei ihrer ersten Begegnung war ihr aufgefallen, dass Jake gut aussah, doch damals war sie mit Evan liiert gewesen, und sie war ein treuer Mensch. So hatte sie sich nicht gestattet, mehr für Jake zu empfinden. Nun jedoch freute sie sich nicht nur auf Jakes und Olivers Besuche am Wochenende, sondern es war auch die Nähe von Jake und der Blick aus seinen dunklen Augen, nach denen sie sich sehnte. Im Lauf der Monate redeten sie bei Jakes und Olivers Besuchen über viele Dinge. Jake erzählte ihr von dem Tod seiner Frau und davon, wie schwierig das alles gewesen war. Katey war beeindruckt, wie engagiert er als alleinerziehender Vater war. Übermäßig viel reden tat er nicht, doch sie spürte, dass er nachdenklich und intelligent war und viel Anstand besaß. Manchmal, wenn sie im Garten mit dem Hund spielten, streifte seine Hand sie einen Moment lang, und dann spürte sie einen winzigen Schauder, der ihr den Arm hochlief.

Eines Samstagnachmittags waren sie so sehr ins Gespräch vertieft, dass sie vollkommen die Zeit vergaßen und die Sonne bereits unterging, als Jake feststellte, dass sie noch nach Chico fahren mussten. Katey bot ihnen an, über Nacht zu bleiben. Sie habe ein gemütliches Gästezimmer, in dem sie gerne übernachten könnten. Jake war zunächst nicht dafür, doch Katey bestand darauf. Sie bestellten sich Pizza und schauten sich im Kabelfernsehen einen alten Film der Coen-Brüder an. Während Katey und Jake plauderten, schlief der Junge auf der Couch ein.

Katey war nur wenig überrascht, als sich Jake irgendwann vorbeugte und sie küsste. Sie umarmten sich, und Kateys Herz schlug schneller, als Jakes warmer Körper sich an sie drückte und seine Lippen sie berührten.

Unten zu ihren Füßen schaute ein kleiner dreibeiniger Hund zu ihnen auf und schnüffelte. Der Duft der Leidenschaft von Katey und Jake stieg ihm in die Nase. Er wusste, was nun kommen würde, und er wusste auch, dass er die beiden allein lassen musste, damit sie mit dem seltsamen Ritual fortfuhren, das die Menschen Liebe machen nennen. Als Nelson an diesem Abend einschlief, spürte er ein tiefes Glück in seinem Herzen. Ein Ego besaß er nicht, aber hätte er in dieser Nacht über die Leistungen seines Lebens nachgedacht, so wäre er vielleicht stolz gewesen auf die gewaltige Zauberkraft von Hunden.

42

Es war nicht ungewöhnlich, dass in Kalifornien an Weihnachten die Sonne schien. Der kleine dreibeinige Hund lag auf Jakes warmer Veranda, genoss die Feiertagsdüfte und das aufgeregte Hin und Her, mit dem sich die Familie auf das Weihnachtsfest vorbereitete. Nelson erschnüffelte den frischen Kieferndufft des großen Christbaums, den Jake vor ein paar Tagen ins Wohnzimmer gezerrt hatte. Zuerst erinnerte er Nelson an seine Zeit bei den Wölfen, doch Olivers Begeisterung war ansteckend, und so war Nelson schon bald ganz aufgeregt, als die Familie viele Schachteln unter den Baum legte, darunter eine, von der er ganz genau wusste, dass sie für ihn war. Er hatte bemerkt, wie Katey ihn lächelnd angeschaut hatte, als sie das Geschenk am vorigen Tag unter den Baum gelegt hatte. Er wusste, dass ein besonders großer und saftiger Knochen für ihn in der Schachtel war, an dem er bestimmt lange zu kauen hatte. Wäre er jünger gewesen, hätte er die Schachtel gleich aufgerissen, um an ihren Inhalt heranzukommen, doch Nelson hatte Geduld gelernt und wartete gehorsam ab, bis Katey ihm zu verstehen gab, dass er sich sein Geschenk holen konnte. Außerdem hatte er momentan genug damit zu tun, genüsslich das Aroma der ganz besonders leckeren Weihnachtskekse einzuatmen, die Großmutter Norma gerade in der Küche aus dem Ofen holte, eine köstliche Mischung aus Butter, Zucker, gerösteten Nüssen und Früchten. Kateys heißer Apfelwein simmerte auf dem Herd, und durch das Haus zogen all die intensiven und fleischigen Aromen der Gerichte, die die Familien zum Fest zubereiteten.

Da war auch der Geruch von Gras aus dem Garten, dieser üppige, saftige, geheimnisvolle Duft, den Nelson damals als Welpe als Erstes wahrgenommen hatte und der ihn immer noch faszinierte. In den Jahren, die er als Vagabund unterwegs gewesen war, hatte er viel über die Welt und über die zahlreichen Gerüche in der Erde erfahren, die sich unter dem herrlichen, wunderschönen Gras befand. Ja, er war immer noch neugierig und hätte am liebsten stundenlang Gras gerochen und sich dabei gefragt, was es mit den tiefsten und am besten erhaltenen Duftschichten auf sich hatte, die er an jedem einzelnen Grashalm wahrnahm.

So neugierig er auch war, Nelson verspürte keine Lust mehr, auf Wanderschaft zu gehen. Katey und Jake waren verantwortungsvolle Hundebesitzer und hätten nie eine Tür offen stehen lassen. Doch selbst wenn, wäre Nelson nicht in Versuchung geraten, das Haus zu verlassen. Die Welt draußen faszinierte ihn noch immer, doch der Hund empfand es auch als tiefes Glück, einfach hier bleiben zu können, bei Katey, Jake und Oliver, seiner Familie. Nur wenige Monate nach ihrem ersten Kuss war Katey zu Jake und Oliver gezogen. Sie hatten darüber diskutiert, in welcher Stadt sie ihr gemeinsames Zuhause einrichten wollten, und sich für Chico entschieden. Jake hatte dort seine Werkstatt, doch so sehr Kateys

Arbeit mit Reisen verbunden war, es machte keinen Unterschied, wo sie lebte.

Es gab viel Freude in Nelsons Alltag, beim gemeinsamen Frühstück, bei all den Spaziergängen, die sie mit ihm machten, und in dem langen, tiefen Schlaf, wenn sie nachts alle im Bett lagen. Nelson hatte durchaus Zeiten erlebt, in denen alle Menschen, auf die er traf, abweisend zu ihm waren, doch nun war der dreibeinige Hund von all der Liebe umgeben, die er verdiente. Wenn er in der Sonne lag und die duftende Luft einatmete, fühlte er sich zutiefst glücklich. Er wusste, dass die Welt ein harter und liebloser Ort sein konnte. Er wusste, dass Menschen einem manchmal das Herz brachen. Doch im tiefsten Inneren seines Herzens wusste er auch, dass es seine Bestimmung war, mit Menschen zusammenzuleben und sie zu lieben, und dass die Welt eigentlich ein wunderschöner Platz war. Von Zeit zu Zeit erinnerte er sich an die Gerüche derjenigen zurück, die er auf seiner langen Reise kennengelernt hatte. Thatcher und Lucy, der Tierarzt Dougal, Juan und Suzi, die Wölfe – manchmal wünschte er sich, sie alle könnten in sein Leben zurückkehren. Doch Katey, Jake und Oliver waren da, jeden Tag, bis ans Ende seiner Tage, und er liebte sie von ganzem Herzen.

Mit seinen elf Jahren war Nelson mittlerweile ein alter Hund. Seine Zeit draußen in der Wildnis hatte ihn einige Lebensjahre gekostet, und der Druck, der durch das fehlende Bein auf seinen Gelenken lag, machte sein Leben beschwerlicher. Doch Nelson blieb bis ans Ende seiner Tage ein fröhlicher Hund, der seinen Besitzern seine ganze Liebe zeigte – viele Jahre länger, als Katey oder Jake erwartet hatten.

Im stolzen Alter von sechzehn Jahren schließlich wachte Nelson eines Morgens einfach nicht mehr auf. Katey, Jake und Oliver verstreuten seine Asche unter den Rosenbüschen, sprachen ein Gebet und waren eine Weile untröstlich. Besonders Oliver nahm Nelsons Tod sehr schwer, doch das Leben ging weiter, und er wuchs zu einem starken jungen Mann heran.

Auch als Nelson schon lange tot und Katey and Jake alt waren und auf ihr Leben zurückblickten, dachten sie noch oft an ihn. Dann drückte Katey mit besonderer Zärtlichkeit Jakes Hand, und er wusste genau, was ihr durch den Kopf ging. Nelson war nur ein kleiner Hund gewesen, doch auf seinen drei Beinen marschierte er für immer durch ihre Erinnerung.

An diesem Weihnachtsmorgen auf der Veranda wusste Nelson nichts von all dem. Der kleine Hund sog den köstlichen Duft frisch gebackener Plätzchen ein und machte im warmen Sonnenschein ein kleines Nickerchen.

Danksagung

Ein besonderer Dank geht an meine wunderbare Lektorin Sarah Durand und an meinen außergewöhnlichen Agenten Henry Dunow.

Bedanken möchte ich mich auch bei Elena Evangelo, Maria Greenshields-Ziman, Jori Krulder, Gillian Lazar, John Lazar, Tiiu Leek Jacobson, Larry Maddox, Sean McGinly, Susan Rosenberg und Irene Turner.

Drei Hunde haben mich zu dieser Geschichte inspiriert: Cheeky, Milan und der reale Nelson.

Ein Danke auch an die Lazar-Familie, die Schwartz-Familie und an die Ruiz-Familie. Und ein spezieller Dank an meine Mutter Claire und an meinen Vater Stan, die beide Hunde lieben.

Alan Lazar,

geboren in Südafrika, galt als musikalisches Wunderkind und startete schon früh eine Karriere als Komponist. Er hat die Musik für mehr als 30 Filme und TV-Shows komponiert, darunter »Sex and the City«. Er lebt zusammen mit seiner Familie und drei Hunden in Los Angeles. »Nelson sucht das Glück« ist sein erster Roman.

GOLDMANN
Lesen erleben